文学伦理学批评建设丛书

A Study on the Ethical Value of British Children's Fiction

英国儿童小说的伦理价值研究

王晓兰 著

華中師範大學出版社

新出图证（鄂）字 10 号

图书在版编目（CIP）数据

英国儿童小说的伦理价值研究/王晓兰著．—武汉：华中师范大学出版社，2017.12

（文学伦理学批评建设丛书）

ISBN 978-7-5622-8004-0

Ⅰ.①英…　Ⅱ.①王…　Ⅲ.①儿童小说—小说研究—英国
Ⅳ.①I561.078

中国版本图书馆 CIP 数据核字（2017）第 254931 号

英国儿童小说的伦理价值研究

©王晓兰　著

责任编辑：邢雅鑫　刘晓嘉　**责任校对：**刘　峥　**封面设计：**甘　英　胡　灿
编辑室：高校教材编辑室　**电话：**027－67867364
出版发行：华中师范大学出版社有限责任公司
社址：湖北省武汉市洪山区珞喻路 152 号　**邮编：**430079
电话：027－67861367（发行部）　**传真：**027－67861321
网址：http://press.ccnu.edu.cn　**电子信箱：**press@mail.ccnu.edu.cn
印刷：武汉华工鑫宏印务有限公司　**督印：**王兴平
开本：710mm×1000mm　1/16　**印张：**14.75
字数：230 千字　**版次：**2017 年 12 月第 1 版
印次：2017 年 12 月第 1 次印刷
定价：45.00 元

欢迎上网查询、购书

序

王晓兰博士的学位论文《英国儿童小说的伦理价值研究》即将由华中师范大学出版社出版。这不仅是她读博期间深入研究英国儿童文学的主要学术成果，也是我国第一部系统研究英国儿童小说的学术专著。作为她的导师，我对她在儿童文学研究领域取得的开创性成果由衷地感到高兴，对她这部学术专著即将出版表示衷心的祝贺。

儿童文学与儿童教育是息息相关的，儿童教育的需要促进了儿童文学的发展。儿童文学作为儿童教育的重要资源，很早就引起了人们的重视。在19世纪初，英国儿童文学家萨拉·特里莫夫人就创办了儿童文学评论刊物《教育卫士》。尽管如此，儿童文学并没有作为一个独立的研究领域吸引广大研究者进行研究。直到20世纪后半期，儿童文学研究的新局面才得以开创。20世纪70年代，国际儿童文学研究学会这个重要的学术组织在美国的成立，《儿童文学教育》《狮子与独角兽》等国际儿童文学研究刊物的创刊，极大地推动了国际儿童文学研究的交流与发展。到了21世纪的今天，儿童文学逐渐发展成为一个比较成熟的学术领域，取得了丰硕的研究成果。然而，目前有关儿童文学的研究，大多数采用诸如精神分析、性别政治、叙事策略、殖民权力话语等成人文学研究常用的方法与范式。这类研究虽然可以在一定程度上提升对儿童文学的理解，但这些研究成果与其说是儿童文学研究的学术收获，不如说是心理学、教育学、社会学等学科领域对儿童文学作品的巧妙利用，未能从根本上揭示儿童文学的独特属性与内在价值。

由“儿童”和“文学”这两个概念合而为一的“儿童文学”，是以其独特的受众来命名的特殊文类。鉴于儿童读者在生活阅历、认知能力、理解能力、道德意识等方面都与成人读者迥然有异，儿童文学的本质特点、功能价值也就与成人文学迥然不同。生搬硬套成人文学的研究方法来解读儿童文学文本，无法准确地把握儿童文学的特质，难以准确地揭示儿童文学的价值。正因为此，学界对儿童文学存在不同程度的误读，甚至提出过不少奇谈怪论。譬如，有论者认为儿童文学的本质是儿童性意识的表达，也有人高调标榜儿童文学的娱乐、消遣价值。同时，也有人竭力否定儿童文学的伦理价值，认为把道德教诲融入儿童文学是儿童观念落后的体现。有人甚至声称试图在儿童文学中挖掘道德含义的做法是对儿童文学乐趣的暴力破坏。总之，在最近的二三十年中，的确有一种否定儿童文学的教诲功能和伦理价值的倾向存在。

王晓兰博士在研究中试图对儿童文学正本清源，明确指出否定儿童文学教诲功能的学术倾向是不利于儿童文学健康发展的，认为当下不少学者秉持的“只有顺应儿童天性的儿童文学作品才是优秀作品”这种观点，是对儿童天性和儿童文学的极大误读。不管是儿童文学作家还是学者，的确应该关注儿童的自然天性，但这不是对儿童加以放纵的借口。恰恰相反，关注儿童的自然天性，是需要借助儿童文学来对儿童进行教导的根本理由。就此而言，王晓兰博士的选题和研究视角具有重要的学术价值和紧迫的现实意义，在一定程度上甚至可以说是对儿童文学研究领域乱象的拨乱反正。她对儿童文学研究领域存在的种种问题有着清醒的认识，对于当前国内儿童文学创作与批评领域毫无原则地回避甚至摒弃伦理价值的倾向，表现出深深的忧虑。她运用文学伦理学批评的方法，从学理和实践两个方面重新评价儿童文学，试图建立新的儿童文学评价标准，表现出一位人文学者应有的责任与担当。

王晓兰这部著作坚持一种理论预设，那就是把儿童看成理性有待唤醒的自然人，认为儿童文学的核心价值就在于对儿童进行认知的启迪、情感的熏陶和道德的教诲，使儿童“在‘悦读’中成长”。这部著作有一个重要特点，就是在理论上坚持儿童的二元人格结构，把人看成“由人性因子与兽性因子两部分组成”的“一种斯芬克斯因子的存在”[①]。在这个二元结构中，人性因子是人的社会属性，是在教诲过程中出现的能够导致人之所以为人的因素，是人身上才具有的伦理意识和理性意志。兽性因子则是人与生俱来的自然属性，是人在进化过程

---

① 聂珍钊：《文学伦理学批评：伦理选择与斯芬克斯因子》，《外国文学研究》，2011 年第 6 期，第 1 页。

中动物性本能残留的表现。儿童作为初涉人类社会的成员，典型地表现为一种斯芬克斯因子的存在。尚未接受伦理启蒙的婴幼儿虽然是生物意义上的人，但在伦理意义上更接近于动物。在婴幼儿阶段，主导婴幼儿行为的力量不是社会规范或者伦理意识，而是与生俱来的动物性本能，他们的行为在很大程度上是由动物性本能驱动的结果。随着年龄的增长和社会化成熟程度的提高，儿童的本能逐步让位于理性，他们身上的动物属性也逐渐隐退，通过道德意识表现出来的社会属性逐渐显露出来。儿童身上动物属性的弱化和社会属性的强化是儿童道德化的结果。在社会化过程中，儿童习得社会生活所需要的特定知识、技能、语言、规范、价值观，形成道德成熟的基础和人格特征。儿童的社会化是一个逐步适应社会并积极作用于社会的过程，其核心是道德化，即逐步摆脱动物性本能的控制而获得在人类社会立足生存所必需的理性，而理性的基础就是伦理意识和明辨善恶是非的道德能力。善恶意识和伦理情感是人的社会属性的表现，是儿童道德化过程中的产物。对儿童来说，道德化就是一个学习和内化特定社会的道德规范的过程；对社会而言，道德化是一个帮助儿童学会如何约束本能、培养道德观念的过程。儿童在进入社会之前，往往受到与生俱来的本能支配，但要在社会和集体中生存与发展，人就必须接受社会的道德规范，形成伦理认知，发展道德情感和理性意志。显然，王晓兰博士这种研究视角有助于增强人们对儿童及其成长规律的理解，有助于人们更好地认识儿童文学的价值。

在儿童道德化过程中，儿童文学可以发挥极其重要的作用。谁都无法否认，给儿童讲故事是对儿童进行智慧启迪和伦理启蒙的重要手段。纵观古今中外的父母和教师，他们教育儿童所采用的最基本的方法，就是通过讲故事的方式让儿童获得启蒙和教诲。古代那些口耳相传的故事就是儿童文学最早的雏形。儿童文学对儿童的启蒙与教诲，不是通过生硬的说教实现的，而是借助儿童文学作品中各种艺术形象，通过体验和感悟实现的。优秀的儿童文学作品建构了无数生动有趣的艺术形象，以“润物细无声”的方式使读者在美与丑、善与恶、勇敢与懦弱、正义与邪恶的直观对照中获得智慧的启迪、心灵的净化、境界的提升。简而言之，儿童文学作品通过对读者认知的启迪、情感的熏陶、道德的教诲、伦理角色的认同，从而对儿童的精神成长起着潜移默化的引导作用。优秀的儿童文学作品，必然是以其伦理价值为前提的，英国的儿童文学在这方面尤为明显。在英国，儿童文学的创作源远流长，影响深远，尤其是作品中蕴含着十分丰富的伦理价值。因此，对英国儿童文学的伦理价值进行深入讨论分析，不仅有助于我们正确认识和评价其艺术价值和文学史地位，而且能够为我国当下的儿童文学创作与批评提供有益的借鉴。

王晓兰博士这部著作的学术价值和现实意义是不言而喻的。首先，这部专著从理论上纠正了人们对儿童自然天性的流行看法。她在著作中强调，儿童的自然天性表现为动物性本能与伦理蒙昧，因而需要通过儿童文学进行伦理启蒙。由于天性使然，儿童的思维缺乏理性，行为往往有违道德规范。在儿童的自然天性中，"自然"这个词汇往往等同于未经雕琢的原始本能，它与"文明"或"道德"进步是相对立的。"自然"不是文明，而是一种伦理上的蒙昧，因而"自然"需要在文明社会中经过道德的启迪转变为文明。"自然"是原始的和缺乏伦理的一种状态，而并非像有些人理解的那样，认为只要是自然的，就必然是文明的。事实上，儿童的自然状态需要通过改造才能变为文明。文明既是社会秩序的基础，也是道德规范的结果。人类社会只有进入文明以后，才能自觉摒弃以自然为基础的丛林法则，避免丛林野兽之间那种自然状态下弱肉强食的生存斗争。儿童文学的重要价值，就是帮助儿童在社会环境中道德化，即帮助儿童逐步理解社会规范、发展善恶观念、形成伦理意识而转化为文明社会中获得人性的人。对于儿童在自然天性驱动下表现出来的本能欲望和非理性欲望满足的方式，应当予以教育和纠正。

其次，这部专著从理论与实践上肯定英国儿童小说的教诲功能与伦理价值。长期以来，有关儿童文学的研究一直陷于审美主义的陷阱不能自拔，因此王晓兰博士的著作有利于矫正当下中国学界要跟儿童文学教诲功能"彻底决裂"的盲目倾向。无论是写给儿童阅读的文学还是写给成人阅读的文学，其伦理价值都是教诲功能发挥作用的结果。伦理价值是通过审美过程实现的，儿童文学同样如此。因此，王晓兰博士对英国儿童文学的教诲功能与伦理价值的肯定，是对当下学术界过度强调儿童文学娱乐功能的反拨，是对儿童文学审美批评的纠偏，在学术上具有正本清源的意义。

王晓兰博士在儿童文学研究方面能够取得突破，与她采用了恰当的研究方法、正确的研究思路和她在儿童文学研究领域的坚守是分不开的。自2009年来华中师范大学访学开始，她就明确将儿童文学作为自己的研究领域，并把英国儿童文学研究作为自己重点突破的方向。此后，她一直在这个领域潜心研究，积极向国内外儿童文学研究界的同行认真请教、虚心学习。尤其值得一提的是，2013年她赴剑桥大学儿童文学研究中心访学，在这个引领世界学术研究的著名学府学习了一年。她在剑桥大学刻苦学习，认真研究，不仅熟悉了儿童文学研究领域的国内外现状，而且有机会与国际一流的儿童文学研究专家进行交流与对话。在访学期间，她对剑桥大学儿童文学研究中心主任尼古拉耶娃教授进行了学术访谈，对欧美当代儿童文学现象、儿童文学研究的方法与视角、儿童文学研究的趋势、当下儿童文学的研究热点等问题进行了广泛的讨论。这篇访谈后来发表在《外国文学研究》2015年第3期上。这些学术研究活动，为她完成自己主持的国家社科基金青年项目"英国儿童小说研究"以及高质量完成博士学位论文奠定了坚实的基础。王晓兰博士在研究中充分发挥了外语优势，研读了大量的英文文献。她在研究中不仅对《哈利·波特》等21世纪流行的英国儿童小说进行了独到的分析，而且对18世纪的《秀鞋玛格丽》、19世纪的《汤姆·布朗的求学时代》、20世纪的《丛林故事》等英国不同时期的具有突出代表性的儿童文学作品进行了深入分析和阐释，力求系统地展现英国儿童小说的全貌。可以说，她的这部学术专著不仅是我国第一部系统研究英国儿童小说的学术专著，而且是第一部运用文学伦理学批评方法研究儿童文学的开山之作，在儿童文学研究学术史上具有拓荒之旅的意义。

王晓兰博士的学位论文曾获得了盲评专家的一致好评，也获得了华中师范大学"优秀博士论文"的称号。但是白璧微瑕，她在论文中未能将英国儿童文学中的伦理价值与世界其他国家儿童文学的伦理价值进行比较研究。有关英国儿童文学所具有的伦理独特性，还需要进一步总结和归纳。此外，尽管儿童小说是儿童文学中最主要的文类，可以在一定程度上通过对小说的研究来窥视儿童文学的总体特性，但她毕竟没有把儿童诗歌、儿童戏剧等其他儿童文学类型纳入研究范畴。作为导师，我在祝贺王晓兰这部研究英国儿童文学的学术专著出版的同时，也希望她不要就此止步，而是脚踏实地、刻苦钻研，在儿童文学研究的道路上继续走下去，对她这部即将出版的著作中未能解决的问题继续探索。我期待她在今后的研究中不断超越他人，也不断超越自己，在儿童文学研究中不断取得新的成绩。

聂珍钊

2017年6月于杭州

目 录

绪论 …………………………………………………………………… (1)
一、儿童文学的价值判断 ………………………………………… (1)
二、研究理据与预设 ……………………………………………… (6)
第一章 动物故事与儿童的伦理启蒙 ………………………… (18)
第一节 动物故事与儿童的伦理认知启蒙 ………………………… (19)
一、《丛林故事》：身份认同与伦理选择的寓言 ……………… (20)
二、《柳林风声》：儿童伦理认知启蒙的教科书 ……………… (32)
第二节 动物故事与儿童的伦理情感启蒙 ………………………… (43)
一、道德训诫故事：培养向善的道德情感 ……………………… (43)
二、《黑骏马》：动物视角与儿童情感的道德化 ……………… (51)
第二章 奇幻小说与儿童的道德内化 ………………………… (61)
第一节 反社会形象及其道德劝诫价值 ………………………… (63)
一、小霸王形象：自然天性的放纵 ……………………………… (64)
二、伏地魔的毁灭：自私欲望的代价 …………………………… (72)
第二节 亲社会形象及其道德示范价值 ………………………… (79)
一、好孩子查理：美德的报偿 …………………………………… (79)
二、少年哈利：社会认同的道德英雄 …………………………… (84)
第三节 迷途知返的回头浪子形象及其道德动因 ………………… (89)
一、迷途知返的罗恩：从自然情感到道德情感 ………………… (90)
二、改过自新的埃德蒙：从道德蒙昧走向道德成熟 …………… (95)
第三章 学校故事、冒险故事与儿童的道德身份认同 ……… (103)
第一节 女生故事：英国淑女楷模 ……………………………… (105)

一、《女教师；或小型女子书院》：家庭天使形象 …………（107）
二、《小公主》：道德天使形象 ……………………………（117）
第二节 男生故事：英国绅士榜样 …………………………（124）
一、英国的公学精神与绅士伦理 …………………………（124）
二、《汤姆·布朗的学生时代》：年轻绅士的培养 …………（130）
第三节 冒险故事：冒险英雄与绅士品格 ……………………（141）
一、《珊瑚岛》：冒险英雄的社会价值取向 ………………（142）
二、《金银岛》：冒险英雄的个人价值准则 ………………（147）
三、《所罗门王的宝藏》：冒险英雄的绅士理想 …………（152）
第四章 科幻小说与儿童科学伦理观念的建构 ………………（161）
第一节 科学与道德的背离及其伦理警示价值 ………………（162）
一、科技的滥用与文明的倒退 ……………………………（164）
二、享乐主义与人类的退化或终结 ………………………（171）
三、科技与政治的合谋：人类的恶托邦梦魇 ………………（179）
第二节 科学家形象及其伦理启示价值 ……………………（182）
一、理性的科学选择与正面的科学家形象 ………………（183）
二、任性的科学选择与负面的科学家形象 ………………（189）
三、科幻小说中的科学伦理及其启示 ……………………（193）
结语 在“悦读”中成长 ……………………………………（203）
参考文献 ……………………………………………………（210）
后记 …………………………………………………………（224）

绪　论

一、儿童文学的价值判断

过去三十多年间，娱乐化、热闹派的儿童文学作品在很大程度上主导了我国的儿童文学创作与消费。这类充满游戏精神的作品兴起于20世纪80年代，是对新中国成立后三十多年来过度以政治为导向的文学创作和消费状况的反拨和矫正，这种现象在特定的社会历史语境中有其历史进步性。热闹派儿童文学契合了儿童的心理特点，顺应了儿童的自然天性，让小读者在鸡飞狗跳的情节推动下获得阅读快感，有助于儿童读者在欢声笑语中获得快乐与宣泄。诚如汤锐在评价瑞典儿童文学大师阿斯特丽德·林格伦（Astrid Lindgren，1907—2002）的热闹派童话《小飞人卡尔松》时所言，“哪里有卡尔松，哪里就鸡飞狗跳不得安宁；哪里有卡尔松，哪里就激起笑声一片”①。对于那些不堪学业重负或者心灵受到压抑的儿童读者来说，这类“童心主义”的作品确实有一定的缓解情绪的作用，容易受到其喜爱。

追求逗乐、搞笑、热闹效果的儿童文学作品占据中国儿童文学市场半壁江山的现象背后，隐藏的价值判断是对儿童文学“教化功能”的唾弃与颠覆。正如荣获2016年国际安徒生儿童文学奖的中国著名儿童文学作家曹文轩发现：“现在儿童文学创作领域似乎有一种趋向，就是安徒生的种种品质和情调，比如忧伤、美感、悲悯、纯净、高雅，正从儿童文学的文字世界中褪去，代之而起的是喧哗、热闹、空洞的傻笑。”②当下许多新潮的作家和学者唾弃儿童文学的教化价值，标榜儿童文学的价值在于“娱乐、消遣少年儿童，以激发少年儿童丰富的想象力，确保少年儿童得以在所谓童话般晶莹剔透的世

---

① 汤锐：《童话应该这样读》，南宁：接力出版社2012年版，第45页。

② 张健：《以文为家，以笔为马——国际安徒生奖获得者曹文轩访谈》，《人民日报》，2016年4月14日24版。

界里率性而为”①。热闹派文学有其优点，也有其存在的合理性，但当下儿童文学界过分推崇儿童文学的娱乐功能、颠覆儿童文学的教诲功能，这种现象值得我们忧虑和反思。对教化功能的颠覆，催生了一大批思想平庸、格调不高、人物形象模式化的作品充斥市场。这类作品在市场上确立了流行地位后，产生了巨大的经济效益。不少作家和出版商出于经济效益的考虑，把“搞笑”“逗趣”等娱乐化手段当作争取市场份额最大化的策略。张国龙不无忧虑地指出：“儿童文学作家们殚精竭虑，竞相取悦、纵容孩子。这绝非危言耸听，许多作家的作品的确呈现出‘以张扬童心、个性为幌子，一不小心则变相教唆孩子不学好’的态势。”②这类追求热闹、逗乐效果的作品过度迎合儿童读者的口味，对儿童文学娱乐功能的过度推崇不利于少年儿童读者欣赏趣味和阅读水平的提高。热闹派作品占据市场主导地位，容易使读者的阅读选择面狭窄，阅读和欣赏趣味模式化，只对逗乐、搞笑的热闹故事感兴趣，拒绝阅读其他有思想、有深度的优秀作品。

对于儿童文学当前这一令人担忧的局面，我们没理由归咎于作者，因为作者出于经济利益的考量有理由去迎合读者；也无法怪罪出版社，因为出版社作为商业机构，有理由出版那些能够给他们带来巨额收益的畅销读物。需要对此进行检讨和反思的，是参与社会价值建构的人文学者。他们有义务立足于自己的研究，纠正一些关于儿童文学的偏颇论调，为儿童文学正本清源，为儿童的阅读选择提供正确的理论与舆论导向。但遗憾的是，对于上述现象，不少学者不仅听之任之，而且推波助澜。张国龙观察到，“自新时期以降，大多数论者、作者便羞于谈论儿童文学的‘教化功能’……视教化功能为洪水猛兽，甚至把教化功能当作评判作品优劣的标杆”③，认为在创作中灌输道德观念的做法是儿童观念落后的反映。否认儿童文学的教化功能这种倾向，对儿

① 张国龙：《在颠覆中承接：儿童文学“教化功能”刍议》，《艺术广角》，2005年第3期，第10～11页。

② 张国龙：《在颠覆中承接：儿童文学“教化功能”刍议》，《艺术广角》，2005年第3期，第11页。

③ 张国龙：《在颠覆中承接：儿童文学“教化功能”刍议》，《艺术广角》，2005年第3期，第11页。

童文学的健康发展是不利的。认为那种充满搞笑、逗乐或者恶作剧成分的儿童文学作品顺应了儿童的天性，是对儿童文学的极大误读。儿童的自然天性不是对儿童加以放纵的借口，而是需要对儿童进行教育和引导的根本原因。诚如儿童文学作家梅子涵所言："儿童文学不是恶作剧文学，不是低级地装疯卖傻的文学。"①曹文轩一语道出儿童文学的真谛："儿童文学应是一种培养他们高雅趣味、高贵品质的文学，而不是一味顺从他们天性的文学。"②

那些热闹的文学作品重复塑造的一系列虽然心地不坏，但闹腾、顽劣的儿童形象，可能会对精力旺盛、活泼好动、模仿能力强但理性薄弱的少年儿童读者形成一些负面的影响，阻碍他们的社会化发展。凸显游戏精神、追求娱乐效果的儿童文学作品强调尊重儿童的自然天性，却忽略了少年儿童其实也是生活在一个纷繁复杂的大千世界这一重要事实。儿童是否能够像热闹派童话中的主人公那样，仅仅依靠无拘无束的天性、无所顾忌的鲁莽或我行我素的本能遗世独立？答案显然是否定的，毕竟儿童未来的生存与生活"需要借鉴人类代代所积淀下来的处世哲学精髓"③与明辨善恶的理性。这些精髓和理性不会平白无故地进入儿童的大脑，而是需要学习和内化。儿童身上那些动物性本能是与生俱来、无需学习的，但儿童将来在社会上立身处世所需要的社会规范、善恶观念、道德意识却需要不断地学习才能获得。无论在什么样的社会，儿童获得"处世哲学精髓"的重要方式之一，就是聆听或者阅读优秀的作品，从中获得"无私、真挚、同情弱小、扶危济贫、反对强权、抵制霸道、追求平等、向往自由、尊重个性、呵护仁爱之心"之类的"构筑良好的人性基础"④的道德品格。

在对当前儿童文学现象的担忧和思考中，笔者不断地自问：在大量"反教诲"姿态的儿童文学作品占据半壁江山的儿童文学市场，是否

---

① 周益民：《梅子涵教授访谈录》，《语文教学通讯》，2008年第7期，第5页。

② 张健：《以文为家，以笔为马——国际安徒生奖获得者曹文轩访谈》，《人民日报》，2016年4月14日24版。

③ 张国龙：《在颠覆中承接：儿童文学"教化功能"刍议》，《艺术广角》，2005年第3期，第11页。

④ 曹文轩：《文学：为人类构筑良好的人性基础》，《文艺争鸣》，2006年第3期，第1页。

应该也有“教诲派”文学的一席之地？在多数学者一边倒地鼓吹儿童文学的审美价值、挞伐其教诲价值的当下学术语境中，是否也应该适当地审视儿童文学的伦理功能？用优秀的儿童文学作品对儿童读者进行伦理教化，是否就一定意味着儿童观念的落后或者倒退？从伦理角度来解读儿童文学文本，是否真的就是对儿童文学乐趣的暴力破坏？带着这些疑问，笔者开始把目光投向英国的儿童文学。本书选择英国儿童文学作为研究对象，主要出于以下三点考虑：

首先，英国儿童文学有着远比其他国家的儿童文学更加悠久的教诲传统和更加厚重的伦理价值。与欧洲大陆的儿童文学作家相比，英国儿童文学作家表现出更加强烈的社会责任担当意识，他们通过自己的创作肩负起了教化儿童的社会使命。英国儿童文学不仅因教诲目的而诞生，而且因其丰富的伦理价值而走向繁荣①。尽管英国的儿童文学的起源可以追溯到更早的岁月②，但国际儿童文学界一般把18世纪中叶——约翰·纽伯里(John Newbery，1713—1767)在伦敦圣保罗大教堂开始印刷和销售儿童读物的1744年看作现代儿

① 英国儿童文学的雏形是18世纪的宗教和道德训诫故事，当时的清教作家们旨在通过讲故事的形式来培养儿童虔诚的基督教信仰，以及诚实、善良、同情等美德，因此英国文学就是因教诲的目的而诞生的。纵观3个世纪以来英国儿童文学的发展历程，我们不难发现，像《查理与巧克力工厂》之类蕴含着惩恶扬善的伦理信息的文本，一直是英国儿童文学的主潮。根据克里斯汀·霍尔和马丁·克勒斯在20世纪末对儿童的阅读选择所进行的一系列调查发现，主导当代英国儿童文学市场的还是那些充满教诲内涵的作品。众所周知，罗尔德·达尔的作品字里行间都弥漫着道德内涵，却赢得了世界各国儿童读者普遍的青睐。在霍尔和克勒斯调查的“你最喜欢的作家”(第48页)排行榜上，达尔高居榜首；在“10岁男孩最喜欢的作品”(第33～34页)榜单的前20名中，有11部是达尔的作品；在“10岁女孩最喜欢的作品”(第38页)榜单的前20名中，达尔的作品占据7部。此外，在“14岁男孩最喜欢的作品”(第36～37页)榜单上，达尔的3部作品赫然在目，在“12岁女孩最喜欢的作品”(第40～41页)榜单的前20名中，达尔的作品占据6部。详见Christine Hall and Martin Coles. *Children's Reading Choice*. London & NY：Routledge，1999。

② 如1563年，约翰·福克斯(John Foxe)专门为儿童读者印刷了《殉教者书》(*Book of Martyrs*)，这是英国较早的专门为儿童设计的读物，该书在此后的很长时期一直是英国新教家庭儿童的宗教启蒙和识字读本。

童文学诞生的标志[1]。纽伯里在创作和出版儿童读物的过程中坚定地践行“寓教于乐”的理念，把儿童文学定位为对儿童读者进行教化的有益工具。在他出版的第一部儿童读物《漂亮的袖珍小书》(*Little Pretty Pocket Book*，1744)的封面上，就赫然印上了“寓教于乐”(To Instruct and Delight)字样，强调以儿童为受众的读物的价值，在于以寓教于乐的方式对儿童进行教诲。帮助儿童读者掌握社会的伦理规范、形成伦理意识，是很多英国儿童文学作家自觉承担的艺术使命。无论是特里莫夫人(Sarah Trimmer，1741—1810)等18世纪道德训诫故事作家，还是罗尔德·达尔(Roald Dahl，1916—1990)之类的20世纪流行儿童文学大师，他们大多数是洛克经验主义教育哲学的忠实信徒。他们在洛克“寓教于乐”的猎猎旗帜下，创作出众多趣味性和教育性并重的儿童读物，对世界各国的儿童文学作家和读者都产生过深远的影响。即使是在20世纪这个大力宣扬解放儿童天性的时代语境下，我们也不难发现，像《纳尼亚传奇》《哈利·波特》《黑质三部曲》之类风靡世界的当代英国流行儿童文学作品中，依然流淌着正义必然战胜邪恶的道德信念，依然弥漫着悲悯、同情、羞恶等道德情怀，依然传递着善良、勇敢、正义、公正等正面的道德能量。

其次，较之于法国、德国等欧洲大陆的儿童文学，英国不同时期的社会伦理语境和主流价值观念在英国儿童文学作品中留下了更加鲜明的痕迹。英国的经验主义哲学、清教伦理、殖民主义伦理等曾经主导英国社会的主流意识形态或价值观念，在英国不同时期的儿童文学作品中留下了深刻的烙印。譬如，洛克寓教于乐的经验主义教育哲学，不仅影响了特里默夫人的儿童文学创作，更对世界儿童文学出版先驱约翰·纽伯里的儿童文学出版事业产生过非同寻常的促进作用。他们的思想对后世的儿童教育和儿童文学的发展都产生过重大而深远的影

---

① 约翰·纽伯里开创了现代儿童文学出版事业的先河，极大地推动了儿童文学的发展。英国儿童文学史学家哈维·达顿把纽伯里开创英国儿童出版事业的1744年，类比为“征服者威廉”开创英国封建王朝的1066年。参见 Frederick J. Harvey Darton. *Children's Books in England*. Cambridge: CUP，1982，p. 7。美国于1921年创立“纽伯里儿童文学奖”(Newbery Medal)，以纪念他对儿童文学事业的伟大贡献。

响。此外，18 世纪涌现的那些宗教劝诫故事和道德训诫故事深受当时英国社会主流的清教伦理的影响，旨在对儿童进行伦理教化。作家、家长和教师都希望儿童通过阅读这些文本而“掌握一位诚实的基督教徒的行事规则”①。清教伦理倡导虔敬、谦卑、谨慎、勤勉、节俭等美德善行，英国儿童文学的创作深受英国清教伦理思想的影响，把培养儿童读者虔诚、勤勉、谨慎的美德当作重要的伦理目标和艺术追求。英国的学校故事和冒险故事则传递了殖民主义伦理观念，但年幼的读者可能不太关注成人社会中风起云涌的国际政治，而是认同那些故事中的艺术形象和道德身份所传递的正直、勇敢、坚毅、忠诚等高贵品格。

第三，英国儿童小说具有典型性和代表性，可以通过英国儿童小说这一竹管，窥见世界儿童文学发展的概貌。英国早在 1744 年就诞生了世界上第一个儿童文学出版机构，并由此形成了成熟的儿童文学出版机制，对世界儿童文学的发展产生过重要的影响。英国儿童文学发生、发展、繁荣的历程，常被看作世界儿童文学发展的缩影。因此，英国儿童文学可以作为对儿童文学进行考察的重要样本，可以通过对英国儿童文学的研究，管窥世界儿童文学发展的概貌。在中国当下儿童文学消费环境和学术语境中，通过分析和阐释英国儿童文学这个具有代表性的样本来审视儿童文学的本质与属性、挖掘儿童文学内在的功能与独特价值，不仅有利于我们更好地理解儿童文学的本质，而且可以为中国儿童文学的创作和消费提供一个不同的视角。

英国儿童文学在读者中间的强大影响与它在我国学术界被长期冷落的研究现状形成鲜明对比。我国每年关于英国成人文学研究的成果可谓汗牛充栋，但英国儿童文学这个拥有数亿名小读者、产生过强大社会影响的文学领域却被视为“小儿科”，极少纳入学者的学术视野，是文学研究领域“几乎被遗忘的角落”，本书试图在英国儿童文学研究领域做一些尝试性的研究。

二、研究理据与预设

“儿童文学”这个概念由“儿童”和“文学”两部分构成，是以其独特

① 菲力浦·阿利埃斯：《儿童的世纪》，沈坚、朱晓罕译，北京：北京大学出版社 2013 年版，第 179 页。

的读者对象——儿童——来命名的特殊文类，因此对儿童文学的研究与对儿童读者的关注是密不可分的。儿童文学作家所秉持的儿童观，影响着作家对儿童形象的塑造和表现手法的选择；儿童文学研究学者对儿童的看法和理解，也决定着儿童文学研究的范式或视角。儿童文学之所以在18世纪以后发展成一个独特的文类，是因为人们相信儿童与成人是不一样的存在，“不一样到需要自己独特的文本”①。鉴于儿童读者与成人读者之间的巨大差异，以及儿童文学文本的特点、本质、属性以及功能与成人文学文本迥然不同，生搬硬套成人文学的研究方法来解读儿童文学文本，很难准确地揭示儿童文学的本质及其所蕴含的价值。美国儿童文学研究专家琳·瓦隆认为，“不坚信成人和儿童之间有着本质的差异，就不会有‘儿童文学’这个文类的存在”②。因此，忽视儿童读者特点的儿童文学研究即使不是盲目的，起码也可以说是有缺陷的。有鉴于此，朱自强教授明确提出“儿童研究是儿童文学研究的前提”“儿童研究必须先于儿童文学研究”这一重要的学术主张③。“文学是人学”这一命题已经得到了广泛的承认，因此对文学的研究是不能绕开对人的研究而进行的，对于儿童文学研究而言，就更不能撇开儿童来研究儿童文学。对儿童天性和儿童文学价值的理解是构成本书研究的重要理据，因此在对英国儿童文学现象和儿童文学作品进行分析和阐释之前，廓清“什么是儿童”“什么是儿童文学”等基本概念是十分必要的。

1. 何为儿童

英国儿童文学作家、儿童文学评论家约翰·洛威·汤森在《英语儿童文学史纲》中开宗明义地指出：“在有儿童文学之前，必须先有儿童。”④对汤森的这个论断，普通读者可能会反问：儿童不是一种不言自

---

① 佩里·诺德曼：《儿童文学的乐趣》，北京：少年儿童出版社2008年版，第19页。

② Lynne Vallone. “Ideas of difference in children’s literature”. Eds. M. O. Grenby and Andrea Immel, *The Cambridge Companion to Children’s Literature*. Cambridge: CUP, 2009, p. 174.

③ 朱自强：《儿童文学概论》，北京：高等教育出版社2009年版，第3页。

④ 约翰·洛威·汤森：《英语儿童文学史纲》，谢瑶玲译，台北：天卫文化图书股份有限公司2011年版，第10页。

明的存在吗？汤森并非否定生理意义上未成年人的存在，而是极力表明：在童年作为一个特殊的人生阶段得到承认之前，儿童文学作为一个特殊的文学门类是不存在的。儿童是儿童文学的基础，“儿童的发现”是儿童文学兴起和发展不可或缺的条件。儿童文学的发生和发展源于“儿童的发现”，即人们开始意识到，儿童在心理发展和精神实质上与成人存在着本质的差别。这个差别如此巨大，以至于需要发展一种新的文学样式来连接二者之间的鸿沟。那么究竟什么是儿童呢？出于不同的目的与需要，不同的社会机构、团体组织、学者和教育界人士对“儿童”这一概念的内涵与外延有着不同的理解和界定。

在18世纪以前的绝大多数社会形态中，教育是上层社会的特权，很少惠及普通百姓家的孩子。在生产力低下的传统社会，父母对孩子虽有疼爱之心，却无娇养之力。在这种社会形态中，儿童被看作小号的成年人，是潜在的劳动力。法国社会学家菲利普·阿利埃斯在《儿童的世纪》一书中指出：“传统社会看不到儿童甚至看不到青少年。儿童期缩减为儿童最脆弱的时期，即那些孩子尚不足以自我料理的时候。一旦在体力上勉强可以自立时，儿童就混入了成年人的队伍，与成年人一样地工作，一样地生活。小孩子一下子就成为低龄的成年人，而不存在青少年发展阶段。”①也就是说，在传统社会，普通百姓家的孩子在七八岁以后就得像成人一样开始分担养家糊口的责任：他们或者跟随成年人一起下地干农活，或者进入工厂当童工，或者被送进作坊当学徒，很早就结束童年生活，进入辛勤劳作的成人世界。从这个意义上看，在生产力水平不高的社会语境中，儿童是指七八岁以下的幼儿，此后他们就“从小孩一下子变成年轻的大人”②，开始进入成人世界，参与成人的生产活动，中间几乎没有过渡。

随着生产力的提高和教育的普及，现代的儿童在幼年和成年之间享有一段接受学校教育的求学时光，并一直延续到青春期。金伯莉·雷诺兹(Kimberley Reynolds)观察到，现代儿童观念是工业革命及此后

① 菲利普·阿利埃斯：《儿童的世纪》，北京：北京大学出版社2013年版，第192页。

② 菲利普·阿利埃斯：《儿童的世纪》，北京：北京大学出版社2013年版，第5页。

义务教育制度的产物，她指出：

> 日益工业化的生产方式减少了对非熟练工人的需求；与此同时，英美家庭前所未有的富有，意味着家庭可以支持被抚育的子女的时间延长了，孩子可以继续接受教育去获得职业市场所需要的技能与知识。原本要加入劳动力大军、被成人文化吸收的青少年，现在可以合法地待在学校，直到 16 岁或 17 岁。①

虽然法律意义上的儿童是指“所有 18 岁以下的未成年人”②，但金伯莉·雷诺兹等儿童文学学者认为，现代社会的儿童指的是十六七岁以下的未成年人。在现实生活中，我们一般把 14 岁看作儿童告别童年、走向成年的分水岭③。

本书对儿童的认定，主要理据是儿童的二元人格结构。文学伦理学批评理论把人看作“一种斯芬克斯因子的存在，由人性因子与兽性因子两部分组成”④。其中人性因子是人的社会属性，是在进化过程中出现的能够导致自身进化为人的因素，是人身上才具有的伦理意识和理性意志；兽性因子则是人与生俱来的动物属性，是进化过程中动物性

---

① Kimberley Reynolds. *Radical Children's Literature: Future Visions and Aesthetic Transformations in Juvenile Fiction*. NY: Palgrave Macmillan, 2007, p. 71.

② 《联合国儿童权利公约》规定：“儿童系指 18 岁以下的任何人。”《中华人民共和国未成年人保护法》界定儿童为“未满 18 岁的公民”。王泉根教授根据法律意义上的界定，认为儿童读物的对象是 18 岁以下的未成年人：“儿童读物是人类社会专门为 18 岁以下的未成年人精神生命的健康成长服务的，适合他们阅读、接受的出版物。”他提出了建立幼年文学、童年文学、少年文学三个层次的构想。参见王泉根：《儿童文学教程》，北京：首都师范大学出版社 2008 年版，第 1～2 页。

③ 在实际的社会生活中，人们一般把 14 岁认定为儿童与成人的年龄分界线。如“儿童节”是 14 岁以下儿童的专利；“少年儿童先锋队”队员的年龄在 6～14 岁；童装店一般只卖 14 岁以下孩子的童装；医院的儿科一般是为 14 岁以下的儿童患者服务的。

④ 聂珍钊：《文学伦理学批评：伦理选择与斯芬克斯因子》，《外国文学研究》，2011 年第 6 期，第 1 页。

本能的残留，表现为人身上存在的非理性因素①。儿童作为人类社会的成员，自然也是斯芬克斯因子的存在。尚未接受伦理启蒙的婴幼儿虽然是生物意义上的人，但在伦理意义上更接近于动物。在这个阶段，主导婴幼儿行为的力量不是社会规范或者道德意识，而是与生俱来的动物性本能。他们的行为在很大程度上是动物性本能驱动的结果。随着年龄的增长和社会化成熟程度的提高，儿童的本能逐步让位给理性，他们身上的动物属性逐渐隐退，社会属性逐渐显露。儿童身上自然属性的弱化和社会属性的强化，是儿童社会化的结果。儿童社会化的核心是伦理化，因为儿童只要进入社会生活，就必须“照顾到社区、社会的伦理关系和合理秩序。有关系就有要求，有要求就有‘应该如何’的行为规范”②。儿童在伦理化过程中接受的各种教育，旨在帮助儿童逐步走出本能的控制，获得在人类社会立足生存所必需的理性，而理性的基础就是伦理意识和明辨善恶是非的能力。善恶意识和伦理情感是人的社会属性的表现，是儿童伦理化过程的产物。

儿童社会化的核心是伦理化，即儿童通过学习和认同特定社会的伦理规范、伦理准则、价值观念而从自然人转变为社会人的过程。所谓伦理，就是“一种特定的人与人之间关系以及对这种关系的领悟和治理”③。在社会生活中存在的个人与个人、个人与集体、个人与社会之间的关系，都包含着一定的伦理关系，道德和法律都是维系和调节这种伦理关系的方式。就个人而言，只要进入集体和社会，就得考虑伦理问题，即考虑个人的思想和行为是否能够被他人接受，是否会妨碍他人的利益和情感。诚如宋希仁所言：“个人是生活在社会中的，个人固然有个人的自由、自主行为，但在社会生活中又必须照顾到他人的自由和自主行为，必须照顾到社区、社会的伦理关系和合理秩序。”④在特定的伦理关系和社会秩序中，符合主流伦理规范要求的行为就被认

---

① 聂珍钊：《文学伦理学批评导论》，北京：北京大学出版社2014年版，第274～277页。

② 宋希仁：《西方伦理思想史》，北京：中国人民大学出版社2010年版，第4页。

③ 宋希仁：《西方伦理思想史》，北京：中国人民大学出版社2010年版，第3～4页。

④ 宋希仁：《西方伦理思想史》，北京：中国人民大学出版社2010年版，第4页。

为是道德的，违背或者破坏这种规范的行为则被视为是不道德甚至违法的。对儿童来说，伦理化就是一个学习和内化特定社会的道德规范的过程；对社会而言，伦理化是一个帮助儿童学会约束本能、培养儿童道德观念的过程。

尚未经历伦理化过程的儿童还处于道德蒙昧状态，虽然已经获得了人的外形，但因为缺乏伦理化的洗礼，动物属性凸显，社会属性不足，我们把这个阶段的儿童称为“自然人”或者“生物人”。如果说在成年人身上人性因子占据主导地位，因而表现为理性成熟的社会人的话，那么在年幼的儿童身上，则是兽性因子占据主导地位，即自然天性或者动物性本能是他们思想或者行为的基本动因。幼儿表现出来的任性、自私、无理取闹等行为，都可以看作童年阶段儿童的兽性因子处于强势、人性因子处于弱势的结果。如果不对兽性因子加以约束，听凭这种状态自然发展，儿童就可能会表现得自私、暴戾、为所欲为等等。除了帮助儿童获得一些基本知识和技能之外，教育最重要的宗旨，就是帮助儿童伦理化，即强化其人性因子、弱化其兽性因子。在文明社会中，帮助儿童完成伦理化的重要媒介当推儿童文学，其在儿童由伦理上的无知蒙昧走向理性成熟的过程中，发挥着极其重要的作用。

2. 儿童文学及其价值

出于不同的考量和目的，不同时代、不同领域的学者对儿童文学的概念和功能有着不同的看法。归纳起来，这些不同观点大概可以分为“娱乐派”和“教诲派”两大类。我国儿童文学研究先驱周作人和英国儿童文学史学家哈维·达顿是“娱乐派”的典型代表，提出儿童文学是“专门为儿童设计的”“给予儿童快乐的书籍”[①]，认为儿童文学的功能在于娱乐；世界儿童文学的出版先驱约翰·纽伯里则是“教诲派”的典型代表，他所秉持的创作和出版理念是“寓教于乐”，即读者通过阅读儿童文学作品获得教益。蒋风先生也是这种观念的代表，他在《儿童文学概论》一书中，明确从教育目的来界定儿童文学：“儿童文学是根据教育儿童的需要，专为广大少年儿童创作或者改编，适合他们阅读，能

---

① Frederick J. Harvey Darton. *Children's Books in England*. Cambridge: CUP, 1982, p. 1.

为少年儿童所理解和乐于接受的文学作品。”①

对儿童文学的界定，往往与研究者对儿童和儿童文学的功能与价值的认识有关。在过去四十多年的儿童文学研究史上，任何试图对儿童文学进行界定的努力都很容易遭到他人的反对，这也是迄今为止国际儿童文学界对儿童文学的界定尚未达成一致的原因，因为任何规则都有例外。本书归纳的关于儿童文学的特点，富有批判精神的读者都可以找出例外来推翻，但我们得承认，从总体上看，绝大多数儿童文学具有如下特点：首先是文体风格上的简单性。不同于成人文学，儿童小说的读者年龄较小，认知能力尚未完全发展，理解力还有待提高，因此写给儿童阅读的小说往往语言更简洁，情节相对简单，人物形象更鲜明，因而适合儿童阅读。其次是主题上的成长性。儿童小说的主人公一般都是儿童，那些动物小说中的主人公虽然是动物，但是通过拟人化的艺术手法，被赋予了儿童的特点，因此它们可以看作伪装的儿童。儿童小说的故事情节往往就是围绕儿童的身心成长和发展而展开的。第三是功能上的教育性。儿童文学因教育的目的而产生，因而儿童文学不可避免地带有鲜明的教育色彩。“儿童文学，作为童年知识建构的一个重要途径，在不同历史时期都扮演过教育儿童、为儿童树立榜样的角色。”②文学伦理学批评理论认为，文学具有一种改善社会、把人类提高到更先进的层次这样一种积极的转变力量。就英国儿童文学而言，其价值主要体现在三个方面：传授社会规范、培养道德意识与民族认同、帮助儿童认同伦理角色与社会责任。最后是语调上的乐观性。大多数儿童文学文本，如童话故事，往往都有一个大团圆的结局——从此他们幸福地生活在一起。即使在写给十几岁的少年阅读的恶托邦小说中，少年主人公虽然不得不在一个专制、残暴、不合理的制度下生存，并以自身微薄的力量努力反抗暴政，付出惨重的代价，但在小说的结尾，读者往往还是能够看到一抹希望的曙光，给他们传递继续生活的勇气与斗争的动力。

如同关于成人文学经典的价值的争议一样，儿童文学的价值也一

① 蒋风：《儿童文学概论》，长沙：湖南少年儿童出版社 1982 年版，第 3 页。

② 骆蕾、谭斌：《“彼得·潘写作”视野下的儿童生活与教育》，《教育学报》，2010 年第 1 期，第 48 页。

直是个见仁见智的话题。归纳起来，学界挖掘出来的儿童文学的主要功能包括教诲功能、审美功能、语言功能、心理功能、娱乐功能等。譬如，儿童文学被用作教育儿童识字、提高语言表达能力的工具，它就具有语言功能；心理医生通过让儿童阅读唤起患者对造成他们心理疾病的场景的回忆，从而达到心理治疗的效果，儿童文学就具有了心理功能；儿童在阅读儿童读物的时候获得愉悦的体验甚至在欢声笑语中忘记了自己的烦恼与忧愁，儿童文学便具有了娱乐功能。然而，从起源上看，儿童文学是寓教于乐的载体，其教诲功能一直被绝大多数教师、家长认为是最核心的功能，用聂珍钊教授的话说，“儿童文学是儿童成长的教科书，发挥着引导儿童道德完善的作用”①。儿童文学可以在一定程度上帮助“引导儿童走出脆弱、未完成状态，进入成熟或者成年状态”②。本书认为，儿童文学具有一种强大的“转变力量”，如英国的儿童文学创作，在很大程度上就是希望“为未完全的、易受影响的、单纯无知的儿童提供宗教引导、道德教训或者阅读指导，以便把他们从童稚方式中‘转变’过来”③。不管作家本人是否承认作品的教诲意图，优秀的儿童文学作品都具有潜在的教化功能。

本书运用文学伦理学批评方法对儿童文学的文本进行阐述，其前提就是承认和肯定儿童文学的教诲功能与伦理价值。文学的核心价值“不在于为人类提供娱乐，而在于以娱乐的形式为人类提供教诲，即为人类提供正确认识生活和社会的各种有益知识，为人类的自我完善提供丰富的生活经验，为人类从伦理角度认识社会和生活提供不同的生活范例，为人类的物质生活和精神生活提供道德启示，为人类的文明进步提供道德指引”④。就儿童文学而言，它的核心价值在于引导儿童从一个以自我为中心、懵懂无知的自然人，成长为了解社会规范、具

---

① 聂珍钊：《文学伦理学批评导论》，北京：北京大学出版社 2014 年版，第 268～269 页。

② M. O. Grenby and Andrea Immel. *The Cambridge Companion to Children's Literature*. Cambridge：Cambridge UP，2009，p. 175.

③ M. O. Grenby and Andrea Immel. *The Cambridge Companion to Children's Literature*. Cambridge：Cambridge UP，2009，p. 176.

④ 聂珍钊：《文学伦理学批评：论文学的基本功能与核心价值》，《外国文学研究》，2014 年第 4 期，第 9 页。

有伦理意识的社会人。文学伦理学批评理论认为，“文学的教诲作用是文学的基本功能，教诲的实现过程就是文学的审美过程，教诲也是审美的结果……审美是文学伦理价值的发现和实现过程。文学的审美只有同文学的教诲功能结合在一起才有价值，这种价值就是伦理价值”①。寓教于乐，即让读者在审美体验中得到陶冶、获得启迪，一直是儿童文学的重要功能。儿童文学的核心价值就是通过具体可感的艺术形象，以“润物细无声”的方式，潜移默化地熏陶、感染、影响着儿童读者，引领儿童的精神成长。

在当代的儿童文学界，有学者在“尊重儿童的天性”旗帜下，对儿童文学的教诲功能和伦理价值口诛笔伐。似乎提倡文学的教诲功能，就一定是压制儿童天性的做法；似乎挖掘儿童文学的伦理价值，就一定意味着儿童观念的落后。实际上，我们审视和挖掘儿童文学的教诲价值或伦理价值，就是顺应儿童的自然天性而进行的学术尝试。要理解倡导教化功能是否就意味着压抑儿童的天性，首先有必要理解到底什么才是儿童的天性。“天性有两大特点，一是天性是先天的，是与生俱来的。二是天性不是人所独有的，而是人兽共有的，即天性是人同其他动物都具有的特征。”②儿童的自然天性，就是儿童作为一个“自然人”在自然状态下所表现出来的人格特征。儿童的自然天性主要体现在三个方面：首先，儿童的思想与行为主要受与生俱来的动物性本能的驱动，因而常常表现出一些不同于社会化了的成人的思维模式和行为方式，如不加掩饰地表现出“自私”“任性”“愚蠢”的行为。儿童自然而然地表现出来的种种“很坏”和“很傻”的行为，正是儿童自然天性的表现。如果我们以保护儿童的自然天性为借口，任由自己的孩子顺着自己的天性与本能发展，最后这个儿童很有可能成长为邪恶、愚蠢或者完全以自我为中心的成年人，难以融入社会。其次，儿童的自然天性表现为伦理意识的缺失，尚未形成分辨善恶是非的能力。霍布斯和斯宾诺莎等伦理学家都认为，“在自然状态中，人人都只顾自己的利益，

---

① 聂珍钊：《文学伦理学批评：论文学的基本功能与核心价值》，《外国文学研究》，2014 年第 4 期，第 9 页。

② 聂珍钊：《文学伦理学批评：人性概念的阐释与考辨》，《外国文学研究》，2015 年第 6 期，第 15 页。

不顾他人和社会"[①]。人进入集体和社会，就需要伦理意识来规范和调节其行为。伦理意识不是与生俱来的，而是后天习得的，是伦理化过程的产物。没有经历伦理化过程的儿童，不能在大脑中构建出他所置身的社会所认可的伦理观念，因此需要接受包括父母、教师、媒体等各种力量的伦理启蒙，其中儿童文学就是对儿童进行伦理启蒙的重要媒介，有助于儿童发展伦理认知和道德判断的能力。最后，儿童的自然天性还体现在他们自然的感情倾向上，他们喜欢温暖的怀抱、依恋母亲的体香、渴望甘甜的食物，这些喜好和依恋都是自然的情感，是自然天性的体现。譬如，《查理与巧克力工厂》中四位肆意妄为的小霸王形象，就典型地表现了儿童的自然天性。通过这类故事，儿童文学作家发出了重要的伦理警示：放纵儿童挥洒自然天性，其实就是不加节制的溺爱，最后都尝到了苦果。儿童的社会化发展，除了要掌握必要的生存技艺外，更为重要的是学会约束自然天性，发展人之所以为人的社会属性，学习和内化社会伦理规范。

没有哪位父母能够完全肯定自己的孩子将来就一定会成长为优秀、幸福的人，他们都在不同程度上热切地希望并使之成为可能。通过讲故事的方式让儿童明白人生的道理，帮助儿童理解社会生活所必不可少的社会规范、形成道德观念，是从古至今的父母和老师努力帮助儿童成长为优秀、幸福的人的最普遍的做法。伦理学是"幸福生活之术"，是"关于幸福以及如何实现幸福的条件的研究"[②]。因此，父母和老师为了使孩子将来幸福生活而对孩子实施教育的重要内容，就是帮助孩子伦理化。正如弗雷德·英格丽丝(Fred Inglis)所言，"给儿童讲述关于如何长大、如何幸福地生活的故事，是家长、老师和小说家们永恒的事业"[③]。给儿童讲故事，就是为他们将来的集体和社会生活做准备，即帮助儿童伦理化，以便他们将来能够更好地融入社会，成为被社会

① 转引自宋希仁：《西方伦理思想史》，北京：中国人民大学出版社 2010 年版，第 167 页。

② 宋希仁：《西方伦理思想史》，北京：中国人民大学出版社 2010 年版，第 198 页。

③ Fred Inglis. *The Promise of Happiness：Value and Meaning in Children's Fiction*. Cambridge：Cambridge UP：1981，p. 33.

接纳的幸福公民。用英格丽丝的话说，“我们给孩子提供故事，旨在帮助他们在未来生活得较好”[①]。儿童长大后幸福生活的基础是能力和道德，但后者远远比前者重要。道德常常能弥补能力的缺陷，但是能力永远填补不了道德的空白，因此帮助儿童理解道德规范、培养道德意识、明白如何在社会上立身处世的道理，是父母和老师的职责，也是儿童文学的价值所在。作为儿童读者的“人生的教科书”[②]，儿童文学具有帮助儿童伦理化的重要价值。我国著名的儿童文学作家秦文君在谈论自己创作的心路历程的时候，表示她想通过创作表现儿童的心灵成长过程：“写出一个人最初的心灵震颤是怎样形成的，写出人是怎么开始认同自我，怎么涉世，怎么认识死亡、恐惧，怎么学会爱与恨。”[③]获得伦理认知、内化道德观念、认同特定的角色身份，是儿童伦理化的重要内容。如果儿童文学作家的创作已经含蓄地表现了儿童成长的内涵，那么儿童文学批评的责任是从学理上归纳和总结这些内涵对读者成长的影响，而这正是本书的研究目标。

以上对儿童和儿童文学的界定，是本书研究的重要理据或预设。这个理据与预设可以归纳为两点：其一，在儿童的人格构成中，兽性因子强而人性因子弱。在童年时期，与生俱来的本能是儿童行为的主要驱动因素，儿童表现出来的幼稚、任性、无法无天等特点，就是兽性因子主导行为的结果。儿童的成长过程就是儿童由兽性因子主导的自然人转变为受人性因子约束的社会人的过程，其核心是道德化，即儿童在特定社会文化的影响下，逐渐习得社会伦理规范、内化伦理观念、形成道德判断能力和伦理意识而走向道德成熟。这个过程就是儿童学会约束兽性因子、强化人性因子的过程，“人性因子的表现形式是理性意志，其最重要的特征是能够分辨善恶的能力”[④]。只有接受了道德化洗礼的人，才能摆脱野兽那样自然的、动物性的生存状态，而进

---

① Fred Inglis. *The Promise of Happiness*: *Value and Meaning in Children's Fiction*. Cambridge: Cambridge UP: 1981, p. 32.

② 聂珍钊：《文学伦理学批评：论文学的基本功能与核心价值》，《外国文学研究》，2014 年第 4 期，第 11 页。

③ 秦文君：《儿童文学读写之旅》，上海：少年儿童出版社 2010 年版，第 88 页。

④ 聂珍钊、黄开红：《文学伦理学批评与游戏理论关系问题初探》，《江西师范大学学报》，2015 年第 3 期，第 60 页。

入人类社会特有的伦理境界。其二，在现代社会，儿童文学可以在儿童的伦理化过程中发挥重要作用。“文学从存在的那一天开始，就一直高扬道义的旗帜，与其他精神形式一道，行之有效地抑制着人性之恶，并使人性不断改善。”[①]较之于成人文学，本来就因教育儿童的目的而诞生的儿童文学，具有明显的“构筑良好的人性基础”[②]的价值。一代代的优秀儿童文学作家，为儿童读者建构了无数生动有趣的艺术形象，化作和风细雨，滋润着儿童的心田。以“润物细无声”的方式使读者在美与丑、善与恶、勇敢与懦弱、正义与邪恶的直观对照中获得智慧的启迪、心灵的净化、境界的提升。

正是基于上述对儿童天性和对儿童文学价值的认识，本书拟以英国的动物故事、奇幻小说、男生故事、女生故事、历险小说、科幻小说中的艺术形象为主要线索，运用文学伦理学批评方法，挖掘儿童文学的教化功能与伦理价值，重点考察儿童文学在儿童读者的智慧启迪与道德发展过程中所发挥的作用。

---

① 曹文轩：《文学：为人类构筑良好的人性基础》，《文艺争鸣》，2006 年第 3 期，第 1 页。

② 曹文轩：《文学：为人类构筑良好的人性基础》，《文艺争鸣》，2006 年第 3 期，第 1 页。

第一章 动物故事与儿童的伦理启蒙

在英国儿童文学的艺术画廊中，展示着彼得兔、维尼熊、跳跳虎、黑骏马、蛤蟆等许多耳熟能详的动物形象。自18世纪中叶开始，动物形象逐渐在儿童的阅读舞台上大展拳脚，成为儿童文学艺术画廊中浓墨重彩的主角。18世纪被誉为"理性时代"，英国理性时代的教育思想家们之所以贬谪童话故事，推崇动物故事，是因为他们担心《灰姑娘》之类的童话故事会使不谙世事的儿童读者错误地相信：一个人的成功似乎只要借助于美貌、梦想与运气就可以实现。尽管灰姑娘身上有善良、勤劳等美德，但真正导致灰姑娘社会地位上升的并非美德，而是漂亮的外表和可遇而不可求的运气。深受经验主义教育哲学和清教伦理思想影响的英国儿童文学作家们希望通过自己的创作告诉读者，那些导致个人进步与社会地位上升的重要原因，并不是灰姑娘那样的运气，而是当时社会上成功的商人与精明的家庭主妇所推崇的勇敢、勤劳、节俭、谨慎、诚实、怜悯、同情等高尚的道德品格。为了让社会经验匮乏、理性尚未成熟的年幼读者获得伦理启蒙，英国那些信奉经验主义教育哲学的作家和家长认为，较之于充斥着魔法、精灵、王子、公主的童话故事，知识性与教育性并重的动物故事更加具有寓教于乐的教诲价值。因此，以约翰·洛克为代表的英国教育思想家认为，少年儿童应该阅读的不是《灰姑娘》和《白雪公主》这样的童话故事，而是《罗宾的故事》和《金手指》那样的动物故事，因为优秀的动物故事"总是与科学、伦理、真理这样的领域联系在一起"①。正是在这种主流的社会伦理思想影响下，英国的动物故事得到了长足的发展，产生了大量以动物为主人公的经典儿童文学文本，其中彼得兔、维尼熊等生动可爱的动物形象，受到全世界儿童持久的喜爱。

儿童文学作家之所以热衷于创作动物故事，用动物形象来表现儿

---

① Tess Cosslett. *Talking Animals in British Children's Fiction* (*1786-1914*). Aldershot：Ashgate，2006，p. 1.

童的自然天性，是因为尚未受到伦理启蒙的儿童在伦理本质上与动物类似，驱动他们思想和行为的动力，都是那种与生俱来的自然本能与欲望，而非伦理意识或者善恶观念。人们常把鸿蒙未开的儿童类比为动物，“人们与他(儿童)玩耍就像与动物玩耍、与不知羞耻的猴子玩耍一样”①。尚未接受伦理启蒙的儿童虽然具有人的外形，但他们身上保留着动物性本能，他们喜怒哀乐等自然情感的表达还是像动物一样，以自身需求是否得到满足为基础，而尚未形成敬畏感、羞耻感、责任感等伦理情感。鉴于儿童与动物在自然天性上的相似，儿童很容易在动物形象身上看到自己的影子，因此动物故事备受儿童读者的青睐。动物故事向儿童展现充满智慧的生存斗争及其与同类的互动，给读者带来巨大的审美愉悦，同时也能启迪智慧、陶冶情操。一代代的动物故事作家们用格调高尚的文字，使稀疏平常的动物一跃成为可供读者审美的形象，更成为寓教于乐的重要媒介。本章拟通过对英国儿童文学中以动物为主角的几部经典文本的分析与解读，管窥这些动物故事在开启儿童读者的伦理认知、培养儿童的伦理情感方面所具有的重要价值。

第一节　动物故事与儿童的伦理认知启蒙

在儿童成长的过程中，追求自由快乐或欲望满足的本能力量极其强大，而理性的约束力量又极其单薄，使得儿童往往在快乐原则的驱动下做出一些傻事或者胡闹行为而不顾及其行为的后果。快乐原则驱动下的糊涂与胡闹，是儿童自然天性的体现，也表明了儿童接受伦理启蒙的必要性和重要性。对儿童进行伦理认知启蒙，就是让儿童了解社会伦理规范，学会用社会认可的善恶标准去判断自己和他人的言语行为，从而形成初步的伦理意识，并逐渐学会用这种意识来指导自己的思想和行为。鉴于动物与没有接受伦理启蒙的儿童之间的相似性，动物故事被约翰·洛克等教育哲学家认为是对儿童进行伦理启蒙的有效媒介。

① 菲利普·阿利埃斯：《儿童的世纪》，沈坚、朱晓罕译，北京：北京大学出版社 2013 年版，第 2 页。

洛克寓教于乐的教育哲学思想对英国儿童文学的发展产生了重大的影响。通过儿童喜闻乐见的方式，把成人社会认为儿童应该了解的伦理规范或善恶观念传输给儿童读者，以便让儿童形成必要的伦理意识，是长时间内英国儿童文学创作的重要动因。无论是18世纪的英国儿童文学先驱特里莫夫人，还是20世纪的儿童文学大师罗尔德·达尔，都在创作中践行了寓教于乐这一儿童文学创作原则。这些儿童文学作家试图通过自己的创作对儿童进行伦理启蒙，把不成熟、不理性、尚未形成伦理意识的儿童，逐渐转化为成熟的、理性的、道德化的社会人。不同于动物只有一次出生，人类社会的成员有两次“出生”机会：一次是作为自然人的诞生，通过遗传密码获得了人的外形，但没有获得人的本质；另一次是作为社会人的出生，获得了他或者她所处社会的行为规范，形成伦理意识，从而获得人的本质。从自然人到社会人的转化不是自然完成的，而是儿童社会化的结果。吉卜林笔下《丛林故事》中的狼孩莫格里的故事就是这样一部描述儿童从自然人转化为社会人的寓言①，对儿童读者具有重要的认知启蒙价值。莫格里的身份困惑，隐喻着人类在进化过程中或儿童在成长过程中可能遭遇的身份认同难题。莫格里成长的过程，实际上就是在做人还是做兽之间进行身份选择与身份认同的过程。莫格里最后融入人类社会、由狼孩转变为人类社会的成员，是他学习人类社会的伦理规范、形成伦理意识的结果。莫格里这个生动有趣的艺术形象旨在向鸿蒙未开的读者表明，儿童的成长必须经过伦理化这一重要过程，选择和认同人的身份，就意味着要学习和内化人类社会的伦理规范，从而达到初步发展儿童伦理认知能力的效果。

一、《丛林故事》：身份认同与伦理选择的寓言

罗德亚德·吉卜林(Rudyard Kipling，1865—1936)是英国第一位获得诺贝尔文学奖(1907)的作家，也是一位饱受非议的作家。尽管他

① 虽然吉卜林笔下的狼孩莫格里是人类的后代，但因他从小在丛林中被野狼抚养长大，其行为习惯与思维方式与狼等动物无异。从伦理本质上看，与其说狼孩是人，还不如说是野兽。因此，本书把描述印度狼孩成长经历的经典文本《丛林故事》纳入动物故事的范畴。

的作品曾经登上“20 世纪 100 部最佳小说”榜单[①]，但吉卜林在我国却常遭诟病，这是因为“历史上遭受过殖民伤害的读者反感该作家对大英帝国的称颂”[②]。鉴于吉卜林作品中的殖民题材，国内外学者常运用后殖民主义理论来阐释吉卜林的作品，因而很容易得出他是“帝国主义的吹鼓手、种族歧视的倡导者、沙文主义的代言人”[③]这一定论。然而，到了 21 世纪，中外学界开始对此定论提出质疑。譬如，英国文学评论家约翰·贝利在《纽约时报》书评栏目撰文，认为应该重新审视吉卜林[④]。我国学者萧莎也指出在新的研究视角下、运用新的批评方法来重新解读吉卜林的必要性，“唯其如此，我们的论断才不至于流于简单武断”[⑤]。由此看来，从新的视角、运用新的批评方法来重新阐释吉卜林的经典作品是十分必要的。但究竟使用什么样的新方法、新视角，上述学者语焉不详。本书认为，如果我们跳出成人文学研究的理论框架或研究范式，把吉卜林的《丛林故事》[⑥]看作富含伦理教诲价值的经典儿童读物的话，那么“根据文学的伦理特性采取文学伦理学批评的方法阅读、阐释和评价经典文学，可以获得新的价值发现”[⑦]。运用文学伦理学批评方法重新解读《丛林故事》，我们发现吉卜林笔下的狼孩故事实际上是一部关于伦理身份认同与伦理选择的寓言，它以隐喻的方式表现了儿童的社会化进程，即儿童习得社会伦理规范、形成伦理意识以适应人类社会生活的过程。《丛林故事》作为儿童文学经典，蕴藏着丰

---

① 在 1998 年，美国现代图书馆与兰登书屋联合评选出的“20 世纪 100 部最佳英文小说”，吉卜林的《基姆》(*Kim*，1901)榜上有名，名列第 78 位。

② 萧莎：《今日重读吉卜林》，《外国文学评论》，2004 年第 3 期，第 152 页。

③ 萧莎：《今日重读吉卜林》，《外国文学评论》，2004 年第 3 期，第 152 页。

④ John Bayley. “The King's Trumpeter”, http: //www. nybooks. com/articles/the-kings- trumpeter.

⑤ 萧莎：《今日重读吉卜林》，《外国文学评论》，2004 年第 3 期，第 152 页。

⑥ 吉卜林的系列丛林故事分为上、下两部，分别是《丛林之书》(1894)和《丛林之书续集》(1895)。这两部故事集一共包括 15 个短篇故事，其中有 7 个跟狼孩莫格里有关。人民文学出版社考虑到中国读者的口味，从中择选了 11 个故事由文美惠编译成集，取名为《丛林故事》(北京：人民文学出版社 2004 年版)。本书相关引用均出自该书，标出具体页码，不再逐一说明。

⑦ 聂珍钊：《文学伦理学批评导论》，北京：北京大学出版社 2014 年版，第 143 页。

富的伦理价值。儿童通过品读莫格里的身份认同与伦理选择过程，可以渐渐理解人与兽之间最本质的区别不是外形，而是只有人类才具备的伦理意识。

1. “歪曲”的狼孩形象与学界对吉卜林的误读

在吉卜林创作的《丛林故事》中，最受欢迎的当推狼孩莫格里的系列故事[①]。关于印度狼孩的事实真相，早在吉卜林创作《丛林故事》的十多年前就已经有所报道和描述。譬如，在罗伯特·斯特恩戴尔(Robert Sterndale)所著的《印度和锡兰哺乳动物自然史》(*Natural History of the Mammalia of India and Ceylon*, 1884)一书中，就有关于狼孩情况的介绍。正如当代读者都熟悉的印度狼孩卡马拉(Kamala)和阿马拉(Amala)[②]一样，这些在丛林中由野兽抚养长大的孩子，在进入人类社会以后，即使经过长时间的教育和学习，也难以适应人类社会的生活。然而，在吉卜林的笔下，狼孩莫格里却完全是另外一番景象。他不仅在丛林中生活得如鱼得水，在人类社会也混得风生水起。在丛林中，莫格里凭借自己的勇气与智慧，有效地震慑了狼群、老虎等丛林强者而成为丛林之王；回归人类社会之后，莫格里不仅恩怨分明地报复了那些恶意伤害他的村民、保护了曾经善待他的养父母，而且受聘为护林员，并结婚生子，由丛林野兽成功蜕变成为

---

① 狼孩莫格里的故事共有7篇，构成《丛林故事》的核心部分，其中《莫格里的兄弟们》为后面的故事定下了基调，《春天的奔跑》是最后一个故事，到这个故事结束时，狼孩莫格里已经在很大程度上社会化了。

② 卡马拉和阿马拉是1920年被传教士辛格(Singh J. A. L.)在印度发现的狼孩。当她们被发现的时候，其生活习惯完全同狼一样，不会直立行走，只能四肢着地走路，害怕日光，昼伏夜出。因阿马拉在被带入人类社会一年后就去世，人们对狼孩的观察与研究更多是在卡马拉身上进行。据推测，卡玛拉刚被发现时，生理年龄已有七八岁，但只有六个月大的婴儿的认知能力。人们把她带到孤儿院，经过长时间的教导与训练，卡马拉在适应社会生活方面的进步微乎其微：在行为能力方面，卡马拉花了2年时间才学会双腿直立，6年后才学会艰难地直立行走，但跑步时还得四肢并用；在语言发展方面，她在人类社会生活的前4年只学会了6个词汇，7年时间才学会了大约45个词汇；在认知能力方面，卡马拉因感染寒热病去世时已有十七岁，但她的智力只有三四岁幼儿的水平。

人类社会的成员。

吉卜林在印度生活和工作多年，应该知道由狼抚养长大的狼孩是无法融入人类社会的。然而，在创作《丛林故事》时，吉卜林却置狼孩的实际情况不顾，虚构了莫格里这个与事实真相截然不同的狼孩形象。吉卜林在创作中“歪曲”狼孩事实，到底是出于什么样的创作心理或者意图？学界对此做出了至少三种解释。

其一是败笔说，即有学者认为吉卜林笔下的狼孩最后竟然社会化为殖民政府的护林员，是作家在最初创作时考虑不成熟的表现。譬如，最早翻译介绍吉卜林作品的文美惠女士认为：“试想一个能震慑森林里凶猛野兽的天神般的少年莫格里，竟然降格为英国文官制度下的一名小职员，并且期望将来能够领到一份退休金，这实在有点儿‘煞风景’。”①因而，这在一定程度上可以看作其创作中的败笔。

其二是殖民主义辩护说，不少学者认为吉卜林的创作是出于殖民主义宣传的需要，为殖民主义强权政治辩护。有学者运用后殖民主义理论进行推论：莫格里象征着文明的殖民者，而丛林中那些狼、老虎、大象等“自由兽民”则象征着野蛮蒙昧的土著。“当老虎与狼群向他发威时，毛格利（即莫格里）用火这种武器征服了他们，因为火是只有人才懂得使用的东西，这里影射了西方殖民语境的文明（西方）与野蛮（东方）的二元等级对立。”②根据后殖民主义的逻辑，吉卜林可能倾向于认为，如果莫格里可以凭借火（即动物眼中的“红花”）这种对手所害怕的武器让百兽臣服的话，那么英国殖民者亦可以凭借先进的科技、通过武力威慑和迫使野蛮人屈服。运用后殖民主义理论或者东方主义话语对吉卜林及其作品进行解读，很容易得出吉卜林是“为帝国主义的殖民政策歌功颂德的文人”③这样的结论。

其三是身份投射说，认为莫格里在身份认同方面的困惑是作家本人身份焦虑的投射。以吉卜林传记作家墨菲为代表的学者运用当代文

---

① 吉卜林：《丛林故事》，文美惠译，北京：人民文学出版社 2004 年版，第 4 页。

② 李秀清：《帝国意识与吉卜林的文学写作》，北京：对外经济贸易大学出版社 2010 年版，第 243 页。

③ 李秀清：《帝国意识与吉卜林的文学写作》，北京：对外经济贸易大学出版社 2010 年版，第 3 页。

化研究理论，聚焦于莫格里的双重文化身份问题，发现“吉卜林小说的一个明显特征是纠结于身份和民族归属之类的复杂问题”[①]，认为小说中莫格里身份认同的尴尬，是作家本人文化身份认同的焦虑在文本中的投射。吉卜林深受印度和英国两种不同文化的影响[②]，“作者这种文化背景的复杂性反映在小说中就表现为对于文化身份问题的困惑和纠结”[③]。萧莎指出，“‘在殖民/反殖民’的语境中，吉卜林的思想充满了矛盾，作为生活在东西方夹缝中的英印社会的一员，他的文学创作和自我体验都展现了他对身份的焦虑”[④]。类似的研究成果认为，狼孩莫格里不知道自己到底是人还是野兽的身份困惑，隐喻作家在英国和印度两种不同文化身份之间选择和认同的困境。

上述学者对吉卜林笔下狼孩形象的解读，都是站在成人文学的立场、运用成人文学的研究方法与理论范式得出的结论。这些解读固然在不同程度上丰富了我们对吉卜林的理解，但存在一定程度的误读。这是因为《丛林故事》出版一个多世纪以来，绝大多数时候是以儿童读物的定位走进读者的视野[⑤]，被广泛认为是世界儿童文学领域中的瑰宝，因此不应用成人文学研究的理论框架来观照这样一部儿童文学经典。韦恩·布思认为，“小说修辞最根本的问题是要决定作者为谁而创作”[⑥]，所以我们分析文学作品前，首先应该确定读者对象，即这部作品的受众。以儿童为目标读者的儿童文学作品遵循着不同于成人文学的修辞或逻辑，侧重于通过寓教于乐的方式向儿童读者传递关于成长的秘密。因此，如果完全照搬成人文学的理论与方法来解读儿童文学

---

① 参见 Bemice M. Murphy. “Rudyard Kipling—A Brief Biography”，http：//www. qub. ac. uk/schools/SchoolofEnglish/imperial/india/kipling-bio. htm。

② 吉卜林出生在印度的孟买，在印度文化的浸染下度过了幼年时光，然后在 5 岁时被送回英国接受教育，17 岁时重返印度工作，深受两种文化的浸润。

③ 韩飞虎：《“狼孩”的困惑》，《宜春学院学报》，2013 年第 1 期，第 115 页。

④ 萧莎：《吉卜林的身份焦虑》，《外国文学评论》，2015 年第 1 期，第 128 页。

⑤ 据笔者观察，《丛林故事》的上架建议是“儿童文学”，因此无论是在英国的 Water Stone 连锁书店，还是在我国的各大书店或者图书馆，一般都出现在儿童文学区域。

⑥ Booth Wayne. *The Rhetoric of Fiction*. Chicago：University of Chicago Press，1961，p. 389.

作品，可能会存在一定程度的误读或偏颇。如果我们站在儿童文学的立场，运用文学伦理学批评方法重新解读《丛林故事》，不难发现它是一部关于儿童伦理选择与社会化发展的寓言。狼孩莫格里从兽到人的化茧成蝶过程，就是作为生物人的莫格里逐渐认同人的身份、习得伦理意识而成为伦理人的伦理化过程。

2. 身份选择与莫格里从兽到人的转化

儿童文学的核心价值是通过寓教于乐的方式，让儿童在审美的愉悦中获得有益的教诲。阅读狼孩莫格里对自己身份的选择与认同，有助于读者更好地了解人的本质，明白人在社会中如何立身处世的道理。莫格里从蹒跚学步的人类婴儿沦落为丛林中的野兽、再蜕变为人类社会成员的成长过程，实际上就是他逐渐摆脱野兽的身份、选择人的身份、获得人的本质的伦理化过程。吉卜林在小说中描述了莫格里的身份困惑与选择过程，这个艺术形象就像一面镜子，折射出读者自己成长过程中可能遭遇的困境与选择。

莫格里最初进入读者视野的时候，他只是一个被狼收养的孩子，“一个全身赤裸，棕色皮肤”①的娃娃，而且被狼族赋予了一个带有明显动物色彩的称呼——莫格里(青蛙)。由于尚未经受社会化的洗礼，幼年时期的莫格里至多只能算一个自然人或者生物人，而不是社会学或者伦理意义上的人。混迹于狼的世界中，莫格里习得了狼的技能与经验，认同了狼的身份，“要是他会说任何一种人的语言的话，他会把自己叫做狼的”②。这个阶段的莫格里还处于伦理混沌状态，他虽然具有人的外形，但在伦理本质上完全是野兽。他有狼爸爸、狼妈妈和狼兄弟，狼妈妈也亲切地称他为“光着身子的小儿子”③。这个时期的莫格里，选择和认同的完全是狼的身份。

如果莫格里的故事仅仅停留在对狼孩丛林生活的生动叙述，那么就只是对现实中狼孩经历的简单描摹，这样的作品可能生动有趣，但会因为缺少优秀的儿童文学作品应有的伦理价值而难以在时间的长河

---

① 吉卜林：《丛林故事》，文美惠译，北京：人民文学出版社 2004 年版，第 4 页。

② 吉卜林：《丛林故事》，文美惠译，北京：人民文学出版社 2004 年版，第 10 页。

③ 吉卜林：《丛林故事》，文美惠译，北京：人民文学出版社 2004 年版，第 19 页。

中沉淀为世界儿童文学经典。《丛林故事》能够沉淀为儿童文学经典，得益于作家对狼孩事实的"歪曲"，因为其表现了狼孩的社会化过程而获得"经典性"。"文学是否成为经典是由其伦理价值所决定的"①，《丛林故事》之所以能够经过一个多世纪时间的淘洗后成为"享誉世界的儿童文学经典名著"②，是因为这些故事蕴含着丰富的伦理教诲价值，能够使读者从中获得启发与教益。这些故事的核心价值在于作家吉卜林为莫格里安排了摆脱兽民身份、发展人类身份的社会化契机，使得它们因为蕴含着丰富的教育功能与伦理价值而成为儿童文学经典之作。

莫格里由兽向人的发展，是他受到的正面教育和反面刺激两方面共同作用的结果。正面教育来自丛林中的黑豹巴希拉和棕熊巴鲁两位导师，以及村民米阿苏夫妇；反面刺激则来自老虎谢尔汗的使坏和作梗。在莫格里的社会化进程中，他的两位丛林导师发挥着重要的作用。其中黑豹巴希拉"在人群中出生，懂得人的那一套"③，对人类的特点和思维方式有着直观的了解，因此它能够给莫格里传授一些有关人类特性和思维方面的知识，为莫格里进入人类社会做了启蒙准备。老虎谢尔汗是《丛林故事》中的反面角色，是丛林法律的破坏者，也正是由于谢尔汗的屡次作梗，莫格里获得了社会化的契机。为了摆脱老虎谢尔汗的纠缠，莫格里选择回到人类社会，被村民米阿苏夫妇收养。他们视莫格里为己出，对他倾注了真诚的关爱和温暖的亲情。如果说黑豹巴希拉给予莫格里的只是社会化的启蒙教育的话，那么米阿苏夫妇则让莫格里深入地习得了人类的生活经验与社会规范。为了适应人类生活，莫格里"有三个月几乎从没有走出过村庄大门，忙着学习人类的生活方式与生活习惯"④，他学会了用布遮羞，学会了克制冲动和运用理

① 聂珍钊：《文学伦理学批评导论》，北京：北京大学出版社 2014 年版，第 142 页。

② 吉卜林：《丛林故事》，睦银凤译，南昌：二十一世纪出版社 2010 年版，第 1 页。

③ 吉卜林：《丛林故事》，文美惠译，北京：人民文学出版社 2004 年版，第 12 页。

④ 吉卜林：《丛林故事》，文美惠译，北京：人民文学出版社 2004 年版，第 46 页。

性。莫格里在村民中间的生活为他积累了必要的阅历与经验，使他基本掌握了人类社会的伦理规范，获得了初步的伦理意识，激活了他的身份意识。正是人类社会的这些教育与经验使得莫格里开始怀疑和思考自己的身份问题，出现身份认同与选择方面的困惑。

习得了人类社会的原则与规范之后，莫格里逐渐发现了野兽与人类两种不同生命形式之间的本质差异。从《春天的奔跑》这个短篇故事中，读者可以看到莫格里对自己身份的怀疑和困惑。在经历了丛林中的野兽和村庄中的人类两种不同生活方式后，莫格里逐渐地对自己的身份心生困惑：他到底是属于丛林的一匹狼，还是属于村庄的一个人？他在丛林长大，整日混迹在狼、熊、豹等丛林猛兽之中，是狼和黑豹等野兽的"小兄弟"，是丛林的居民。因此，在人类的眼中，他的身份无疑是野兽。然而，莫格里又拥有人的外形，具有丛林中其他野兽所无法企及的能力和智慧，能够灵活地使用"红花"(火)这类人类才会使用的武器，并使之成为实现自己目的的工具。因此，在丛林中那些动物的眼中，莫格里的身份又是人。

莫格里这种亦人亦兽或者非人非兽的尴尬身份，为读者理解儿童的社会化过程提供了良好的素材。莫格里的身份困境，隐喻着人类在进化过程中或者儿童在成长过程中可能遭遇的身份认同的难题。"在人类文明发展过程中，人类面临的最大问题是什么？就是如何把人和兽区别开来以及在人和兽之间做出身份选择。"①莫格里成长的过程，实际上就是不断地在做人还是做兽之间进行身份选择与身份认同的过程。他从丛林中的兽民逐渐转化为人类社会成员的过程，就是他由生物意义上的人转变为具有社会伦理意识、了解社会伦理规范的社会人的社会化过程，而个体社会化的核心就是伦理选择。通过莫格里这个生动的艺术形象，吉卜林向尚未完全社会化的懵懂读者表明，儿童的成长必须经过伦理选择这一重要的过程。野兽可以听任本能行事，遵循的是弱肉强食的丛林法则；但做人就意味着要习得社会伦理规范、形成伦理意识，并以此来指导和约束自己的行为。

前文提到，有学者认为莫格里这位在丛林中叱咤风云的少年，最

① 聂珍钊：《文学伦理学批评导论》，北京：北京大学出版社2014年版，第32页。

后竟然屈尊降格为殖民政府的小职员的结局有点“煞风景”，是吉卜林思考不成熟的表现。笔者对此有不同的看法，本书认为莫格里选择和认同人的伦理身份、被人类社会接纳，正是这部作品能够在时间的长河中经历淘洗后沉淀为儿童文学经典的重要原因。小说中狼孩莫格里在身份意识觉醒后开始对自己的身份感到困惑，随后在伦理意识的指引下做出了身份选择与认同，最后完成伦理选择后得到社会的接纳和认可，这类情节赋予了这部作品厚重的伦理教诲价值。这个故事的目标读者是少年儿童，作为一部表现儿童社会化过程的寓言故事，这样的结局才算圆满，表明只有经过伦理选择这个社会化过程之后，自然人才能转变成为社会人。莫格里放弃野兽的身份而选择人的身份，是莫格里从兽向人转化的前提，是他伦理选择的基础；被人类社会接受和认可，是莫格里完成初步社会化的标志，是莫格里最终获得人的身份的象征。

莫格里从兽民向人类社会成员的转化，象征着儿童从自然人向社会人的转变。儿童的成长必须经历以伦理选择为核心的社会化过程，这个过程需要通过教诲来完成。棕熊巴鲁和黑豹巴希拉是莫格里的伦理启蒙导师，他在两位导师的指导下习得的“丛林法律”，并非弱肉强食的丛林生存原则，而是人类社会伦理规约的翻版，是他最终完成社会化过程、得到人类认可和接纳的不可或缺的基础。

3. “丛林法律”与莫格里的伦理选择

“丛林法律”(law of the jungle)[①]是《丛林故事》中出现频率很高的词汇，也是一个引发诸多争议的概念，学界对此见仁见智。瑞典文学院在 1907 年授予吉卜林诺贝尔文学奖时，对这个概念的解读是正面的：“丛林法则就是宇宙法则，如果要问这些法则的主旨是什么，吉卜林就会简单地告诉我们，是奋斗、尽职和遵守。”[②]研究吉卜林的专家以

① 为了规避“丛林法则”这个术语本身自带的消极含义，在人民文学出版社 2004 年版的《丛林故事》一书中，译者文美惠把“law of the jungle”这个词汇翻译成为“丛林法律”，而非“丛林法则”，以避免弱肉强食的伦理联想。

② 转引自肖涤：《诺贝尔文学奖要介》，哈尔滨：黑龙江人民出版社 1992 年版，第 150 页。

斯拉姆认为这个概念没有明确内涵："吉卜林没有明确说明他的法则是什么，要明确地界定这样一个广泛的概念，或许是不可能的事情。"①运用后殖民主义理论对吉卜林作品进行分析的学者则认为，文本中频繁出现的"丛林法律"这个概念承载着弱肉强食的伦理原则或强权政治等负面含义，是吉卜林鼓吹弱肉强食的殖民主义的"罪证"，吉卜林也因此被攻击为殖民主义强权政治的鼓吹者。然而，如果我们仔细研读文本，就不难发现，吉卜林在《丛林故事》中用"丛林法律"这个词汇表达的内涵，并非弱肉强食的生存竞争，而是维持一个理想的社会秩序的规范与原则。在丛林世界里，棕熊和黑豹是莫格里的伦理启蒙导师，也是丛林秩序的维护者，它们维护丛林社会秩序的依据就是"丛林法律"。它的主要内涵并非弱肉强食的动物世界生存法则或者强权政治，而是表达了文明社会中普遍认可的同情弱小、尊重生命、和谐共存以及公平、感恩等诸多伦理原则和价值观念。"丛林法律"的具体内容散落在不同的故事中，归纳起来，主要包括三个方面的要义：

首先，"丛林法律"确立了同情和保护弱小生命的原则。"丛林法律"明确规定：成年狼在结婚时可以退出他所属的狼群部落，但"一旦他的崽子长大到能够站立起来的时候，他就必须把他们带到群狼大会上去，让别的狼认识他们……狼群里的成年狼绝对不能用任何借口杀死一只狼崽。只要抓到凶手，就立即把他处死"②。让成年的狼认识小狼崽，是为了保护小狼崽，使他们不仅避免伤害幼小的同类，同时给予弱小的狼崽以必要的庇护，约束野兽们恃强凌弱的行为。能否成功杀死一头高大的公鹿，是幼狼是否长大的标志，也是狼群部落判断他是否还需要集体庇护的标准。迥异于动物世界弱肉强食的生存竞争，保护弱小的原则可以有效地约束强者的行为、保护弱者的利益。这一伦理原则，并非丛林中的野兽们秉持的生存竞争原则，而是文明社会中的人类应该践行的重要伦理原则，与我们倡导的"尊老爱幼"等社会主义伦理价值有异曲同工之处。

---

① Shamuel Islam. *Kipling's Law: A Study of His Philosophy of Life*. London: Macmillan, 1975, p. 143.

② 吉卜林：《丛林故事》，文美惠译，北京：人民文学出版社 2004 年版，第 6 页。

其次，“丛林法律”体现了感恩和公平的伦理原则。莫格里第一次参加狼群大会的时候，狼群不想接纳他，反对把人类的孩子这个异类带入狼群。但“‘丛林法律’规定，如果对于处理一个新的崽子有疑问……这个崽子的性命是可以用一笔钱买下来的”①。于是，丛林社会秩序的维护者——黑豹巴希拉把一头自己刚刚杀死的肥大公牛拱手让给了狼群，以此为代价为莫格里购买了加入狼群社会的门票。由于黑豹贡献的公牛，年幼的莫格里才受到了群狼的接纳，从而得到了群狼的庇护，安全地躲过了“丛林法律”无耻的破坏者——老虎谢尔汗的多次挑衅和威胁。从这个意义上看，公牛是有恩于莫格里的。根据“丛林法律”中有关知恩回报的原则，由于莫格里加入狼群的入场券是公牛换来的，所以莫格里“绝对不能杀死或者吃掉任何一头牛，不管是老牛还是小牛。这是‘丛林法律’”②。莫格里也一丝不苟地践行了这个原则。感恩和公平的原则规定行善者理应得到帮助，而作恶者理应受到惩罚。在莫格里长大后，他用自己的智慧帮助年老体衰的狼群首领度过了劫难，帮助群狼击败了来犯的凶猛野狗，回报了群狼在莫格里年幼的时候给予的庇护和帮助；同时，莫格里凭借自己非凡的勇气、智慧和胆识，成功地杀死了作恶多端的老虎谢尔汗，让这位“丛林法律”的藐视者和践踏者付出了生命的代价，彰显了公平与正义的伦理原则。

最后，“丛林法律”还彰显了和谐共存的原则。“丛林法律”禁止野兽吃人，除了“人是生物中最软弱、最缺乏自卫能力的，所以去碰他是不公平的”③这样的伦理原则之外，更重要的是因为“杀了人就意味着迟早会招来骑着大象、带着枪支的白人，和几个手持铜锣、火箭和火把的褐色皮肤的人”④。“禁止吃人”是丛林动物为了自身的可持续生存和发展而制定的重要原则，即为了避免给自身带来毁灭，首先就不要试图去毁灭他人。“丛林法律”倡导的和谐共存的原则，是人类社会和平

---

① 吉卜林：《丛林故事》，文美惠译，北京：人民文学出版社 2004 年版，第 8 页。

② 吉卜林：《丛林故事》，文美惠译，北京：人民文学出版社 2004 年版，第 10 页。

③ 吉卜林：《丛林故事》，文美惠译，北京：人民文学出版社 2004 年版，第 3 页。

④ 吉卜林：《丛林故事》，文美惠译，北京：人民文学出版社 2004 年版，第 3 页。

共处道德原则的翻版。“自己活，也让别人活”是文明社会重要的伦理原则，是维持和谐共存的人际关系的重要保障。此外，“丛林法律”还制定了关于保护水源之类的公共资源的规定：只要丛林中那条大河的水位下降到露出了河床中央的大石头的时候，丛林中这唯一的水源就成了“禁猎区”，旨在禁止任何动物霸占丛林的核心资源。这些规定表明，“丛林法律”的主旨是要求丛林社会中的所有成员共同遵守一定的规定，维护丛林的和谐秩序，以达到和谐生存的目的。

不同于弱肉强食的丛林生存竞争法则，吉卜林笔下的“丛林法律”是文明社会的伦理原则和伦理规范的翻版。表面上看，吉卜林描述了一个儿童读者喜闻乐见的动物世界，实际上吉卜林通过创作《丛林故事》来“阐述他心目中理想的社会秩序”①，而维系这个社会有序运作的伦理规范便是“丛林法律”。既然“丛林法律”是维系吉卜林心目中理想社会秩序的“法律”，那么我们可以把它理解为维护特定的社会秩序而要求社会成员共同遵守的规范和准则。通过描述一个理想社会以及阐述维持这个社会秩序的伦理原则与规范，吉卜林以寓言的方式给儿童读者传授了如何在社会立身处世的重要一课。“丛林法律”是推动狼孩莫格里伦理选择的重要力量，而伦理选择则是把莫格里从兽群中分化出来的决定性因素。品鉴莫格里学习、理解和践行这些伦理原则的过程，对读者极具启发意义，使得少年儿童读者在审美的愉悦中习得了关于社会生活的知识，获得了人类生活的经验，了解了人应该遵守的规范和服从的法律。习得社会伦理规范，形成伦理观念，学会约束自身的动物性本能，是儿童伦理化的重要内容。通过莫格里这类经典的艺术形象，使儿童明白人与兽之间最本质、最根本的区别不是外形，而是人类所具备的伦理意识。正是从这个意义上看，儿童文学“在人的王国与动物的王国之间划了一条粗大的分界线”②。狼孩莫格里的故事具有丰富的伦理教诲价值，这正是《丛林故事》能够在时间的淘洗中沉淀为儿童文学经典的原因之一。

---

① 吉卜林：《丛林故事》，文美惠译，北京：人民文学出版社 2004 年版，第 5 页。

② 聂珍钊：《文学伦理学批评导论》，北京：北京大学出版社 2014 年版，第 27 页。

儿童作为鸿蒙未开、理性沉睡的"原人"，是"只能通过教育而成为人"[①]的生命，聆听或者阅读儿童文学经典是儿童接受教育的重要方式之一。"不管是为成人还是为儿童创作的所有伟大艺术，都因其传递有关世界和我们自己的知识而具有教育性，但因儿童的认知能力比成人弱，所以儿童文学比成人文学更具有教诲价值。"[②]儿童文学的价值在于作家能够以寓教于乐的方式给读者带来有益的启示，使他们掌握在社会上立身处世的道理。吉卜林的《丛林故事》正是这样一部富有教益的儿童文学经典名著，是一部关于儿童伦理化的寓言。在阅读和欣赏莫格里的身份困惑和伦理选择的故事时，儿童困惑着他的困惑，快乐着他的快乐，在阅读的快感中获得关于人类成长的感性经验。通过莫格里从狼转变为人的过程，儿童读者可以理解人与动物之间的本质差别不在外形，而是人类独有的伦理意识。

二、《柳林风声》：儿童伦理认知启蒙的教科书

伦理价值是儿童文学经典的核心价值，但不同的儿童文学作品表现伦理价值的方式也大为不同。如果说吉卜林的《丛林故事》对儿童的启蒙价值在于让儿童明白人与兽之间最本质、最根本的区别的话，那么英国著名儿童文学作家肯尼斯·格雷厄姆（Kenneth Grahame，1859—1932）的《柳林风声》（*The Wind in the Willows*，1908）的伦理启蒙价值则在于为儿童提供了伦理认知的镜像。以铜为镜，可以正衣冠；以动物形象为镜，儿童可以端正自己的行为。

优秀的文学作品往往通过表现人的自然本能与社会伦理规范之间的冲突，揭示人的复杂性和多面性而具有普遍价值，从而获得经典地位。儿童文学也不例外，只有那些充分体现了儿童普遍特点的艺术形象，才能引起儿童的共鸣；只有那些揭示了儿童的成长真谛，"提升了

---

① 伊曼纽尔·康德：《论教育》，载《教育：让人成为人》，杨自伍编译，北京：北京大学出版社2010年版，第2页。

② Wang Xiaolan. "Status Quo, Current Trend and Hot Issues of Children's Literature Study: An Interview with Professor Maria Nikolajeva". *Foreign Literature Studies*, 2015(3), p. 2.

我们的自我认知和社会认知"[①]的优秀作品，才能历经时空的筛选留存下来成为经典。《柳林风声》就是这样一部优秀的儿童文学典范，它经受住了时间的检验，具有跨越时空的魅力。《柳林风声》所建构的蛤蟆这个艺术形象，是儿童人格的真实写照，他从率性胡闹走向理性成熟的过程，代表儿童成长过程中天性和理性两种力量的消长，为儿童读者提供了认识自己的镜像，让读者在阅读的愉悦中得到伦理认知的启蒙，发展出初步的伦理判断能力。

1. 蛤蟆的任性与胡闹：儿童自然天性的体现

关于文学经典的价值之争，在儿童文学领域也不曾停歇，并由此形成了"教育主义"和"童心主义"两大儿童文学价值观念。教育主义倾向的作品强调儿童文学的伦理价值，把儿童文学看作对儿童进行教诲的工具；童心主义姿态的作品则强调儿童文学的审美价值，认为儿童文学应以再现儿童的天真与童趣为旨归。实际上，无论是完全以教育为旨趣的"教诲派"作品，还是完全追求逗乐、搞笑效果的"热闹派"作品，都难以跻身儿童文学经典的行列。"寓教于乐"才能让儿童文学发挥它的伦理价值，只有"教"没有"乐"，或者只有"乐"没有"教"的儿童文学作品，都不太可能跻身于经典行列。这是因为前者过于强调教化效果而忽略了阅读乐趣，会使读者兴味索然，英国18世纪那些宗教和道德训诫故事之所以湮没进了历史的尘土堆，就是因为它们过于生硬的说教色彩难以引起读者的兴趣；后者过于重视读者兴趣而放弃了教育使命，"为娱乐而娱乐"的作品追求搞笑、热闹效果，因缺乏优秀的儿童文学作品应有的伦理内涵而流于浅薄，难以经受时间的检验，毕竟"儿童文学不是恶作剧文学，不是低级地装疯卖傻的文学"[②]。

由此可见，优秀的儿童文学作品应该既蕴含着丰富的伦理价值，又没有因为强调教诲而牺牲阅读的乐趣，"'寓教于乐'永远是包括童话

---

① Wang Xiaolan. "Status Quo, Current Trend and Hot Issues of Children's Literature Study: An Interview with Professor Maria Nikolajeva". *Foreign Literature Studies*, 2015(3), p. 5.

② 周益民：《梅子涵教授访谈录》，《语文教学通讯》，2008年第7期，第5页。

在内的所有儿童文学作品的最高目标"①。像《柳林风声》这类调和了童心主义和教育主义两种价值的文本，即既蕴含着丰富的伦理价值又富含阅读趣味的优秀作品，才能在时间的长河里沉淀为经典。童心主义的文学创作以顺应儿童的自然天性为诉求，努力表现儿童的童心童趣。所谓童心，就是孩童般幼稚或纯真的心理状态，是儿童自然天性的表现。儿童的自然天性就是儿童在自然状态下所表现出来的人格特征。儿童文学经典通过妙趣横生的故事表现儿童向往自由快乐的天性，任性、淘气、胡闹就是儿童自然天性的表征。儿童文学中那些精力旺盛、活泼好动、顽劣胡闹但真诚善良的艺术形象，是现实生活中大多数儿童的真实写照，体现着作家对儿童天性的理解，因而很容易引起儿童的共鸣，容易让儿童在阅读中获得愉悦感。这些艺术形象就像一面镜子，让读者在欢笑中看到自己的问题与毛病，告诉读者接受道德教化的必要性与重要性。《柳林风声》中的蛤蟆形象正是这样一面镜子，折射出儿童身上的自然天性以及放纵天性的后果。儿童故事中那些"动物、玩具、小女巫、有生命的物体等，其实都不过是儿童的伪装而已。它们的行为举止与儿童相仿，面临类似的问题"②。因此，蛤蟆就是一个淘气、调皮的邻家男孩的写照③：他真诚善良、热情好客，但又鲁莽好动、喜欢显摆、不负责任。这个艺术形象跟现实生活中大多数男孩极为相似，读者很容易在他身上看到自己的影子，容易引起认同或共鸣。《柳林风声》中的蛤蟆在很大程度上正是这样一个体现了儿童自然天性的艺术形象，其自然天性主要体现在两个方面：

首先，蛤蟆的思想与行为主要受与生俱来的动物性本能的驱动，而

① 李纲：《英国童话的伦理教诲功能研究》，武汉：华中师范大学博士学位论文，2015年，第121页。

② 玛丽亚·尼古拉耶娃：《儿童文学中的人物修辞》，刘洊波等译，合肥：安徽少年儿童出版社2010年版，第129页。

③ 在给罗斯福总统的信中，格雷厄姆表示《柳林风声》"所传达的只是一个你特别熟悉也能理解的最朴实阶层人的最朴实的生活乐趣而已"。据分析，信中所指的阶层应该是英国的中产阶级，小说中四个穿人衣、说人话的动物形象，映射的是英国中产阶级家庭的四位性格各异的男孩形象。参见 Humphrey Carpeter and Mari Prichard. *The Oxford Companion to Children's Literature*. Oxford: Oxford UP, 1984, pp. 573-574。

不是理性思考或道德情感驱动的结果。儿童文学作家之所以热衷于用动物形象来表现儿童的自然天性，是因为尚未受到伦理启蒙的儿童在伦理本质上与动物几乎没有区别，驱动他们思想和行为的动力，都是那种与生俱来的自然本能与欲望，而非伦理意识或者善恶观念。蛤蟆表现出来的任性、愚蠢和胡闹等行为，是蛤蟆追求快乐与刺激的自然本能驱动的结果，也是自然天性的体现。蛤蟆一心向往的生活方式是“到处旅游，不断变化，每天都有乐趣，每天都充满刺激”①。在寻求刺激的本能欲望和快乐原则的驱使之下，蛤蟆随心所欲地购买了各式各样的帆船和汽车，不负责任地横冲直撞，酿成七起交通事故，毁掉了六七辆车，自己也因此三次受伤住院。诚如蛤蟆的好友河鼠所言：“蛤蟆是所有动物中，最糊涂、最胡闹的家伙!”②蛤蟆之所以鲁莽任性，做出种种傻事，并非因为他邪恶、愚笨，而是因为他缺乏理性思考能力，完全靠本能来支配自己的行为。蛤蟆的行为表明，在儿童成长的过程中，追求自由快乐或欲望满足的本能的力量极其强大，而理性的约束力量又极其单薄，使得儿童往往在快乐原则的驱动下做出一些傻事或者胡闹行为，而无暇顾及行为的后果。快乐原则驱动下的糊涂与胡闹，是儿童自然天性的体现，也表明儿童接受伦理启蒙和社会教化的必要性和重要性。

其次，蛤蟆的自然天性还表现为伦理混沌或者道德蒙昧。“伦理混沌”是文学伦理学批评的一个重要术语，是指“人出生后到伦理选择前这个时期的伦理状态”③，是有待于成人对他们进行伦理启蒙的阶段。蛤蟆偷窃汽车但浑然不知自己在犯罪这一情节，典型地体现了蛤蟆的伦理混沌或道德蒙昧。蛤蟆偷窃并非源于他自私地占有汽车的目的，而是源于他的糊涂与冲动，他触犯了动物社会的“法律”，自己却浑然不知。我们可以从他跟火车司机的谈话中看出其伦理混沌：“我只不过是趁着车主们吃饭的时机，借用了一下他们的汽车，当时他们并不需

---

① 肯尼斯·格雷厄姆：《柳林风声》，舒伟译，南宁：接力出版社 2012 年版，第 23 页。

② 肯尼斯·格雷厄姆：《柳林风声》，舒伟译，南宁：接力出版社 2012 年版，第 93 页。

③ 聂珍钊：《文学伦理学批评导论》，北京：北京大学出版社 2014 年版，第 257 页。

要它。我根本就没有偷车的意思，千真万确。”[①]蛤蟆“借用”他人汽车的思维方式与行为特点，跟儿童在幼儿园中“顺手牵羊”拿走同伴的玩具或同桌的铅笔之类的行为在本质上是相同的，都是伦理混沌的结果。蛤蟆的行为向我们展示了处于蒙昧时期的儿童的思维方式和行为特点，也表明了对儿童进行伦理教诲、帮助儿童培养伦理意识的必要性。只有通过伦理规训和道德教化，儿童才能逐步走出蛤蟆这种伦理混沌状态，避免因为蒙昧或混沌而犯下不可弥补的大错。

儿童的自然天性中“自然”这个词汇，作为“文明”或“社会”的对立面，隐含着某些文明社会极力避免的属性。霍布斯认为人与人之间的“自然状态”是掠夺与竞争，这是因为从动物进化而来的人身上不可避免地带有本能欲望。追求非理性的欲望满足往往导致惨烈的竞争或者倾轧。为了让人类避免丛林动物之间那种弱肉强食的生存竞争，文明社会建构出一系列的法律和伦理道德规范来维持社会秩序、保证社会和谐与稳定，避免人与人之间“自然状态”下的生存竞争。现代道德教育的重要目标之一，就是帮助自然人在社会环境中道德化，即帮助儿童逐步理解社会伦理规范、发展善恶观念、形成伦理意识而转化为社会人。儿童长大后在社会上的生存与发展，离不开社会伦理规范，这些伦理规范和善恶意识不会平白无故地进入儿童的大脑，而是需要不断地学习和内化才能获得。聆听或者阅读优秀的儿童文学作品，是儿童学习和内化这些处世哲学、形成伦理意识的重要途径。他们可以从阅读中获得“无私、真挚、同情弱小、扶危济贫、反对强权、抵制霸道、追求平等、向往自由、尊重个性、呵护仁爱之心”之类的“构筑良好的人性基础”[②]的伦理品格。儿童文学“以善为美”的美学特征，决定了优秀的儿童文学文本必然蕴含着向善趋善的伦理取向。因此，格雷厄姆在《柳林风声》中除了塑造了蛤蟆这个既可爱又可恨的角色外，还塑造了狗獾、河鼠、鼹鼠等角色，他们既是蛤蟆的朋友，也是蛤蟆的道德守望者。尤其是狗獾，他像父母守望子女成长一样，耐心地守望

① 肯尼斯·格雷厄姆：《柳林风声》，舒伟译，南宁：接力出版社 2012 年版，第 95 页。

② 曹文轩：《文学：为人类构筑良好的人性基础》，《文艺争鸣》，2006 年第 3 期，第 1 页。

和等待着蛤蟆心智的成长和道德的成熟。

2. 狗獾的道德守望：社会伦理规范的约束

如果说《柳林风声》中蛤蟆这个艺术形象体现的是儿童在自然天性支配下的行为及其后果的话，那么狗獾的形象则更多地体现为一种社会伦理规范的约束和牵引力量。蛤蟆缺乏伦理判断能力、不受伦理规范的束缚，在自然天性的驱动下随心所欲地任性与胡闹。但狗獾等动物以严肃的社会规范来评判蛤蟆的行为，劝诫他走出伦理混沌，引导他走向理性与成熟。作为帮助主人公走向道德完善的重要角色，《柳林风声》中热情好客的河鼠、忠诚善良的鼹鼠、成熟稳重的狗獾等动物形象，也给读者留下了深刻的印象。河鼠和鼹鼠像蛤蟆的同龄好友，狗獾则扮演着蛤蟆的道德监护人的角色，他以严肃的社会伦理规范约束蛤蟆，同时也通过温暖的情谊感召蛤蟆避恶趋善。

狗獾首先用社会伦理规范来引导蛤蟆，以期约束蛤蟆的天性，增强其理性。狗獾能够发挥道德监护人的作用在于他是动物社会的道德权威，代表着社会认可的伦理规范。通过河鼠和鼹鼠的视角，我们知道狗獾是一位"令人起敬的人物，由于其稳重的品行而享有很高的威望"[①]，因而"每当人们遇到任何困难，他们总是去找狗獾"[②]，寻求他的支持或帮助。他透彻了解"动物社会的行为规范"[③]，能够对动物社会中各类成员的行为做出伦理判断，能够对动物之间出现的各种问题进行调解或者做出裁决。面对蛤蟆的胡闹，河鼠和鼹鼠深感无奈，于是他们寻求狗獾的帮助。狗獾原本就是蛤蟆父亲的挚友，但因为他的住处离蛤蟆庄园较远，未能及时了解蛤蟆的动态。当他从河鼠和鼹鼠口中获悉蛤蟆任性地挥霍、飙车、制造车祸等胡闹行为后，狗獾这位道德"法官"谴责了蛤蟆的行为："你一直在大肆挥霍你父亲留下的钱财。

---

① 肯尼斯·格雷厄姆：《柳林风声》，舒伟译，南宁：接力出版社 2012 年版，第 182 页。

② 肯尼斯·格雷厄姆：《柳林风声》，舒伟译，南宁：接力出版社 2012 年版，第 57 页。

③ 肯尼斯·格雷厄姆：《柳林风声》，舒伟译，南宁：接力出版社 2012 年版，第 54 页。

你不要命地驾车狂奔，多次撞车，多次跟警方吵闹，简直败坏了我们动物在整个地区的名声。独立行事固然值得称道，但我们动物绝对不能听任自己的朋友超出限度地尽干傻事。”[①]狗獾作为动物社会的道德权威，代表了社会认可的道德观念和道德规范。当他以社会认可的道德体系去衡量蛤蟆时，发觉蛤蟆的行为背离了社会伦理规范，也知道蛤蟆的胡闹是缺乏理性的结果，因此决定用伦理规范去约束蛤蟆的自然天性，帮助蛤蟆培养伦理意识和判断能力。

在蛤蟆惹出一系列的事端以后，狗獾首先对蛤蟆进行了严厉批评，希望蛤蟆能够幡然悔悟。然而，狗獾的说教并没有取得预期的效果，受到批评后的蛤蟆对自己的行为“没有丝毫的抱歉，也没有丝毫的懊悔”[②]。为了有效地制止蛤蟆的进一步胡闹，帮助蛤蟆发展伦理认知能力，狗獾采取了类似于法官管教问题少年那样的手段，即通过强制手段把蛤蟆锁在卧室中，希望通过限制自由这种方式，把蛤蟆变成“一个理智清醒的动物”[③]。然而，狗獾的这种强制手段未能奏效，蛤蟆运用小聪明逃走了，并在随后的冒险旅途中闯下了更大的祸，以至于最后被判处二十年的监禁。蛤蟆的行为表明，让儿童逐步学会约束自然本能、发展伦理意识是一个艰难而漫长的过程，既需要对儿童进行耐心的教育，使他们理解社会伦理规范，更需要温情的感召和耐心的帮助。

狗獾除了扮演动物社会的道德“法官”角色对蛤蟆的非理性行为给予批评之外，还扮演了蛤蟆的代理父亲角色，用温暖的情谊感召蛤蟆浪子回头。人的行为是受一定的认知引导的，道德认知是道德行为的前提。然而，如果道德认知没有与道德情感联系起来，就不能转化为促进道德行为的正能量，明知故犯、屡教不改之类的行为就是只有道德认知而没有道德情感介入的结果。因此，在守望蛤蟆成长的过程中，狗獾不仅需要培养蛤蟆的伦理判断能力，还要用温暖的亲情感召浪子

---

① 肯尼斯·格雷厄姆：《柳林风声》，舒伟译，南宁：接力出版社 2012 年版，第 87 页。

② 肯尼斯·格雷厄姆：《柳林风声》，舒伟译，南宁：接力出版社 2012 年版，第 89 页。

③ 肯尼斯·格雷厄姆：《柳林风声》，舒伟译，南宁：接力出版社 2012 年版，第 92 页。

回头。在儿童文学中，读者常常看到主人公父母缺席的情况。父母的缺席意味着主人公可以挣脱成人的束缚，充分享受无人管束的自由，同时也意味着主人公容易犯错误，需要一位父亲的替身来行使父亲的职责，引领他走出伦理困境。蛤蟆的父亲临死前把自己的孩子托付给了狗獾，尽管狗獾没有和蛤蟆生活在一起，但他对蛤蟆怀有一种父子般的情感，尤其是在蛤蟆的精神成长和社会化发展方面，充当了蛤蟆的代理父亲角色，守望着蛤蟆的道德成长。狗獾认真地扮演了一位严厉而又慈祥的父亲的角色，在主人公道德发展过程中发挥了重要的引领作用。作为严厉的长辈，狗獾以规训的手段促使浪子回头；作为慈祥的父亲，狗獾以温暖的亲情，通过感动和感召的方式引导主人公走向成熟。作家首先安排主人公的父母缺席，使得没有父母约束的主人公有机会充分表现儿童无拘无束的自然天性，充分展示儿童自由地放纵自然本能的后果。在蒙昧糊涂的主人公胡闹闯祸之后，再安排他的代理父亲出场，对主人公的天性加以约束，以适应社会伦理规范。

狗獾代表着一种严厉又慈爱的父亲形象，也代表着成人社会对儿童的道德意志与道德宽容。像现实生活中的父亲一样，狗獾宽柔相济，对蛤蟆既有疾言厉色的批评，也有体贴入微的关怀，更有患难之中的援助。譬如，当蛤蟆外出冒险的时候，蛤蟆庄园被黄鼠狼家族霸占。为了避免蛤蟆无家可归的命运，狗獾带着朋友离开自己温暖的巢穴，放弃舒适的休眠，费尽心思地帮助蛤蟆夺回产业。深谙儿童心理特点的作家格雷厄姆在儿童故事中建构了狗獾这样一位道德监护人的形象，让他在蛤蟆的成长中发挥约束和感召作用，“既展现了人类真情世界的感人事迹，也体现了人类社会道德的力量”①。狗獾这样的道德守望者，代表着社会的伦理规范力量，是主人公实现道德完善的客观条件和外部保证。如果没有狗獾他们对蛤蟆的胡闹行为加以批评和约束，蛤蟆就难以形成伦理认知和伦理观念；如果没有他们用温暖的情谊感动他，蛤蟆就不会产生那种足以让他羞愧的道德情感，而对自己行为的羞耻感和对朋友的内疚感，正是蛤蟆最后悔悟的情感动因。狗獾用成熟的道德观念约束和帮助蛤蟆，也用宽容、无私的道德情感感召蛤蟆，使

① 王晓兰：《社会拯救诉求与社会认知诉求的碰撞》，《江西师范大学学报》，2015年第3期，第67页。

蛤蟆最终变得“十分谦逊，知恩图报，通情达理”[①]，从而走向理性与成熟。

3. 蛤蟆的成熟：天性让位于理性

蛤蟆从蒙昧走向理性的过程，就是蛤蟆在他自己所代表的追求快乐的自然天性及其朋友所代表的社会伦理规范这两种对立的力量之间挣扎成长的过程。蛤蟆的任性与胡闹体现了儿童的自然天性，放纵天性的后果就是淘气事与恶作剧不断。这些表现了儿童的天性与童心的故事情节反映了儿童的心理愿望，因而赢得了小读者由衷的喜爱。同时，作品又通过狗獾等艺术形象，体现了社会伦理规范的约束和引导力量，传递了成人社会对儿童的期许。“大多数儿童文学，无论采用何种形式，无论是有意还是无意，都具有把社会意识形态传递给儿童的总体效果”[②]，儿童文学向读者传递的期许，在某种意义上就是社会主流的价值观念或意识形态。优秀儿童文学作品的核心价值，就在于让读者在获得阅读快感的同时，接受作品所传递的意识形态或价值观念。

人是自然天性与道德人性的载体，天性和理性两种力量的对比，使得个体在不同时期呈现出不同的道德状态。在幼年时期，自然天性主导着儿童，是儿童思想与行为的主要驱动力量，儿童的淘气、糊涂与胡闹是自然天性的表征。随着年龄的增长和社会化程度的提高，儿童的天性逐步让位给理性，他们身上的动物属性逐渐隐退，社会属性逐渐显露。儿童身上动物属性的弱化和社会属性的强化是儿童社会化的结果。儿童在社会环境中接受的各种道德化教育，就旨在帮助儿童强化他们身上人之所以为人的人性因子，帮助他们逐步走出本能的控制，获得能够在人类社会立足生存所必需的理性，而理性的基础就是伦理意识和明辨善恶是非的能力。善恶意识和伦理情感是人的社会属性的表现，是儿童社会化过程的产物。蛤蟆从顽劣走向成熟的过程，是以狗獾为代表的社会伦理规范约束和教化的结果，象征着儿童从受

---

① 肯尼斯·格雷厄姆：《柳林风声》，舒伟译，南宁：接力出版社 2012 年版，第 205 页。

② Bob Dixon. *Catching Them Young*：*Sex*，*Race and Class in Children's Fiction*. London：Pluto Press，1977，p. 70.

自然天性或兽性因子控制的顽童，转变为受理性意志或伦理意识约束的社会成员的过程。《柳林风声》通过富有个性的艺术形象表现了儿童的人格特点，体现了童心童趣而又不流于肤浅，蕴含了伦理价值而又不失趣味，使得这部作品受到一代代读者的认可和赞赏。

儿童成长的过程就是儿童身上人性因子和兽性因子博弈并最后达成动态平衡的过程。人非圣贤，孰能无过？即使是理性成熟的成人也有可能面对诱惑的时候做出错误的选择，何况还是处在伦理混沌状态中的儿童。蛤蟆曾经在伦理混沌的状态下误入歧途，给他人造成伤害，也给自己带来麻烦。所幸的是，他在朋友的温情感召和经验教训下迷途知返，走上了理性与成熟的道德轨道。儿童读者由衷地羡慕自由快乐、胡作非为的蛤蟆，也真心地欣赏彬彬有礼、“野性已经得到充分驯服”[①]的蛤蟆。蛤蟆的行为之所以能够得到儿童读者的认同，这是因为儿童读者从这样的艺术形象身上，可以依稀看到自己的影子。生活中的大多数儿童，就是蛤蟆这个艺术形象的原型。正在经历伦理选择过程的儿童像蛤蟆一样，还没有能力完全约束自身的本能与冲动，会不由自主地犯错，但慢慢增强的伦理意识又让他们能够认识到自己的错误，因而犯错之后往往会处于纠结惶惑中。从蛤蟆这样的迷途知返、重新受到朋友肯定和社会接纳的艺术形象身上，读者可以重拾生活的信心，获得改正错误的勇气。

伦理混沌或道德蒙昧是儿童在成长过程中必然要经历的一个特殊阶段，儿童文学作品常常通过描述处于伦理混沌状态下的人物的行为及其后果，向读者进行伦理警示。蛤蟆的顽劣是与生俱来的自然本能驱动的结果，是儿童自然天性的体现。这样的行为放在年幼的儿童身上，透露着童心和童趣，因而能够得到儿童读者的喜爱。然而，儿童毕竟不能永远停留在童年，不能永远处于伦理混沌或者道德蒙昧中。随着年龄的增长和生理的成长，他们的心智和道德水平也应该得到相应的发展。儿童可能朝两个迥异的方向发展：一是学会约束自然天性或本能以适应社会规范，产生以理性为核心的伦理意识，在社会和群体中完成伦理选择而转变为社会人；二是拒绝成长，继续在本能或天

---

① 肯尼斯·格雷厄姆：《柳林风声》，舒伟译，南宁：接力出版社 2012 年版，第 206 页。

性的支配下随心所欲，即拒绝学习必要的社会伦理规范，不能用社会伦理观念来指导或者约束自己的行为，成为一个与社会格格不入的问题少年。

儿童成熟的程度，是由儿童对社会伦理规范的认知和伦理观念的接受程度决定的。如果儿童能够充分理解社会伦理规范，并以此来约束和指导自己的行为，那么他就转变成了一个成熟的、理性的社会人。从本质上看，儿童成长的过程，就是儿童学会遵守社会伦理规范、形成伦理意识，并用这些规范和意识来控制本能、指导行为的过程。然而，这一过程并不容易，蛤蟆不顾后果多次闯祸的行为就清楚地表明，人的自然本能放纵容易、约束难。但蛤蟆最后的道德成熟也表明，只要运用恰当的方法、耐心地引导，儿童的自然天性迟早会让位于理性，最终能够形成伦理意识，逐步学会做出符合社会期待的行为选择。

《柳林风声》这类优秀的儿童文学典范通过奇妙瑰丽的想象、生动可爱的艺术形象和妙趣横生的故事情节，表现儿童成长过程中自然天性和社会伦理规范之间的张力，既充分体现了儿童的天性，又充分表达了理性的诉求。如果说表现儿童的自然天性和天性支配下的思维和行为方式构成儿童文学经典的表层结构的话，那么作品中隐含的成人社会对儿童读者的道德意愿则构成文本的深层结构。优秀的儿童文学作品通过对自然天性的艺术展现来揭示儿童接受教化的必要性，对真善美的表现以彰显人性的美好，对儿童人格特征的生动书写来揭示儿童成长的规律，这些内容构成儿童文学经典的不朽内涵。儿童文学不是儿童自己创作的，而是成人作家为儿童读者创作的独特文本，体现了成人社会对儿童读者的期许与意志。“人类之所以要创造出儿童文学，在于需要通过这种适合儿童思维特征和乐于接受的文学形式来与下一代进行精神沟通与对话，在沟通与对话中，传达人类社会对下一代的文化期待。”[①]让儿童在阅读审美的快感中获得伦理认知的启蒙，是《柳林风声》的魅力所在，也是它能够在时间的长河中沉淀为经典的根本原因。

---

① 王泉根：《论儿童文学的基本美学特征》，《北京师范大学学报》，2006 年第 2 期，第 45 页。

第二节　动物故事与儿童的伦理情感启蒙

在儿童的伦理启蒙中，伦理情感的培养和伦理认知的训练同样重要。儿童文学的伦理价值，就在于它不仅能够帮助读者获得伦理认知，还有助于培养伦理情感。人的伦理情感包括道德情感和不道德的情感，其中道德情感是指人对道德原则、规范在情绪上的认同，可能表现为道德自豪感、尊严感等肯定性的、积极的情绪反应，也可以表现为羞愧感、内疚感等否定性的，但同样是积极的情绪反应。动物故事被认为是帮助儿童培养向善的伦理情感、增强儿童道德敏感性的重要工具。较早建议通过阅读动物故事向儿童白板般的心灵撒播善良与仁慈的种子的教育思想家是英国 17 世纪的经验主义哲学家约翰·洛克。从18 世纪一直到当代，在英国的儿童文学领域中一直都不乏洛克思想的忠实信徒和坚定的践行者，约翰·纽伯里、萨拉·特里莫、罗纳德·达尔等著名儿童文学作家都是其中的典型代表。在英国儿童文学中，充满鸟言兽语的动物故事是儿童读物的绝对主角，它们在儿童幼小的心田中撒播智慧与善良的种子，成为引领一代代儿童向真、向善、向上的重要力量。

英国儿童动物故事的重要伦理意图之一，就是通过儿童阅读过程中的情感体验来培养儿童积极向善的伦理情感。在儿童动物故事中，会说话的动物邀请读者与动物交换地位，代入角色的处境来直接体验动物的情感与情绪，从而帮助儿童培养仁慈、怜悯等伦理情感。本节拟对英国几部经典的、影响深远的动物故事进行解读，挖掘这些故事在儿童伦理情感的培养过程中所发挥的作用，重点阐述这些动物故事在激发儿童的道德想象、培养儿童的道德情感和增强儿童的道德敏感性等方面的价值。

一、道德训诫故事：培养向善的道德情感

英国 18 和 19 世纪的道德训诫故事旨在向读者进行道德情感启蒙，传递仁慈、羞愧、敬畏等道德情感。当时英国流行的教育思想认为，人们在年幼的时候所经历的伦理情感体验以及在此基础上形成的伦理情感，会在很大程度上影响他成年后的伦理行为。也就是说，如果儿

童从小就有了正确的伦理认知，并在正确的认知基础上形成积极向善的道德情感，那么他长大后就更有可能做出正面的、亲社会性的行为选择；儿童如果从小习得的是错误的伦理观念，培养的是负面的伦理情感的话，那么他长大后很有可能会做出一些危害他人与社会的行为选择。对儿童进行伦理情感启蒙教育的倡导者包括英国著名的经验主义教育思想家约翰·洛克。他认为人类对动物残忍的行为，在很大程度上会不知不觉地逐渐发展为对自己同胞的残忍。在《写给爱德华·克拉克的教育书简》(*Letters to Edward Clark on Education*)中，洛克表达了他对儿童残忍对待动物这种顽劣行为的深切忧虑。他担心儿童在童年时期养成的残忍行为会在成年后形成暴戾的性格，或者演变发展为残暴地对待同类的可怕习惯。他在书简中写道：

> 我观察到儿童身上的一个现象是，当他们抓到一只可怜的动物的时候，就倾向于虐待它。他们时常通过虐待小鸟、蝴蝶等无辜的小动物而从中作乐。我认为……当他们倾向于残忍行为的时候，应该教育他们善待动物，因为折磨和杀死动物的习惯，在很大程度上会使他们对人类也铁石心肠，使他们习惯于从低级动物的痛苦与毁灭中获得乐趣，因而也很难对自己的同类产生怜悯与同情……①

在这封书简中，洛克运用英国17世纪的社会伦理标准来思考儿童教育的问题，认为儿童残暴地对待动物的行为，会在长大后发展为残暴地对待自己同胞的伦理倾向。逆而推之，如果一个儿童对软弱无助的小动物都能怀怜悯之情，能够以一种温情、仁慈的态度对待它们，那么他很有可能形成善良、仁慈的情感定势，将会对自己的同类更加怜悯和宽容。从这个意义上看，动物是人类道德品质的试金石，人类个体对待动物的行为可以在一定程度上折射出他对待自己的同类的伦理态度。

深受洛克思想影响并将洛克思想付诸实践的一批儿童文学作家创

① Tess Cosslett. *Talking Animals in British Children's Fiction*：*1786-1914*. Aldershot：Ashgate，2006，p. 10.

作出来的儿童动物故事，不仅仅像《伊索寓言》那样通过动物形象传递人类社会中的生活智慧或道德讽喻，而且本着培养读者伦理情感的目的，在创作中增添了许多反残忍(anti-cruelty)内涵，即通过动物故事向读者传递悲悯的伦理情感。对当时英国很多儿童文学作家而言，让动物角色开口说话，是吸引读者、娱乐读者并唤起读者同情和怜悯情感的有效方式。18 和 19 世纪的很多作家通过创作一些道德训诫故事，扮演着儿童道德教师的角色。他们以"带领儿童读者走出非理性与迷信状态"①为己任，用会讲话的动物作为故事的主角，带领儿童从动物的视角体悟人类的行为可能给动物带来的种种影响。

在英国儿童文学史上，约翰·纽伯里是洛克教育哲学的忠实信徒和不遗余力的践行者。纽伯里算不上一位杰出的儿童作家，但却是一位伟大的儿童文学出版家。无论是在他的儿童小说创作中，还是在他的儿童文学出版事业中，纽伯里都奉洛克的思想为圭臬。纽伯里在他创作的小说《秀鞋玛格丽》中，积极传递善待动物的信息，对小说中女主人公玛格丽善待动物的行为大加赞赏和褒扬：

> 你知道，玛格丽是仁慈怜悯的，她的温善不仅对人，也对那些无害的动物……这些动物跟人一样，都是上帝创造出来的……人们怎敢放肆地折磨和毁灭上帝的创造物？它们和你我一样，能感知痛苦与快乐！你怎么能够把自己的快乐建立在其他动物的痛楚之上呢？难道你不认为，那些巢穴被坏孩子迪克·威尔逊抢走的可怜鸟儿也会痛苦吗？它们看到自己的巢穴被毁，就像你母亲看到别人把你家的房子推倒后一走了之一样痛苦不堪。②

作家运用有效的修辞策略，将读者的情绪从一开始泛泛的伦理诉求，慢慢转移到特定的坏孩子迪克身上和自己的生活中，使得这种情感立即进入儿童读者日常的、具体可感的生活环境中，拉近了与读者

---

① Tess Cosslett. *Talking Animals in British Children's Fiction: 1786-1914*. Aldershot: Ashgate, 2006, p. 37.

② John Newbury. *The History of Little Goody Two Shoes; Otherwise Called Mrs Margery Two Shoes*. London: John Newbery Company, 1765, pp. 36-37.

的距离，产生移情的效果，有助于读者在内心产生情感认同，因对被虐待的小动物的同情而在心中滋生出仁慈、恻隐的道德情感。

在动物故事中，读者常常可以读到这样的情节：动物角色取代了童话故事中的精灵、仙子等超自然力量，帮助人类走出困境。这些动物虽然没有像精灵、仙子那样使用超自然的魔法力量，但它们能够运用与生俱来的动物本能与直觉来帮助人类。因为儿童在日常生活中也可以亲身经历或者见证动物及其本能所发挥的作用，动物运用本能与直觉帮助人类的故事比神仙教母之类的童话角色更具有可信性和说服力。因此，儿童文学中这些动物角色，被看作开化和启蒙儿童道德情感的重要工具。例如，在《秀鞋玛格丽》中，乡村教师玛格丽收留的流浪狗给善待它的人们带来回报的方式，不是遥不可及的魔法，而是儿童在日常生活中可能已经观察到的动物特有的敏锐直觉。那只狗凭着自己特有的敏锐直觉，觉察到了教室即将坍塌的危险，在教室坍塌之前设法把玛格丽拽出教室，从而使她和她的学生幸免于难。作家通过这个小故事向小读者强调的伦理信息是：人类应该善待我们周围的动物，它们会给人类带来意想不到的回报。这些动物故事契合了洛克寓教于乐的儿童教育理念，在给儿童带来阅读愉悦的同时，向读者灌输关于善良、仁慈等伦理价值观念，在儿童的心田撒播了善良、仁慈的情感种子，培养儿童的同情心，有助于增强儿童的道德敏感性。这类动物故事被看作培养儿童善良、仁慈、同情等道德情感的有效工具，它们的兴起与发展构成了英国 18 和 19 世纪开化和启蒙儿童的伦理教育工程的重要组成部分。

另一位洛克思想的忠实信徒是英国儿童文学家萨拉·特里莫夫人(Mrs Sara Trimmer，1741—1810)，她自觉地承担起了儿童伦理教师的角色，在英国开启了 19 世纪儿童伦理启蒙教育工程。作为一位有着强烈社会责任感的母亲，特里莫夫人敏感地注意到，儿童出生后尽管是生活在人类社会中，但尚未经历社会化洗礼的儿童在本质上跟动物十分近似，他们的思想与行为在很大程度上受动物性本能和自然欲望的主导，他们的喜怒哀乐等情感还是以自身需求的满足为基础。鉴于儿童与动物在伦理本质上的相似性，动物故事被认为是对儿童进行伦理教化的最佳工具。出于对儿童实施伦理情感启蒙的目的，她不仅自己身体力行地通过创作来加强儿童读者的情感体验、培养儿童向善的伦理情感，而且创办了《教育卫士》(*Guardian of Education*，1802—1806)这份英国最早的儿童文学评论杂志，旨在帮助父母和幼儿教师“甄选优质、安全的读物”①。在洛克和特里莫夫人等英国教育理论家看来，判断儿童读物是否“优质、安全”的黄金准则，就是作品的伦理价值，即这些作品是否能够有效地强化儿童的道德情感体验、是否能够增强儿童读者的道德敏感性、是否能够帮助和引导儿童在伦理认知上逐步走向理性与成熟。

在她创作的《寓言故事》(*Fabulous Histories Designed for the Instruction of Children Respecting Their Treatment of Animals*，1786)、《知更鸟的故事》(*The Story of Robins*，1783)等儿童读物中，特里莫夫人积极向读者传达善待动物的理念、强调养成仁慈秉性的伦理价值观。特里莫夫人在《寓言故事》一书的“前言”中郑重其事地提醒读者：“孩子们要知道，本书并非真的包含鸟儿的真实谈话，而是一系列的寓言，旨在向他们传递适当的道德教诲，同时激发他们对这些有趣又讨人喜爱的小动物的怜悯和柔情(这些小动物经常受到肆无忌惮的虐待)，从而形成一种普世的仁爱。”②由此可知，特里莫夫人创作的意图就是激发儿童的爱心与悲悯情怀。

在《知更鸟的故事》中，特里莫夫人通过描述本森一家人和生活在他们家院子里的四只知更鸟之间的故事，邀请儿童读者细心体会动物的感受。像许多懵懂无知的男孩子一样，本森家的小男孩和他们家那位鲁莽无知的小客人也缺乏足够的生活经验和情感经历，完全凭着自己的自然情感对待生活在他们周围的动物。众所周知，大多数小男孩缺乏小女孩那种细心、敏感和移情能力，缺乏对动物感受的细腻关注，因而在自然情感的驱动下容易滋生出故意伤害小动物的顽劣行为。在这种情况下，充当故事中儿童伦理教师角色的本森太太(Mrs Benson)发挥了一位称职的母亲的伦理引领作用，她让儿童站在动物的立场去感受和体验。因此，当本森家那个小男孩弗里德里克伸出手臂，想要

---

① M. O. Grenby and Andrea Immel. *The Cambridge Companion to Children's Literature*. Cambridge: Cambridge UP, 2009, p. 108.

② Sarah Trimmer. *Fabulous Histories Designed for the Instruction of Children Respecting Their Treatment of Animals*. London: T. Longman, 1786, p. 8.

抓住一只蝴蝶玩耍的时候，本森太太这么劝诫："设想一下……当你出去玩的时候，有人残暴地抓住你，把你浑身抓伤，然后强行喂给你吃一些特别难吃甚至有毒的东西，然后把你关在一间小小的黑屋子里，你会感觉如何呢?"[①]作家借仁慈母亲之口，引导儿童读者站在动物的处境，设身处地地体验和感受人类不当的行为可能给动物造成的伤害。本森太太运用"推己及人"这一伦理教育的金科玉律，呼吁儿童设身处地地站在动物的立场体验，向儿童灌输"己所不欲，勿施于人"的伦理准则。她耐心地引导年幼的孩子进行移情想象："设想一下，如果别人在你身上拴根绳子，拽着你走；或者让你在空中旋转直到晕死过去；或者打断你的四肢，然后抛到地上，并用脚踩踏在你的背上……"[②]特里莫夫人在故事中借用母亲的话语，语重心长地引导读者进行换位思考，让读者设想和体会动物的无助与痛苦：通过这种情感渲染，作家带领儿童读者进入文本建构的情境，激发他们的道德想象，这有助于培养儿童向善的道德情感。

无论从特里莫夫人还是纽伯里的作品中，我们不难发现，英国儿童动物故事中传递的反残忍信息主要受到两种情感支撑：一是宗教情感上的支持，作家们诉诸"人与动物都是上帝的创造物"这一基督教伦理观念，呼吁人类善待上帝创造的动物。基督教伦理观念认为，人和动物都是上帝创造的生灵，虽然站在食物链顶部的人类"不得不杀死它们来维持生命，但它们活着的时候，不应该受到残忍的对待"[③]。二是伦理情感上的支持，通过呼吁读者换位思考，把动物可能遭受到的痛苦转换为人类也可能会经历和遭受的类似痛苦。这种情感呼吁是增加儿童伦理认知、升华儿童伦理情感的重要手段。尚未经过伦理启蒙的懵懂孩童的行为是在自然情感的主导下发生的，还没有发展出更加高级的伦理情感。自然情感是儿童原发状态下的情感表现，是他对外部

---

① Sarah Trimmer. *Story of the Robins*. London: Frederick Warne, 1873, p. 150.

② Sarah Trimmer. *Story of the Robins*. London: Frederick Warne, 1873, pp. 90-91.

③ Sarah Trimmer. *An Easy Introduction to Knowledge of Nature, and Reading the Holy Scripture, Adapted to the Capacities of Children*. London: Gale Ecco, 1770, p. 7.

条件发乎本能的自然反应。面对蝴蝶、猫、狗等小动物，有些顽皮的小男孩的本能反应就是以作弄、伤害它们为乐。他们之所以会有这些顽劣的“坏”行为，表现得“很坏”“很残忍”，不是因为他们道德败坏，而是因为他们的行为缺乏道德情感的引导。儿童的自然情感需要通过伦理教化和启蒙，才能向道德情感升华。

根据英国社会的伦理观念，得到了伦理教化的文明人应该具有仁善情怀。如果说弱肉强食、为满足个体的本能欲望而与对手拼得你死我活是动物世界的生存准则的话，那么，同情弱小、秉持公平与正义则是文明社会的人应该遵循的伦理原则。因此，残忍对待包括动物在内的弱小生命，都是野蛮、不文明、未进化的表现，这些野蛮行径都是在自然情感而非伦理情感的驱动下发生的。例如，托马斯·戴在《桑福德与梅顿》中叙述的，就是在道德上懵懂无知的男孩在接受道德教育后增强了道德敏感性的故事。故事中的儿童哈里·桑福德出身贫困但品行高尚。然而，即使是好孩子，也需要成人的教导才能养成善良的品行。诚如作家所述：

> 哈里曾经抓住一只金龟子，他用一根别针和一条长线把它拴起来，然后拼命甩圈圈，但这是哈里无知和欠思考的结果。一旦他父亲撞见此事并且告诉他：可怜的小昆虫也会像人被刀子割破手一样能够感知疼痛，哈里流泪了，立即把小昆虫带回家，放在新鲜绿叶上喂养了一个晚上。当它完全恢复过来后，就立即放生让它去享受自由与新鲜空气。①

这段故事表明，儿童的自然情感是原发的、与生俱来的，但伦理认知和伦理情感却是后天习得的，需要经过他人的言传身教才能培养起来。即使是桑福德这样聪明、善良、懂事的小男孩，也需要在家长或老师耐心的引导下，才能获得必要的伦理认知，才能逐渐学会推己及人，习得、内化同情和恻隐等道德情感。道德认知是道德行为的基础，只有知道了什么是对的、什么是错的之后，儿童才有可能选择合

---

① Thomas Day. *The History of Sandford and Merton*. London: The Standard Library Company, 1783, pp. 11-12.

乎社会规范的行为。哈里·桑福德是因为没有形成对动物的有效认知才有了虐待动物的行为，一旦得到他人的提点和教育后，他立即认识到了自己的错误并积极补救自己的行为给动物带来的伤害。然而，在现实生活中，并非有了道德认知就必然会有相应的道德行为，明知故犯、屡教不改等现象比比皆是。只有融合了道德情感，并内化为坚定的道德意志的时候，道德认知才能转化为道德行为，实现知行合一。伦理情感的发生需要依赖于必要的伦理认知，如果儿童对某种行为缺乏一定的认识和理解，就不可能产生伦理情感反应。故事中的桑福德一开始缺乏对自己行为的认知，但当他被告知自己的行为会对小动物造成巨大的伤害的时候，道德认知立即激起了他的道德情感反应，及时实施了道德行为。

不仅仅是特里莫夫人、沃尔斯通克拉夫特等 18 和 19 世纪儿童文学作家通过为儿童创作而自觉承担了儿童道德教师的角色，直到 20 世纪，英国不少儿童文学作家还在坚定不移地通过创作向读者稚嫩的心田撒播仁慈、同情等情感的种子，罗尔德·达尔(Roald Dahl，1916—1990)就是这样一位富有道德责任感和担当意识的儿童小说作家。达尔是拥有最为庞大的读者群的英国儿童小说家①，他的作品强烈吸引读者的原因当然是多方面的，如快速的叙事节奏、儿童化的叙事声音、引人入胜的人物对话等。然而，比这些叙事技巧更加令儿童读者兴奋的，是达尔的作品反映了儿童的天性，表现了儿童在现实生活中也经常面临的境况和选择，引起读者的强烈共鸣。达尔通过创作塑造了一个个以儿童为中心的虚构世界，让儿童读者增加道德认知和情感体验。达尔的名篇《魔法手指》让读者透过一位 8 岁孩子的视角，看到人类的狩猎行为给动物带来的伤害。它通过让顽劣的邻居男孩与小鸟进行角色置换，顽劣的小主人公和读者都能够真切地体会动物面对人类冰冷的

① 在克里斯汀·霍尔和马丁·克勒斯所做的关于儿童的阅读选择的调查发现，达尔的书籍在青少年当中"非同寻常地受欢迎"。详见 Christine Hall and Martin Coles. *Children's Reading Choice*. London & NY：Routledge，1999，p. 29。1997 年，英国 BBC 的《书虫》(*Bookworm*)栏目组联合英国最大的连锁书店沃特斯通(Waterstone)所做的类似调查中，达尔的作品同样高居最受欢迎的英国儿童文学作品的榜首。

猎枪时的恐慌与无奈。《魔法手指》通过人与动物互相转换角色的方式，让读者深刻地体验到自己的残忍行为可能会对动物造成的可怕伤害，从而培养儿童读者的同理心。通过让读者站在动物的立场上感受和体验，向读者灌输善待动物的观念，在儿童稚嫩的心田撒下仁慈与善良的种子，这粒种子如果遇上适宜的伦理土壤，就会结出美丽的道德之花，从而让向善的道德情感在儿童心中扎根。

在 18 世纪下半叶和 19 世纪上半叶流行于英国的这些道德训诫故事中，动物被用作培养儿童同情、怜悯、仁慈等敏感道德人格的工具，以避免他们成长为漠视他人苦难的冷血动物，甚至成长为铁石心肠的恶棍，导致危害社会的行为发生。这些曾经在英国大为流行的道德训诫故事通过讲故事的方式，试图给儿童传递基本的道德价值观念，曾经对 18 和 19 世纪的读者产生过深远的影响。然而，随着小说艺术的发展和读者阅读选择余地的增大，这类故事因劝诫与说教的痕迹过于明显而遭到现代读者的遗弃。面对日益丰富的阅读选择，这些道德训诫故事难以吸引现代读者，因在儿童阅读市场缺乏足够的竞争力而逐渐走进历史的故纸堆。然而，在英国儿童文学领域，通过动物故事对儿童进行道德教谕的努力并没有因此结束，而是通过更加生动有趣的作品，把儿童带入一个个通过奇思妙想构建出来的动物世界，让他们在这个世界流连忘返，在不知不觉中吸收文本传递的伦理信息和价值观念。《黑骏马》就是这样的作品，它让一匹马叙述自己的生活故事，让读者为它曾经的辉煌而欣喜，为它的不幸而流泪。如果说 18 和 19 世纪的那些道德训诫故事主要是通过说教的方式向读者灌输向善的道德情感，那么《黑骏马》之类的故事则是通过移情，通过熏陶和体验的方式，帮助儿童把社会的伦理观念内化，从而帮助儿童培养道德情感。

二、《黑骏马》：动物视角与儿童情感的道德化

在 19 世纪的英国，出现过一种可以称为“它叙事”的文学形式，即通过动物的视角、站在动物的立场上讲述某种动物的生命经历，《黑骏马》就是其中最典型的例子。维多利亚时期是英国历史上人类开始温暖、仁慈地对待动物的时期，就在这种伦理环境下诞生了英国文学史上第一部真正意义的动物传记《黑骏马》。《黑骏马》与《汤姆叔叔的小屋》有着类似的伦理价值：唤起读者的仁慈之情和公正之心。正如斯托

夫人的奴隶叙事导致美国的废奴运动一样，《黑骏马》之类的动物叙事唤起英国许多有识之士对动物的同情心和正义感。广大读者良知的觉醒，使得他们开始关注动物的艰难处境，最后引发修宪立法的动物权益保护运动。

《黑骏马》是19世纪下半叶一部轰动欧洲文坛的经典动物小说。作者安娜·西韦尔(Anna Sewell，1820—1878)是英国女作家，对动物有着强烈的爱心。她创作《黑骏马》的动机，就是希望引发人们的慈善和同情之心，因此她在创作中选择运用她一生最喜欢的动物——马的视角来叙述动物眼中人与动物之间的关系。通过动物的叙事视角，读者有机会进入动物的内心世界，站在动物的立场上去体验和感受，从而更容易激发读者对动物的怜悯和恻隐之情，对虐待动物的行为产生愤慨和羞耻之感。《黑骏马》这部小说的主人公是一匹被称为“黑骏马”的漂亮黑马。它受过良好的训练，性格温顺、聪明机智，得到了庄园主人和马夫的疼爱与善待。但不幸的是，主人家庭发生了重大变故，不得不把黑骏马卖掉，它从此被迫开始颠沛流离的生命历程。它被卖过多次，接触过善良大方的主人，也遭遇过苛责残暴的马夫。小说通过黑骏马的眼睛看待人类和社会，表现了人类的无知、虚荣与残暴，让读者在阅读中不知不觉地想它之所想、感它之所感，为它的幸福而快乐，为它遭受的苦难而痛苦悲伤。《黑骏马》讲述的故事具有极佳的移情效果，达到了唤醒读者良知，培养读者仁慈、善良的道德情感的效果。在对儿童的道德教谕中，道德情感的培养和道德认知的训练同样重要，这是因为道德情感能够促进道德动机，架起从道德认知到道德行为的桥梁，做到知行合一。一个真正具有高尚道德品格的人，不仅应该具有分辨善与恶的道德认知能力，还应该具有爱恨分明的道德情感。只有热爱真善美、憎恨假恶丑的人，才会有惩恶扬善的道德动机与亲社会行为。在儿童道德情感的培养中，审美移情是最有效的手段之一。

“移情”(empathy)最早是由德国哲学家、心理学家利普斯(Lipps)提出的一个概念，是指个体由于理解了他人的情绪和感受而在自己内心引发的与之一致或者相似的情感体验和情绪反应，强调对他人内心感受、想法的直觉和理解。人的移情能力与他的亲社会行为之间表现为强正相关关系。也就是说，如果一个人能够推己及人，能够真切地体验和理解其他人或者动物处于痛苦情境时的感受，那么他就更有可能滋生出恻隐之心和公正之感，进而引发抚慰、分享、合作或者帮他人改变现状等亲社会的道德行为。《黑骏马》邀请读者从马的角度去体验黑骏马所经历的生活，让读者在阅读审美过程中情不自禁地在心灵上受到震撼、在情感上得到升华。这种阅读效果的发生都是读者审美移情的结果，使得读者在“快乐着它的快乐、悲伤着它的悲伤、愤怒着它的愤怒”的过程中净化了灵魂，提升了情感境界，有助于儿童读者的道德情感启蒙。在小说的开头，黑骏马以第一人称的口吻向儿童读者讲述了马的天性：

> （我是）一匹充满了力量和活力的年轻的马，习惯于待在草场或者旷野上，甩动脑袋，摆着尾巴，全速飞奔而去，又转身跑回来，朝自己的同伴喷喷鼻子。对这样一匹马来讲——我认为永远没有一点自由去做自己想做的事情，的确很难受。……我真想做一做自己想做的事情，我觉得好像非得蹦跳、腾跃才行……①

这段关于马的天性的描述，很容易引起儿童读者的共鸣。跟年轻的小马驹一样，那些精力充沛的儿童，也喜欢跑跑跳跳，喜欢跟小伙伴们打打闹闹，向往无拘无束、自由自在的生活。然而，无论是马还是儿童，在长大的过程中都必然要接受社会教化和伦理规范的约束。因此，黑骏马在向读者叙述了自己的天性，表达了自己的自然愿望和向往之后，还不忘叙述它的母亲——一匹名叫“女公爵”的母马对它的谆谆教导。有一天，正当黑骏马和另外六匹小马一起绕着牧场飞奔、猛跑和互相踢咬着玩闹的时候，它的妈妈把它招呼到身边教导道：

> 我有话对你讲，希望你认真听一听。住在这里的小公马都不错，不过他们……还没有学会礼貌……我想你从来没有见过我踢谁、咬谁。我希望你温顺、善良，永远不要养成坏习惯，你干活的时候要自觉自愿，小跑的时候要规规矩矩地抬起蹄子，就算开

---

① 安娜·西韦尔：《黑骏马》，蔡文译，北京：人民文学出版社 2013 年版，第 17 页。

玩笑也千万不要又咬又踢。[1]

小说中的小马驹跟生活中那些精力充沛的小男孩一样，总希望遵从快乐原则，根据自身的本能与天性去追求不受拘束的自在生活，但经常受到父母所代表的社会伦理规范的约束。学会约束自己的本能与自由意志，这是儿童道德成长最基础的一步。如果生活中的母亲经常这样絮絮叨叨地教导儿童，可能会引起儿童的反感，因为儿童看不到自己行为可能在将来产生的长远影响。然而，通过小说中母马对小马驹的说教，儿童却很容易认同母马的看法，通过小马驹的经历间接地习得了有关社会行为的规范和原则。儿童之所以能够接受和认同母马的教诲，这是因为他们很快就有机会看到母马的教诲在黑骏马身上产生的积极影响。在阅读的愉悦中，儿童可以感受和体验到美好与善良带来的正面影响。

在第一个主人家接受了良好的教育和驯化之后，黑骏马被卖到附近的伯威克庄园开始了它为人类服务的生涯。因为在新的生活环境中能够时刻"想起妈妈和以前那位好主人的忠告，努力地完全按照主人的要求去做"[2]，善解人意的黑骏马得到了良好的回报，得到了主人和马夫亲切友好的对待，过着充满温情的惬意生活。黑骏马睡觉的马厩"干干净净、空气清新，还很通风"，吃的是营养健康的燕麦和肥美的青草。此外，在工作之外的闲暇时段，黑骏马和它的伙伴们还可以待在牧场或者果园里充分享受自由自在的时光，它们"可以飞奔，可以躺下打滚，还可以啃吃可口的青草"[3]，过着舒适而惬意的生活。大多数儿童都有向善的情感倾向，当小读者看到黑骏马因为听从母马、马夫等不同方面的教诲而变得温顺、善良、聪明、机智，从而得到主人和孩子们由衷的喜爱和友好对待的时候，由衷地为它感到自豪，感

① 安娜·西韦尔：《黑骏马》，蔡文译，北京：人民文学出版社 2013 年版，第 5 页。

② 安娜·西韦尔：《黑骏马》，蔡文译，北京：人民文学出版社 2013 年版，第 14 页。

③ 安娜·西韦尔：《黑骏马》，蔡文译，北京：人民文学出版社 2013 年版，第 18 页。

觉就像自己得到了欣赏和肯定一样，真心实意地为黑骏马的幸福而感到高兴。

在人们的伦理判断中，个体的品格与其命运是紧密相关的，这是惩恶扬善这种道德机制的思想基础。根据人们的伦理思维习惯，善良理应得到好报，而邪恶理应遭到惩戒，这是社会公平性和互惠性等道德原则的体现。因此，温顺善良、聪明机智的黑骏马理应获得美好的生活，幸福、惬意的生活是对黑骏马良好品质的应有奖励和回报。在阅读这部小说前几章的过程中，读者跟随黑骏马的眼睛和感官，沉浸在一种田园牧歌式的美好生活图景中，它的情感牵动着读者的情绪反应，它的愉快与幸福感染着读者，读者由衷地希望它能永远这样幸福地生活下去。然而，正如人类的生活不可能永远一帆风顺，黑骏马的生命历程也是跌宕起伏的。尽管读者在分享黑骏马的幸福过程中得到极大的愉悦，但这部小说最令人震撼的地方，并不是黑骏马无拘无束地快乐生活，而是温顺、善良的动物为人类兢兢业业地付出艰辛劳动之后，收获的却是粗暴虐待这一事实。黑骏马以第一人称叙事，控诉了人类社会中某些人因为虚荣、贪婪、无知、残暴而让他们身边忠诚、善良的牲口遭受痛苦和折磨这种不道德的罪恶行径，引起读者基于“移情”的愤怒和不公正感，这些道德情感成为人们实施道德行为的驱动力量。

由于主人家庭的变故，黑骏马被卖到不同的地方，碰上或好或差的主人与马夫，饱尝了生活的酸甜苦辣。黑骏马遭遇的第一次巨大灾难是人类的虚荣和无知导致的。被卖到W伯爵家后，黑骏马的主要工作任务是为W伯爵夫人拉马车，接送她参加伦敦上流社会的各种聚会和宴会。傲慢而又无知的伯爵夫人出于虚荣，想要人为地制造出拉车的马匹雄赳赳、气昂昂的架势。因此，伯爵夫人拒绝马夫的劝告，粗暴地命令马夫把缰绳拼命勒紧，使黑骏马和它的伙伴在被勒紧缰绳后，只能长时间保持着一种仰头的姿势不能动弹，不得不长时间接受无法动弹的“刑罚”。人类为了满足自己的虚荣而不顾动物感受的行为，给黑骏马造成了持久而巨大的伤痛。黑骏马以凄婉的口吻，向读者娓娓叙述了它身心受损的事实：

我为女主人拉了四个月的四轮轿车，在这段漫长的时间里，

> 那根缰绳给我带来的痛苦简直难以描述。以前我从不知道口吐白沫是怎么回事，现在尖锐的马嚼子压在我的舌头和下颚上，脑袋和脖子不得不保持固定的姿势，使得我的嘴巴里总是或多或少地泛出泡沫……另外，我的气管也受到压迫，让我在呼吸时很不舒服。干完活回来以后，我的脖子和胸膛又僵又痛，嘴巴和舌头一碰就疼，我感到筋疲力尽，灰心丧气。①

由于移情的效果，读者不由得对黑骏马产生同情之心，对人类的虚荣与无知产生羞耻和憎恶之感，而同情和羞恶正是人类道德情感的重要组成部分，也是促使人类采取道德行动的主要动因。

除了虚荣与无知，人类的贪婪和残暴是给动物带来深重苦难的另一根源。《黑骏马》中描写了人类对动物的暴虐，使得任劳任怨地为人类服务的动物在艰辛劳作的同时，还得遭受令人发指的折磨；人类对它的艰辛付出给予的回报，却是丧心病狂的皮鞭和难以忍受的饥饿。在一个经营面包和谷物生意的商人那里，黑骏马深刻地体验了人类的贪婪与残暴所带来的痛苦。它向读者控诉了它的主人及其马夫的残暴和无情：主人让黑骏马承担长时间繁重的拉车任务，却吝啬粮食；而那位“车夫和他的主人一样无情。他有一根可怕的鞭子，鞭稍上带着一些非常锐利的东西，有时能打得我鲜血淋漓，他甚至还用鞭子抽打我的肚子和脑袋”②。这类充满血泪的控诉，有效地诉诸读者的感官体验，成功地把读者的注意力转向动物的痛苦与困境，唤起读者的情感体验，通过移情的方式激发读者的道德情感。移情也叫同理心，就是将心比心或者设身处地地体验和感受。在读到黑骏马因为人类的无知、虚荣、贪婪而不得不遭受那些痛苦的时候，读者对它的痛苦也能感同身受，产生移情忧伤，这种忧伤使得读者产生了自责、痛苦、愧疚等情绪，并希望通过自身采取一定的行动去制止或者杜绝此类痛苦的继续发生。

---

① 安娜·西韦尔：《黑骏马》，蔡文译，北京：人民文学出版社 2013 年版，第 74 页。

② 安娜·西韦尔：《黑骏马》，蔡文译，北京：人民文学出版社 2013 年版，第 149 页。

阅读过程中的移情这种情感反应与读者的道德情感的发展有着密切的关系。在阅读审美的过程中，读者尤其是儿童读者往往会情不自禁地把自己代入故事情境中，采用叙述者的视角看待故事中的人和事件。由于移情作用，读者往往推己及人，体验和感受到与当事人同样或者类似的悲伤或者痛苦。阅读过程中“移情”这种“感他人之所感”的心理机制，可以促进读者产生关爱、公正、羞恶等伦理情感。恻隐之心或者同情之类的伦理情感，可以激发出一定的伦理认知或伦理行为。移情这种心理过程可以驱动读者在心中产生去帮助弱者的道德动机，希望采取一定的伦理行动去减轻当事人或者动物所遭受的苦难。恻隐之心和同情之感的产生，有助于儿童读者形成“己所不欲，勿施于人”的伦理观念，而这一观念无疑隐含了平等、公正、正义等伦理原则。

读者的道德情感是他们道德行为的重要驱动力量。因此，移情对儿童的道德情感发展和亲社会行为有积极的促进作用。很多优秀的儿童文学作品，具有巨大的移情功能。阅读审美之所以在儿童的伦理教育中具有重要的作用，是因为阅读有利于儿童道德认知的发展和道德情操的提升。如前所述，道德认知是道德行为的基础，但如果道德认知没有与一定的情感联系起来，就不能有效地转化为促进行动的道德意志，不能有效地变为正能量，那些明知故犯的行为就是只有认知而没有情感推动的结果。由此可见，任何一种伦理行为的产生，应该都离不开伦理情感的参与。譬如，在那种奋不顾身的英勇行为中，那些道德英雄往往来不及权衡和考量利弊得失，而是在同情、怜悯等道德情感的驱动下瞬间发生的。深深植根于我们内心深处的同情、仁慈、公正等道德情感，才是推动我们道德行为的最主要力量。只有介入了道德情感，道德认知才有可能转化为道德意志，并最后促成道德行为。

正是在道德认知的基础上和道德情感的驱动下，《黑骏马》之类的小说才能具有巨大的道德变革力量。在维多利亚时期，英国一批心怀同情和公正之心的有识之士，阅读了该小说之后开始采取行动，为马、骡子、毛驴等动物争取合法的权益。他们认为，人类的道德光芒不仅要照亮人类社会，还应该投射到我们身边那些温顺、友好的动物身上。以《黑骏马》为代表的英国动物故事为推动动物权益的保护作出了开拓性的贡献，使得英国成为世界上第一个以法律形式保护动物权益的国家。因为大量动物故事及其所传递的道德观念的影响，在19世纪的英国形成了一种善待动物的伦理氛围，人们开始做出各种努力呼吁善待动物、保护动物权利①。

人类对待动物的态度，在不同的社会文化语境和不同的时代伦理语境中有着巨大的差异。在文明程度略低的社会环境中，动物往往被看作人类奴役和食用的对象，可以任意虐待和奴役。面对动物，人类似乎可以理所当然地根据自己的利益、依照自身的意愿为所欲为而不必受到伦理谴责。这是一种自然情感驱动下的行为，是以满足自己的愿望为主要动机的。在文明社会，社会伦理往往要求人类善待那些为人类劳作、增加人类福祉的动物。避免无谓地给动物制造痛苦，是对人类伦理行为的基本要求。如果说蛮荒社会因生产力低下而要求人们足够的勇敢和凶残才能获得生活资源，从而形成弱肉强食的社会伦理的话，那么文明社会则要求社会成员具有同情、仁慈、友善的道德情怀，建构诚实、公正、正义的道德原则。工业革命后的英国，生产水平达到历史新高，较高的文明程度要求有相应的先进社会伦理观念与之匹配。当时英国的动物故事作家们极力向儿童读者灌输善待动物的理念，强调培养仁慈、恻隐、同情等伦理情感的重要性，以便帮助他们形成与他们所处的社会文明相适应的伦理观念。

无独有偶，我国著名的动物小说家沈石溪也声称他创作动物小说的原因，正是希望为青少年的道德人格成长提供正确的方位坐标。他说：

> 支撑我写下去的，就是一种使命感。我要通过紫水晶这样一个三百年前和三百年后重叠的黑天鹅形象，告诉我的读者，人类

① 早在1809年，英国就有人提出了禁止虐待动物的提案，但很遗憾，提案未被采纳。1821年，英国国会议员理查德·马丁(Richard Martin)提出禁止虐待马匹的议案。尽管这一议案最初提出时遭到嘲讽与讥笑未能成功变成法案，但保护动物权益的观念在英国却逐步深入人心，最终于1822年英国国会通过了《马丁法案》，禁止虐待动物，并在1911年制定了世界上第一部保护动物的法律——《动物福利法》。

因贪婪而变得残暴，因无知而变得偏执，曾经和正在对动物犯下累累罪行。我们应该改变我们陈腐的观念，善待动物，停止杀戮……珍惜黑天鹅这样的另类生灵。我用自己手中的笔，呼唤人类面对动物休眠的良知，呼唤人与自然的和谐相处，呼唤我们这颗蔚蓝色的地球更加绿意葱茏。①

沈石溪认为只有“学会敬畏生命，学会尊重另类生灵，我们才能有健全的人格和高尚的人品”②。由此可见，无论是西方的经典动物故事还是中国当代的动物故事，动物都被用作人类道德品质的试金石和伦理情感培养的有利工具。动物故事采用动物的视角，以第一人称叙事的方式，邀请读者深入动物的内心世界，有助于读者真切地感受动物的苦与乐，达到道德移情的效果。移情有助于促进读者的道德内化，因为当读者在经历与动物类似的情绪体验和情感反应的时候，读者个体记忆中的愤怒、内疚、不公正等伦理情感和相关的道德认知就会被激活。为了避免移情悲伤，读者会觉得有必要改变自己行为或者改变他人行为以更好地适应道德要求，这个过程就是对道德认知和道德规范进一步内化的过程。换句话说，因为道德移情，读者由道德他律走向道德自律，读者对社会仁慈、善良等道德准则的接受和遵守，是从内心深处心甘情愿地接受、理解和遵守，而不是外界压力的结果。

英国18和19世纪的儿童读物，很多都是在洛克的影响下创作和出版的。洛克反对“天赋论”，认为“道德原则同其他一切观念和原则一样，是从经验中获得的”③。而动物故事被看作帮助儿童积累间接经验的重要媒介，它的重要伦理价值，就在于给年幼读者幼小的心灵撒播善良与仁慈的种子。通过善待弱小无助的动物，逐渐发展为对自己同类的仁慈、宽怀与怜悯的情怀；通过体验动物的痛苦与无奈，激发和

---

① 沈石溪：《动物小说的艺术世界》，上海：少年儿童出版社2010年版，第10页。

② 沈石溪：《动物小说的艺术世界》，上海：少年儿童出版社2010年版，第35页。

③ 宋希仁：《西方伦理思想史》，北京：中国人民大学出版社2010年版，第207页。

提升他们心中的同情感和公正感，激活他们潜能中积极、美好的因素，从而培养儿童向善的道德情感。动物故事为社会经验匮乏的儿童提供了各种不同的情境刺激，使得儿童有机会积累各种情绪体验，最终形成健康的道德情感。

动物故事中那些栩栩如生的动物形象为儿童的伦理启蒙提供了重要的镜像，能够使读者透过这面镜子端正自己的行为。实际上，动物作为故事的重要角色进入读者的视野，并非儿童书籍特有的现象。早在2600年前的《伊索寓言》中，大象、狮子、狼、狐狸、蚊子、金鱼等众多动物形象已经成为老少皆宜的寓言故事中浓墨重彩的主角①。《伊索寓言》不仅为从古到今的读者提供了极佳的伦理教诲，而且为后世的许多以动物为艺术形象的文学创作提供了不竭的艺术源泉。如同《伊索寓言》一样，儿童动物故事通过丰饶多姿的拟人化动物形象，向读者传递着种种人生智慧、伦理观念或生活经验，成为对儿童道德教化的重要教科书，在儿童读者的伦理启蒙过程中发挥着重要作用。

---

① 《伊索寓言》并非专门为儿童创作的故事，而是古希腊人通过通俗有趣的拟人化动物寓言，形象化地向人们传授道德经验或生活智慧，使读者或听众得到相应的教化。虽然《伊索寓言》并非为儿童创作的故事，但对儿童文学的发展却具有重要的启示作用，是儿童文学中动物小说的雏形。

第二章　奇幻小说与儿童的道德内化

儿童在接受了伦理认知和伦理情感的启蒙之后，慢慢走出伦理混沌或者道德蒙昧状态，初步了解了社会伦理规范，形成了模糊的伦理意识。但儿童理性的成熟和道德的完善并非一蹴而就的，而是在很长的时期内受到不同教育方式的影响和不同的经验刺激后逐渐发展的。聆听或者阅读故事，是帮助儿童把外在的社会道德规范逐渐内化为个人道德素质的重要手段。儿童的道德内化，就是儿童“通过对社会道德的学习、选择和认同，将其转化为自身内在的行为准则和价值目标，形成相应的个体道德素质的过程”①。刚刚走出伦理混沌的儿童要想进一步发展道德意识、建构道德观念，需要丰富多样的道德“建材”。奇幻小说(fantasy)就是儿童道德建构的极好“建材”，有助于儿童在获得了基本的道德启蒙之后进行道德内化，即将社会道德准则、价值观念和行为规范内化为自身的道德人格，并以此来指导和调节自己的言语行为。奇幻小说这类充满道德含义的作品的价值，“与其说是拓展了我们的伦理知识，还不如说是深化了我们对伦理立场的理解”②。奇幻小说对儿童读者的道德内化价值，主要是通过塑造充满道德内涵的艺术形象，让儿童读者在阅读中认识这些人物，获得对善恶、美丑的微妙感知，从而学会以相应的社会道德准则来指导自己的思想和行为。正如英国作家安东尼·特罗洛普(Anthony Trollope，1815—1882)所言：“小说为我们提供了道德模型，我们根据这些道德准则把握自己，根据这些道德镜像端正自己。”③

---

① 易小明、王兆辉：《道德内化中的各种状态》，《伦理学研究》，2012年第3期，第30页。

② Mark William Roche. *Why Literature Matters in the 21st Century*. New Haven: Yale UP, 2004, p. 22.

③ 转引自 P. W. Musgrave. *From Brown to Bunter: The Life and Death of the School Story*. London: Routledge & Kegan Paul, 1985, p. 83。

关于奇幻小说的定义，中外儿童文学界尚未达成共识[①]。奇幻小说和童话故事是两个语义模糊、边界混淆的概念。在中外儿童文学界，不少学者试图对儿童奇幻小说和童话故事进行区分[②]。在综合借鉴了约翰·托尔金、曼勒夫、瑟尔曼·兰斯等学者的学术成果的基础上，玛丽亚·尼古拉耶娃对童话故事和奇幻小说作出了比较令人信服的区分[③]。一般而言，人们把篇幅相对较短、更适合低龄读者阅读的文本称为童话，而把具有较长篇幅、更适合青少年阅读的作品称为奇幻小说，二者都从属于一个更大的文类——幻想文学。根据上述标准，本章所

---

① 《世界文学术语词典》把超自然元素看作奇幻小说的界定性特征，即"奇幻小说包含了一些正常条件下或者正常人类事件中不可能发生的行为、环境或人物"。参见 J. Shipley. *Dictionary of World Literary Terms*. London: George Allen & Unwin, 1975, p. 117。《牛津儿童文学指南》则根据文本的篇幅长度和主要特征来定义儿童奇幻小说："在儿童文学的范畴中，奇幻小说是一个用来描述虚构性作品的术语，它往往是某个作家创作的，通常有小说的篇幅，其中包含了一些超自然或者其他不真实的元素"。参见 Humphrey Carpenter and Mari Richard. *The Oxford Companion to Children's Literature*. Oxford: Oxford UP, 1984, p. 181。尽管该定义试图尽可能全面地概括和描述儿童奇幻小说的特征，我们还是很容易找到很多实例来证明这个定义存在的问题，如上述关于奇幻小说的定义也适用于童话故事。

② 汤锐指出，与童话比较，奇幻小说"引入了小说的创作技巧和元素，有比史诗般宏大得多、错综复杂得多的故事情节，有结构更为完整丰富的幻想世界内景，有更细腻复杂的人物性格的刻画，有更广阔深刻的社会内涵。总之幻想小说无论在技巧还是审美层次上都是对传统童话的拓展"。参见汤锐：《童话应该这样读》，南宁：接力出版社 2012 年版，第 9 页。

③ 玛丽亚·尼古拉耶娃认为，区分童话故事与奇幻小说的最佳办法是故事世界。童话故事发生在单一的世界中，即在这个故事框架内，一切都是可能的：动物会讲话、愿望可以通过魔法实现、人们可以飞行等，所有超自然的因素似乎都是理所当然的，主人公对此从不觉得奇怪。在奇幻小说中，则存在着两个世界：真实的世界(第一世界)和魔法世界(第二世界)。连接两个世界的方式各不相同，并因此形成不同的奇幻小说类型。在魔法世界中，魔法生物或者超自然的事件可能发生也很容易接受，但在第一世界中，这些现象被理解为不合常规并令人觉得奇怪。详见 Maria Nicolajeva. *The Magic Code: The Use of Magical Patterns in Fantasy for Children*. Stockholm: Almqvist & Wiksell International, 1988, p. 13。

分析阐释的文本都是包含了两个世界的长篇故事，因此应该归入奇幻小说的范畴。本章拟对《查理与巧克力工厂》《纳尼亚传奇》系列和《哈利·波特》系列等在当代读者中最受欢迎的几部英国儿童奇幻小说中的艺术形象进行解读，由此管窥儿童奇幻小说在儿童道德教化过程中发挥的功效。

英国儿童奇幻小说中的主要人物形象大致归纳为三类：反社会形象、亲社会形象和回头浪子形象。奇幻小说的伦理价值在于给儿童读者塑造一些正面的道德榜样，供儿童读者借鉴与模仿；同时也塑造一些负面的人物形象作为反面教材，给读者提供劝诫与警示。奇幻小说中那些负面的人物，往往因其自私、任性、懦弱等品性污点，受到或重或轻的惩诫；而那些正面人物，往往因其善良、勇敢、大度等美德善行而能够“得道多助”，最终在魔法、仙女、精灵或者其他超自然力量的帮助下，实现内心的愿望，获得圆满的结局。奇幻小说正是通过美与丑、善与恶、理性与任性、勇敢与懦弱、自私与无私等价值观念的直观对照，传递“善有善报、恶有恶报”的伦理启示，从而引导儿童读者在善与恶之间做出正确的伦理抉择。除了正面的道德榜样和反面的魔鬼恶棍之外，儿童文学中还经常出现《纳尼亚传奇》中的埃德蒙那样的回头浪子形象。这类角色最初犯了某些错误，给自己带来巨大的麻烦或者使他人陷入危局，但他们获得经验教训之后迷途知返，回到了正确的道德轨道。这些生动的艺术形象具有丰富的道德教诲价值，传递着“善有善报、恶有恶报”以及“正义必定战胜邪恶”之类的伦理信息，有助于儿童形成善恶观念，发展道德判断能力。

第一节　反社会形象及其道德劝诫价值

儿童的教育并非一个一蹴而就的过程，需要运用不同的手段对儿童加以反复引导和教育，儿童文学就是对儿童进行伦理教化的重要手段。通过聆听或者阅读与他们年龄相适应的故事，儿童可以在善与恶、美与丑、无私与自私、坚强与软弱的直观对照中，获得判断善恶是非的能力，了解社会伦理观念与规范，形成伦理意识，从而帮助读者走向理性的成熟和道德的完善。小说中善恶美丑等伦理观念是通过具体的人物具象化的，他们的行为及其得到的相应奖惩，传递着社会伦理对自私、贪婪、懦弱等负面品格和任性妄为、忘恩负义、贪生怕死等丑恶行径的谴责或者贬斥。如果说小说中正面人物形象的价值在于为读者确立行为的榜样、引导读者做出正确选择的话，那么通过那些负面人物形象及其所遭受的惩罚，儿童读者能学会甄别邪恶的品格与行为，知道恶人必然会遭到恶报的道理，对读者具有伦理劝诫或规训的效果。

一、小霸王形象：自然天性的放纵

为儿童创作的奇幻小说往往会给读者建构一个微缩的隐喻世界，在这个世界中，主人公们要面临各种诱惑与抉择，并且要为自己的选择与行为承担相应的后果。英国最受欢迎的儿童文学大师罗尔德·达尔（Roald Dahl，1916—1990）在他的《查理与巧克力工厂》（*Charlie and the Chocolate Factory*，1964）中就建构了这样一个微缩社会：小镇上有一家神秘的巧克力工厂，工厂大门紧闭，只有醇香的巧克力气味飘出，却从来没有人看到任何工人进出工厂。就在小镇的居民都对这个神秘的工厂无限神往之际，巧克力工厂的老板旺卡先生发出公告：他将邀请五位幸运的孩子及其监护人参观巧克力工厂，并将免费奉送终身享用不尽的巧克力产品。五位幸运候选人的产生方式是随机的，即他们必须得到藏在巧克力产品中的金奖券。诱人的奖品和神秘的参观机会让镇上所有儿童为之疯狂，最后终于有五位儿童得到了参观巧克力工厂的机会。达尔以夸张的手法和幽默的笔触，略带讽刺地描绘了其中四位获得参观机会的儿童的形象：饕餮食客奥古斯塔斯、被惯坏的富家女孩维卢卡、永不停歇地咀嚼口香糖的维奥莉特、整天沉溺于暴力节目的迈克；与此同时，达尔还以富于同情和赞赏的笔触，塑造了家境贫寒但聪明、善良、礼貌、懂事的查理·巴克特这一正面形象，与上述四位负面形象形成鲜明的对照。

达尔是一位对儿童的自然天性有着深刻理解的伟大作家，他的创作生动地表现了儿童的自然天性，因而在儿童读者之中很容易引起共鸣，这是达尔能够得到世界各国儿童读者高度认可的根本原因。所谓的儿童自然天性，就是儿童作为一个“自然人”在自然状态下所表现出来的性格特征。顾名思义，所谓“自然人”，就是处在自然天性状态下的人，尚未经历社会化过程、尚未经历伦理选择洗礼的人，即还没有建构起必要的伦理观念和善恶意识的人。儿童作为自然人，主要受自然天性的主导和支配，任性、胡闹、随心所欲的行为，就是儿童自然天性的体现。处于伦理混沌状态的儿童缺乏道德判断力和道德自律的能力，他们的思维与行为在很大程度上受与生俱来的动物性本能的主导，因而常常表现出一些不同于成人的思维模式和行为方式。他们表现出来的种种自私和愚蠢，正是儿童自然天性的表现。人是从动物进化而来的这一事实，决定了人身上不可避免地带有一些动物性本能，如寻求口腹的满足、追求舒适与自在等。儿童依恋温暖的怀抱、喜欢甘甜的食物，这些都是自然天性的行为表现。儿童文学因为表现了儿童的天性而受到儿童读者的认同，容易在读者心中产生共鸣。儿童文学表现儿童的天性，但同时还展示放纵天性的后果，以便对懵懂无知的儿童读者进行伦理劝诫。诚如儿童文学作家曹文轩所言："儿童确实有儿童的天性，但他们是可培养、可塑造的。儿童文学应是一种培养他们高雅趣味、高贵品质的文学，而不是一味顺从他们天性的文学。"①

中外优秀的儿童文学作家在创作中表现儿童自然天性的同时，没有忘记优秀的儿童文学不可或缺的"寓教于乐"的艺术责任。在《查理与巧克力工厂》中，达尔以批评或谴责的笔调，描述了那些尚未得到道德教化的儿童身上表现出来的自然天性及其行为后果。那些小霸王对巧克力的喜爱、对暴力节目的执着，正是受本能与天性驱动的结果。儿童身上的自然本性是与生俱来的，是由他们身上的动物性本能决定的，是他们身上自然属性的体现。而伦理观念和伦理意识则是后天习得的，是社会化的产物，需要长时间的教育和引导。如果我们以充分尊重儿童的天性为借口，任由儿童顺着自然天性与本能自由发展，最后这个儿童很有可能成长为达尔笔下那种愚蠢、自私、任性、无法无天的小霸王。教育儿童的目的是使其道德化，即掌握将来在社会生存立足所需要的伦理规范和伦理判断能力。达尔笔下那些在父母的无边宠溺之下变得蛮横无理、无法无天的小霸王，是很难在社会上立身处世的。

在自然本能的作用下，理性缺失的儿童还不知道如何掩饰自己的天性与品格。在《查理与巧克力工厂》这个充满梦幻色彩的童话世界中，

---

① 张健：《以文为家，以笔为马——国际安徒生奖获得者曹文轩访谈》，《人民日报》，2016年4月14日24版。

儿童的本能与欲望被以夸张的手法展现出来，达到了戏剧性的效果。儿童的任性与自私在一定程度上表征着儿童的动物性本能，如果孩子自身对这些本能不懂得节制，家长也不对儿童加以理性引导的话，儿童的本能就会发展为自私的品格，非理性的欲望往往会给儿童自身和家庭带来毁灭性的灾难。在《巫婆一定得死：童话如何塑造我们的性格》中，凯许登·雪尔登(Cashdan Sheldon)从心理学的角度揭示了儿童文学中的巫婆所代表的儿童身上表现出来的虚荣、贪吃、嫉妒、好色、欺骗、贪婪和懒惰，即"童年七宗罪"。与其说"童年七宗罪"是儿童与生俱来的"罪孽"，还不如说这些负面的伦理行为是儿童身上本能欲望和非理性地寻求欲望满足的表征，是儿童身上兽性因子或者说自然本性的体现。虚荣、贪吃、懒惰、偏执、自私等毛病可能不会集中体现在同一儿童身上，具体而言，在儿童个体身上可能会或多或少地表现出某一种或某几种恶习。《查理与巧克力工厂》中四个负面的儿童形象分别代表了欲望的不同方面，以及寻求欲望满足的不同方式。

《查理与巧克力工厂》中展示的第一种儿童本能欲望是小胖墩奥古斯塔斯体现的过度贪吃。第一个得到旺卡巧克力工厂金奖券的奥古斯塔斯是一个饕餮食客。喜欢美食是人类的天性，但是小胖墩奥古斯塔斯在父母的纵容和溺爱下，把这一天性不加节制地发挥到极致，以至于这位年仅 9 岁的小男孩呈现在读者面前的，是一幅漫画式的小胖礅形象："胖得像用强力打气筒打足了气一样，浑身都是鼓出来的松软肥肉，脸像一个大面团。"①吃饱喝足是所有动物的生存本能，无论是对人还是对动物来说，原本是无可厚非的。然而，如果一个人把对食物的欲望发展为病态的嗜好，以至于妨碍他人或者违背社会伦理规范的时候，就令人生厌或者反感了。在参观旺卡先生的巧克力工厂时，奥古斯塔斯这位年幼的饕餮食客"小葡萄干似的贪婪的眼睛"②里只有可以吃的鲜果和巧克力，对工厂的规范、旺卡先生的警告和他人的需求一概置之不理。面对欲望极度膨胀的儿子的肆意妄为，奥古斯塔斯的父母

① 罗尔德·达尔：《查理与巧克力工厂》，任溶溶译，济南：明天出版社 2009 年版，第 28 页。

② 罗尔德·达尔：《查理与巧克力工厂》，任溶溶译，济南：明天出版社 2009 年版，第 28 页。

没有运用社会伦理规范和道德理性对儿子加以约束，而是放任他听凭本能的驱使为所欲为，以至于他懒得费心去抵制他“那个大肚子的召唤”①。面对巧克力象征的强大物质诱惑，奥古斯塔斯的动物性本能完全占据了上风。他不顾旺卡先生的严厉警告，迫切地趴在船边“像狗那样舔巧克力”②，表现出低等动物一样的非理性行为。奥古斯塔斯不顾社会规范的约束，完全由欲望主导自己的行为，使他像一只“狗”一样，完全丧失了人的尊严和体面。奥古斯塔斯为自己的非理性行为付出了代价，他最终被运送巧克力溶液的大玻璃管压扁并冲出了巧克力工厂。作家达尔通过对奥古斯塔斯漫画式的描绘以及对他不幸结局的安排，鲜明地传递出作家的伦理判断与伦理倾向，有利于年幼读者在感性的阅读经验中做出伦理判断，明白过度放纵自己的本能可能会造成的恶果。

达尔展示的第二种伦理上的恶劣行径是小女孩维卢卡所代表的自私与骄横。维卢卡出生在一个富裕的商人家庭，优渥的物质条件和父母不加节制的宠溺浇灌了她自私自利的种子，并让她身上自私的幼苗茁壮成长。呈现在读者眼前的维卢卡是一个典型的以自我为中心的、被惯坏了的“富二代”形象：一旦她的自私欲望没有及时得到满足，她就“在地板上躺上几个小时，用最吓人的样子又踢又叫，吵个没玩”③。这个被惯坏的孩子就以这种无理取闹的方式，逼迫她父母动用一切社会资源，发动上百位女工，耗时多日帮她剥巧克力，最终让她如愿以偿地得到了金奖券，为她带来了参观旺卡巧克力工厂的机会。在参观巧克力工厂的旅程中，读者发现她嘴里说得最多的是“我要……我要……我要……”，完全一副以自我为中心的嘴脸。看到巧克力工厂中那些训练有素的松鼠在娴熟地、有序地工作时，大家都交口称赞。但维卢卡却习惯性地提出了自私的要求，要把勤劳、聪明的松鼠据为己

① 罗尔德·达尔：《查理与巧克力工厂》，任溶溶译，济南：明天出版社 2009 年版，第 95 页。

② 罗尔德·达尔：《查理与巧克力工厂》，任溶溶译，济南：明天出版社 2009 年版，第 96 页。

③ 罗尔德·达尔：《查理与巧克力工厂》，任溶溶译，济南：明天出版社 2009 年版，第 33 页。

有。很多儿童都曾经希望拥有一只可爱的动物作为宠物，这种想法对孩子来说并不过分，也符合儿童的天性，在可能的条件下，父母也往往会让孩子饲养小宠物以满足儿童对动物的心理需求。在小说中，维卢卡蛮横无理地要求把他人饲养的、正在创造巨大社会价值的松鼠据为己有，对于这种不合情理的要求，理性的父母一般会加以劝阻。然而，完全以自我为中心的维卢卡和她的完全以维卢卡为中心的父母，为了满足自家宝贝的自私欲望而决定损害工厂的利益。在工厂老板旺卡先生拒绝了维卢卡的无理要求后，她父亲保持一贯溺爱无度的作风，掏出鼓鼓的钱包准备为自己女儿的任性买单。当购买松鼠的要求遭到旺卡先生的拒绝时，无法无天的维卢卡表现出野蛮骄横的行为。她不顾阻挠，自己直接伸手去抓松鼠，结果反而遭到松鼠的围攻，甚至遭到后者的奚落。松鼠首领“用它的指关节嗒嗒嗒地敲这坏女孩的脑袋”①，并由此判定脑袋空空的维卢卡“竟然是个坏坚果”②。这一情节的设置是神来之笔，具有深刻的隐喻意义。知识和劳动可使人摆脱蒙昧，松鼠之类的动物经过千百年艰苦的劳动训练才可逐步进化为更高级的物种，劳动是让人与动物相区别的重要本领之一。在这生动有趣的一幕中，读者可以看到，经过长期劳动训练的小松鼠虽然外形上还是松鼠，但是它们已经学会了运用理论知识，掌握了劳动技能，能够在劳动实践中总结有益的经验，学会了判断坚果的优劣，这些松鼠无疑拥有高于普通动物的智商，隐喻着理性成熟的文明人。而骄纵自私的维卢卡从小到大只会无赖耍泼，眼中只有她想要占有的东西，脑袋里则空无一物，缺乏必要的社会伦理常识，也没有形成任何伦理意识。通过检测与判断，松鼠首领判定她是一个没脑子的“人形坏坚果”，并因此果断地把她扔进了垃圾槽中运走。借松鼠之口，作家表达了他的伦理判断——维卢卡这样的孩子虽然有人的外形，但从伦理本质上看，她只不过是一个具有人的形状的坚果之类的垃圾物件而已。聪明勤劳的松鼠被塑造成具有高智商的、动物外形的“人”；而维卢卡则是脑袋

---

① 罗尔德·达尔：《查理与巧克力工厂》，任溶溶译，济南：明天出版社 2009 年版，第 152 页。

② 罗尔德·达尔：《查理与巧克力工厂》，任溶溶译，济南：明天出版社 2009 年版，第 152 页。

空空的、具有人形的“垃圾”。维卢卡尽管穿着华丽的衣服，有着人的外形，而她满脑空空无异于“垃圾”，最后被垃圾滑槽送入肮脏的垃圾堆中，为自己的自私骄横付出了沉重的代价。

达尔在小说中展示的第三种儿童道德问题是小女孩维奥莉特所体现的偏执与顽劣。第三个得到参观巧克力工厂金奖券的孩子维奥莉特对口香糖有着病态的痴迷，她“如果一天里有一分钟不嚼口香糖，就浑身不舒服”[①]。在人生的特定阶段对某种食物(如巧克力、冰激凌等)表现出一定程度的偏爱，这可能是很多人童年时期曾经有过的经历，也不算过分。但是维奥莉特不仅将自己对口香糖的喜好发展为偏执，而且变成令人厌恶的公害：她“喜欢把刚嚼完时黏糊糊的口香糖贴在电梯的按钮上。等到下一个人来乘电梯，一按按钮，我的旧口香糖就粘在他——男的或者女的——的手指头上了。哈哈!”[②]精力旺盛、好奇心强的孩子有时玩点恶作剧，这是天性使然，原本无可厚非，但有必要把握一定的度，不能走向极端。孩童正处于人生的摸索阶段，无法把握恶作剧的尺度，无法理智地判断他的恶作剧是否超出了允许的范围，也无法预想事情发展的后果，此时儿童的监护人就应当责无旁贷地给予批评或引导。然而，维奥莉特的父母没有采取任何理性的行动来约束孩子的行为，听任孩子的恶作剧演变为不道德的公害行为。在参观巧克力工厂时，偏执、骄纵的维奥莉特根本不理会任何人的忠告，并无视前两个儿童因为不听劝告而遭受的惩罚，不顾后果地大嚼特嚼旺卡先生严令禁止品尝的口香糖产品。结果，维奥莉特的偏执与非理性行为让她付出了代价：身体迅速膨胀，“变成一个蓝色的巨大圆球”[③]，最后只好把她送到榨汁车间去榨扁再做处理。达尔用夸张的笔触向读者展示维奥莉特这一漫画化的形象，明确地向读者传达出他对自私、偏执、顽劣这些负面品行的批评。

---

① 罗尔德·达尔：《查理与巧克力工厂》，任溶溶译，济南：明天出版社 2009 年版，第 42 页。

② 罗尔德·达尔：《查理与巧克力工厂》，任溶溶译，济南：明天出版社 2009 年版，第 42 页。

③ 罗尔德·达尔：《查理与巧克力工厂》，任溶溶译，济南：明天出版社 2009 年版，第 132 页。

达尔向读者展示的第四种恶劣品行是迈克所体现的暴力倾向和对电视的迷恋。早在20世纪60年代，达尔就敏锐地预见到，迅猛发展的科技在给人类带来便利的同时，也必将带来许多社会问题。儿童一来到这个世界就有高科技产品陪伴，繁忙的父母无暇顾及子女，不少孩子就坐在电视机或游戏机前度过了他们的童年。原本可以用作提供信息和便利的现代科技产品，却变成了教唆孩子暴力犯罪的工具，成为孩子养成暴戾性格的罪魁祸首。现在的电视节目鱼龙混杂，孩子们仅凭借有限的认知能力很难做出甄别和选择，只会根据自己的本能或兴趣痴迷于某类节目。小说中得到第四张金奖券的男孩迈克就是这样一个被电视毁掉的典型少年。他整日沉溺于电视上的暴力节目，并下意识地进行模仿。在暴力节目的长期熏陶下，迈克对那些"施暴英雄"崇拜有加，并在现实生活中极力模仿，模糊了电视节目与现实生活的界限。于是读者看到，迈克身上挂满了各类枪支，并"不时地跳起来，用这支枪或那支枪突突突地开六七枪"①。在参观旺卡工厂的旅程中，当迈克看到旺卡先生实验室展示的那些新奇的电视传送技术的时候，分不清虚拟与现实世界界限的迈克不顾阻拦，疯狂地跑进了巧克力电视机中。结果，这个长期痴迷于暴力和电视的男孩迅速从人退变为物质——被电视传送技术异化为一百万个微粒。虽然旺卡先生的下属最后借助现代工具让他恢复了人的形状，但他从此"变成了一个侏儒"②。即便到了如此境地，迈克还不知悔改，仍旧吵嚷着要看暴力电视节目。在经历了这个事件之后，迈克的父亲倒是醒悟过来了，决定"一回到家，就把电视机扔出窗口。电视叫我受够了！"③

上述四个任性妄为的小霸王及其吞噬的恶果，是他们不加节制地放纵自然天性的必然结果。人的自然天性包括自然本能和本能驱动的欲望，其中有些欲望是合理的，应该予以满足，而有些欲望却是非理

---

① 罗尔德·达尔：《查理与巧克力工厂》，任溶溶译，济南：明天出版社2009年版，第45页。

② 罗尔德·达尔：《查理与巧克力工厂》，任溶溶译，济南：明天出版社2009年版，第180页。

③ 罗尔德·达尔：《查理与巧克力工厂》，任溶溶译，济南：明天出版社2009年版，第182页。

性的，必须加以适当地节制。那些尚未受到伦理启蒙的儿童的思想与行为，在很大程度上都是自然天性驱动的结果。由于他们的伦理认知能力有限，无法判断自身的种种顽劣行为，又缺乏来自成人社会的理性指引，他们自然就不会感觉不妥与自责。而读者可以从作家建构的漫画式形象中得到有益的警示，知道什么样的行为是不被社会接受或认可的。小说中那些儿童自己身在其中无法觉察，但聪明的小读者因为保持了一定的审美距离，能够客观公正地审视作品中那些儿童的行为，同时以艺术形象为镜子来反观和判断自己的行为。儿童读者从小说中这些被宠坏的孩子身上或多或少地看到了自己的影子，从他们的同龄人身上看到了放纵天性的后果，这些艺术形象对读者有着重要的警示和训诫作用。这类儿童文学作品“不仅让孩子受到教益，同时也使家长从中领悟到过度娇惯纵容孩子是何等有害”①。

儿童的伦理意识和伦理判断能力是后天习得的。他们不是通过概念或者逻辑推理的方式来习得善恶观念，而是通过感知和体悟的方式发展伦理意识。心理学家贝特尔海姆敏锐地观察到，“儿童的选择很少是基于正确与错误，而是根据‘谁使他同情、谁让他厌恶’的情绪。对一个儿童来说，问题不是‘我想成为一个好人’，而是‘我想成为谁’”②。通过奥古斯塔斯等这些负面的儿童形象，达尔引导儿童读者体悟到自私、任性、偏执可能会遭到什么样的惩罚。读者不会想成为这四个孩童中的任意一个，因而自然会尽力避免这样的行为。达尔在小说中塑造的这些负面儿童形象对儿童具有重要的警示价值，让他们看到了任性、胡闹、放纵的后果，起到对儿童进行伦理规训的作用。

达尔在《查理与巧克力工厂》中塑造的任性、顽劣的小霸王形象，体现的只是“童年七宗罪”中的贪吃、任性、偏执、贪婪这类“小恶”，所以这些人物虽然遭到不同形式、不同程度的惩罚，但最后都留住了小命，起到小惩大戒的伦理警示效果。然而，如果对儿童的天性不加约束，任他随心所欲地发展，最后就有可能给自己和社会带来深重灾

---

① 张美妮：《英国儿童文学概略》，长沙：湖南少儿文艺出版社 1999 年版，第 210 页。

② 熊雅丽：《伦理教化与心灵启迪》，武汉：华中师范大学硕士学位论文，2012 年，第 1 页。

难。所谓“冰冻三尺，非一日之寒”，奇幻小说中那些作恶多端的反面人物也并非一天之内变坏的，而是恶习从量变到质变的必然结果。在儿童奇幻小说中，那些自私任性的人物最终都遭到了应有的惩罚。英国儿童小说家J. K. 罗琳的鸿篇巨制《哈利·波特》中的反面人物伏地魔就是这样一步一步地走向毁灭的恶魔，他最终被毁灭的人生结局，传递了作家对恶的贬斥与谴责，向读者传递了恶有恶报的伦理经验。

二、伏地魔的毁灭：自私欲望的代价

罗琳在她的《哈利·波特》系列小说中成功地塑造了哈利这个深受全世界读者喜爱的少年英雄形象。在不少儿童读者的心目中，少年英雄哈利成了善良、勇敢、机智、正义的代名词；而反面角色伏地魔(Lord Voldemort)则成了儿童文学人物画廊中备受诅咒的恶魔形象。通过对伏地魔在社会化过程中做出的伦理选择及其背后的动因进行考察，不难发现伏地魔作为人类社会的成员，却站在动物的立场上，依据“弱肉强食”“强者为王”这种动物王国的生存法则，听任动物性本能支配自己的行为，他以牺牲无辜生命为代价的身份诉求彻底抹杀了其人性，把自己降格为“兽”类。

伏地魔从霍格沃茨魔法学校的一位优秀学生逐步蜕变为杀人狂魔，是他受自私欲望的驱动和对身份的非理性追求的结果。文学伦理学批评认为，在文学作品中，“几乎所有伦理问题的产生都往往同伦理身份相关”①。这一论断对解读《哈利·波特》中伏地魔这一形象尤为恰当，正是对身份和地位的非理性追求，使得伏地魔为自己打开了地狱之门。伏地魔人生中第一次关键的伦理选择就是对自己伦理身份的选择。伏地魔在11岁的时候登上开往霍格沃茨魔法学校的列车，进入魔法世界，开始了他的身份追寻之旅。伏地魔在孤儿院长大，对自己的父母与社会关系一无所知，因此他急切想要解开自己的身世之谜，由此拉开了伏地魔伦理身份追寻的序幕，为他日后的伦理选择与人生结局撒下了悲剧的种子。在身世追查过程中，伏地魔了解到自己沦为孤儿的原因。原来他母亲梅洛普生于魔法世家，自己相貌平平，却痴恋英俊

---

① 聂珍钊：《文学伦理学批评：基本理论与术语》，《外国文学研究》，2010年第1期，第21页。

的麻瓜青年汤姆·里德尔，但后者对她不屑一顾。梅洛普的父亲和兄长不齿于她的单相思，不仅对可怜的梅洛普加以羞辱，而且公然违反禁令对无辜的里德尔滥施魔法，因触犯魔法世界的法律而被关进了巫师监狱。趁着父亲和兄长在监狱服刑而对她鞭长莫及的时机，梅洛普通过魔法手段诱使里德尔跟她私奔，而摆脱迷情魔药控制之后的里德尔义无反顾地离开了梅洛普和她腹中日后将成为伏地魔的孩子。梅洛普得不到回报的爱情以及由此带来的绝望摧毁了她的生存意志，她选择了死亡。绝望潦倒的梅洛普在孤儿院生下儿子后便撒手人寰，把嗷嗷待哺的小汤姆·里德尔丢给了孤儿院。

解开身世之谜后，少年伏地魔面前有三种伦理选择方案：第一，选择以德报怨，即找到自己的亲人，用自己的聪明才智化解上一辈之间的宿怨，享受迟来的亲情与人伦之乐。这是一种利人利己的选择，符合人类社会的伦理规约和道德规范。假若伏地魔做出这种选择，他父母的家族不会遭到灭门之灾，他自己也有可能从此享有一个幸福的人生；第二，选择认同母系巫师血统、隐瞒父系麻瓜血统。在当时不少巫师看来，“拥有纯血统就意味着身份高贵”[①]，家族血统被认为是个人身份的重要因素。因为伏地魔的父亲是个麻瓜，在魔法世界无迹可寻，所以伏地魔完全可以进行善意的欺骗，佯称自己是纯血统巫师，掩盖自己是混血巫师的事实。这是一个利己也不损人的选择，伏地魔既可以达到自己身份认同的目的，又不必戕害他人；第三，选择以怨报怨，用血腥手段报复曾经抛弃自己的血亲和社会。在诸多选择面前，伏地魔令人遗憾地选择了最后这个损人害己的方案。尽管老里德尔抛妻弃子的行为理应受到道德谴责，但伏地魔把他父亲应该遭受的伦理惩罚推到极致，变成了血腥的谋杀：16岁的少年伏地魔潜回父母的家乡，设计用舅舅莫芬·冈特莫芬的魔杖杀死自己的父亲和祖父母，并成功地把杀人罪名栽赃到他舅舅莫芬身上，致使莫芬再次锒铛入狱。

少年伏地魔不顾血亲相残的伦理禁忌和生命神圣不可侵犯的法制原则，犯下了弑父、弑亲、陷害血亲等伦理重罪。他残杀血亲的伦理行为导致两个家庭的覆灭，这桩伦理犯罪背后的动机有两个：一是为

---

① J. K. 罗琳：《哈利·波特与死亡圣器》，马爱农、马爱新译，北京：人民文学出版社 2007 年版，第 314 页。

了"报复从来不想要他的生父"[①]和其他亲属；二是为了从这个世界上"抹去不争气的里德尔家族"[②]，旨在彻底斩断与父亲的伦理联系。杀死父亲全家后，伏地魔采取的下一步行动就是更名改姓：他把从父亲和外祖父那里继承的 Tom Marvolo Riddle 这一姓名中的字母顺序打乱，重新排列组合，为自己打造出一个新身份"I am Lord Voldemort"(我是伏地魔大人)。人的姓名除了起到符号能指的作用外，还直接标示着个人与社会的关系，伏地魔试图通过更名改姓来抹杀自己的伦理关系，重塑自己的伦理身份。他杀死父亲全家并抛弃其姓名，旨在彻底抹除把他与他所鄙视的麻瓜联系在一起的血脉痕迹，以便将来能够毫无障碍地炫耀自己为纯血统的"斯莱特林的传人"。由此可知，伏地魔伦理犯罪背后的主要动机是他对自己伦理身份的考量和对自己自私欲望的非理性满足。

凭借自己超人的天资才赋，伏地魔决心"在魔法史上占取惊人的地位"[③]，实现这一愿望的手段就是追求权力。从本质上看，伏地魔对权力的追求实际上是对身份的追求，追求权力这一行为背后隐藏的是他身份认同的焦虑。个人最初身份意识的萌芽源于家庭生活经验，与家庭成员之间的伦理关系是身份认同的基础。童年时期父母的缺位以及家庭亲情的缺失，扭曲了伏地魔的伦理观念，造成了他对自己与生俱来的伦理身份的憎恶。伏地魔曾经的孤儿身份以及他引以为耻的家庭伦理关系，使他内心萌生深切的自卑感，在他的内心形成了一个挥之不去的身份情结。伏地魔解开这个身份心结的手段就是通过权力来重塑自己的身份。他身份追求的逻辑是：通过权势获取社会等级阶梯上显耀的地位与身份，进而通过高高在上的身份与地位来消解曾经的孤儿身份带给他的卑微感与耻辱感。正是在身份焦虑的驱策下，伏地魔走上了不择手段地追逐权力的道路。

---

① J. K. 罗琳：《哈利·波特与混血王子》，马爱农、马爱新译，北京：人民文学出版社 2007 年版，第 281 页。

② J. K. 罗琳：《哈利·波特与混血王子》，马爱农、马爱新译，北京：人民文学出版社 2007 年版，第 281 页。

③ J. K. 罗琳：《哈利·波特与混血王子》，马爱农、马爱新译，北京：人民文学出版社 2007 年版，第 375 页。

如果伏地魔通过正大光明的手段追求权势，企图爬上社会等级阶梯的顶端，那是无可厚非、符合人类伦理规范的行为。然而，他选择的是一条通过残害他人生命迅速达到目的的权力诉求“捷径”。伏地魔原本是可以通过正当的途径去获取权力的。他遗传了其父亲俊逸的相貌，还继承了斯莱特林的超常天赋。英俊的外表、超人的天资往往是一个人取得成功的重要因素，他在霍格沃茨魔法学校的经历就是极好的例证：“作为资质超常又十分英俊的孤儿”[①]，少年伏地魔一进霍格沃茨魔法学校就得到了多数老师的垂怜，也赢得了很多同学的敬畏。他保持全优的成绩直到毕业，还当上了级长和学生会主席。因此，“几乎所有的人都认为他会有惊人的建树”[②]，他的魔药课老师甚至预测他可能只需要 15 年的时间，就有可能登上魔法部长的宝座，站上最高权力的顶峰。

遗憾的是，伏地魔没有把自己的聪明才智用于光明正义的事业，而是利用超常天赋谋求私欲的满足，为自己打开了通向地狱之门。当他 17 岁从霍格沃茨魔法学校毕业时，这位众人眼中“才华出众的年轻巫师”[③]之所以对种种正当的职业机会“一概予以拒绝”[④]，是因为“在正道与捷径之间做出选择时”[⑤]，伏地魔选择了一条自私欲望驱使的权力追求“捷径”：他网罗一批称为“食死徒”的追随者，建立自己的黑魔法王国，在魔法世界掀起一场场腥风血雨，旨在迅速把自己置身于权力金字塔的顶端。伏地魔的伦理选择昭示了他身上因理性缺失而滋生的邪恶，他犯下重罪却不知悔改，无所忌惮地放任自己为所欲为。

伏地魔的母亲生下他后便撒手人寰，使他沦为卑贱的孤儿，这让

① J. K. 罗琳：《哈利·波特与混血王子》，马爱农、马爱新译，北京：人民文学出版社 2007 年版，第 277 页。

② J. K. 罗琳：《哈利·波特与混血王子》，马爱农、马爱新译，北京：人民文学出版社 2007 年版，第 324 页。

③ J. K. 罗琳：《哈利·波特与混血王子》，马爱农、马爱新译，北京：人民文学出版社 2007 年版，第 325 页。

④ J. K. 罗琳：《哈利·波特与混血王子》，马爱农、马爱新译，北京：人民文学出版社 2007 年版，第 324 页。

⑤ J. K. 罗琳：《哈利·波特与密室》，马爱农、马爱新译，北京：人民文学出版社 2007 年版，第 427 页。

他决心征服死亡①这个“人类才会有的可耻弱点”②。“永生不死”是人类普遍的奢望，但伏地魔追求永生行为的背后，更多的是权力动机。以他精深的魔法知识和高强的魔法能力，伏地魔本来可以像《哈利·波特与魔法石》中的魔法师尼可·勒梅一样，通过锻造一块使人长生不死的魔法石来实现永生的愿望。然而，他身上膨胀的欲望让他迷失了伦理方向，使他看不到善恶的界线。伏地魔借其信徒之口传达的善恶观念是：“世界上没有什么善恶是非，只有权力，还有那些无法获得权势的无能之辈……”③在伏地魔的伦理逻辑中，“善”就是不择手段获得权势，无能则意味着恶。伏地魔摒弃人类社会“生命神圣不可侵犯”这一准则，以动物界“强者为王”的生存法则作为自己的行为指南。他所遵循的不是“人道”而是“兽道”，即依据动物界的生存原则行事。正如狮子群中战胜所有对手的雄狮理应加冕为王，伏地魔信奉“魔法即强权”④，认为拥有最高魔法能力的巫师理应成为巫师社会为所欲为的主宰。他选择通过“杀戮—分裂灵魂—制造魂器”这种邪恶的方式征服死亡，把自己打造成打不败、杀不死的“神秘人”。拥有不死之身的伏地魔“神化”了自己，使得他不论在生理上还是心理上，都处于其信徒无法企及的高度，有助于使其信徒毫无保留地屈从于他的淫威，以便实现他独霸天下的野心。伏地魔奉权势为宗教，模糊善恶的界线，不惜通过残害无辜生命的手段来达到目的，根本原因就在于他遵循的是丛林野兽奉行的“弱肉强食”“胜者为王”的生存竞争原则，摒弃了公正、仁慈、宽容、诚信等人类社会普遍认同的伦理原则。

伏地魔秉持的丛林法则使他在伦理认知上出现两大盲点：首先，他不懂爱，对牺牲与奉献精神完全不能理解。小说中睿智的邓布利多教授没有利用自身高强的魔法能力去攫取权力，甘愿在霍格沃茨魔法

---

① Voldemort的含义是“逃离死亡”(flight from death)，伏地魔追随者“食死徒”(Death Eater)意思为“死亡吞噬者”。

② J. K. 罗琳：《哈利·波特与混血王子》，马爱农、马爱新译，北京：人民文学出版社2007年版，第278页。

③ J. K. 罗琳：《哈利·波特与魔法石》，马爱农、马爱新译，北京：人民文学出版社2007年版，第180页。

④ J. K. 罗琳：《哈利·波特与死亡圣器》，马爱农、马爱新译，北京：人民文学出版社2007年版，第179页。

学校教书育人，伏地魔却把邓布利多这一高尚的行为看作“软弱，没有胆量”[①]的体现。伏地魔之所以无法理解邓布利多及其高尚的道德品质，是因为“关于爱、忠诚和单纯，伏地魔一无所知”[②]。其次，他缺乏辨别善恶是非的能力，而“人同兽的区别，就在于人具有分辨善恶的能力”[③]。因此，伏地魔虽然获得了人的外形，混迹于人类社会，但他只是个生物意义上的人。在伦理意义上，他的意识还可悲地停留在野兽的水平。伏地魔的悲剧就在于他秉持了错误的伦理观念，根据动物世界的丛林法则把“获取权势”看作自己人生中最大的“善”，并在获取权势的过程中草菅人命，完全无视人类社会“敬畏生命”这一最基本的人道要求。

作为人类社会的成员，伏地魔却站在动物的立场上，把动物世界的丛林法则作为自己伦理行为的准则，根据野兽的生存原则来处理人与人之间的关系。在失去肉身之后，伏地魔不顾宿主的死活，将自己的灵魂寄生在其他动物或者人身上，而他的寄生会迅速缩短宿主的寿命。伏地魔的行为，与法布尔观察到的昆虫寄生在其他生物上产卵繁殖，导致宿主毙命的行为并无二致。伏地魔把自己的生命看得无比神圣，却视他人生命为草芥。他残暴地索取哈利母亲的性命，却认为自己只不过是“把她像蟑螂一样碾死”[④]。伏地魔在把他人矮化为无尊严的动物的同时，也把自己异化为无理性的禽兽。他背离人类社会的伦理规范，遵循动物王国“强者为王”的伦理逻辑来满足私欲，其行为是对自己作为“人”的一面的彻底抹杀，把自己降格到了“兽”的行列。他的所作所为与兽无异，违背人伦、灭绝人性，因此最后必然走向覆灭。

伏地魔在通往极权的“捷径”上制造的大量杀戮，导致他灵魂的分裂，也扭曲了他原本俊逸的外表，在他脸上留下了不道德的污迹。随

---

① J. K. 罗琳：《哈利·波特与死亡圣器》，马爱农、马爱新译，北京：人民文学出版社2007年版，第546页。

② J. K. 罗琳：《哈利·波特与死亡圣器》，马爱农、马爱新译，北京：人民文学出版社2007年版，第525页。

③ 聂珍钊：《文学伦理学批评：伦理选择与斯芬克斯因子》，《外国文学研究》，2011年第6期，第6页。

④ J. K. 罗琳：《哈利·波特与死亡圣器》，马爱农、马爱新译，北京：人民文学出版社2007年版，第546页。

着年龄的增长与罪行的累积，曾经的翩翩少年蜕变为丑恶的杀人狂魔，最显著的就是他的体貌特征由人脸向蛇脸退化。这一变化极富象征意义，象征着他身上人性的消逝，“蛇性”即“兽性”的凸显：他的脸“比骷髅还要苍白，两只大眼睛红通通的，鼻子像蛇的鼻子一样扁平，鼻孔是两条细缝……”①所谓“相由心生”，人的脸就像一面镜子，可以映照出一个人的灵魂。伏地魔外表的狰狞昭示着他内心的丑恶。他从人类社会的大门中倒退出来，重新加入野兽的行列。他体貌上表现出的生物性退化，隐喻他在伦理意义上由人向兽的蜕变。伏地魔依仗自己高深的魔法而专横跋扈、杀人如麻，却临死也不知道忏悔。他的作恶多端归因于他伦理意识的丧失，如果他的意识中尚存一丝善恶意识的话，那么他就应该会多少产生一丝悔恨。

在英国奇幻小说所构建的人物画廊中，自私邪恶的反面人物形象占了不小的比例，他们的反社会行为给他人带来伤害或者给社会造成麻烦的同时，也给自己带来惩罚或者灭顶之灾。除了上文提到的小霸王和伏地魔之外，《狮子、女巫与魔衣橱》中的白女巫、《银椅》中的绿女巫、《指环王》中的索伦等反面人物都是集自私、凶残、贪婪、任性、偏执等负面品格于一身的恶魔。他们最后都受到了应得的惩罚，为自己的不良品格和反社会行为付出了巨大的代价。作为以少年儿童为目标读者的儿童文学作品，这类反面人物形象传达给儿童的是“恶有恶报”的道德教训。那些作恶者必然遭到惩罚与报应的情节，对不谙世事的儿童读者来说具有强大的劝诫作用或者警示力量，有利于他们善恶意识的发展。然而，包括儿童文学在内的伟大文学作品不仅揭示人类的鲁莽、自私、贪婪、愚蠢、懦弱等负面品行，更多地通过艺术形象来展示善良、忠诚、谨慎、公正、坚韧、克制等美德。这些描写“善良而伟大的人物的故事，激发青少年模仿他们并成为他们那样的人的热切愿望”②。因此，儿童小说中那些善良、勇敢、正义的小英雄的亲社会行为，对儿童读者具有重要的示范效应。

---

① J. K. 罗琳：《哈利·波特与密室》，马爱农、马爱新译，北京：人民文学出版社 2007 年版，第 381 页。

② Mark William Roche. *Why Literature Matters in the 21st Century*. New Haven: Yale UP, 2004, p. 21.

第二节　亲社会形象及其道德示范价值

如果说儿童文学中反面人物的价值在于对读者进行规训和警示的话，那么道德榜样的价值则在于为读者树立一个行为标杆，成为读者认同和模仿的对象。玛丽亚·尼古拉耶娃教授关于童话在儿童道德发展中所起作用的分析，也适用于儿童文学的其他文类，尤其是奇幻小说。虽然尼古拉耶娃认为“童话最重要的功能不是教育功能和认知功能，而是向读者提出我们确实存在的问题”①，但她也承认儿童文学对读者所具有的道德引领作用。她认为：

> 在童话中，我们可以频频看到人类最美的品质和最可贵的思想，诸如诚信、友谊、勇敢和名誉等，还有恶不可避免地要被战胜。优秀童话总是描写主人公精神道德的成长过程，童话主人公对善和人道主义的选择，也等于是向少年儿童读者提供了丰富的道德经验和树立了正确的选择标准。②

儿童文学作品建构的道德模范的形象，为读者提供了可供模仿的道德榜样，或者可供借鉴的道德教训，为读者进行伦理选择提供了许多有益的间接经验。在儿童的道德教化过程中，儿童文学中的道德模范发挥着不容低估的行为示范作用。

一、好孩子查理：美德的报偿

儿童文学作家往往利用作品虚构世界中的美与丑、善与恶、任性与理性、正义与邪恶等伦理概念的直观对照，向年幼读者传递自私任性必遭惩戒、善良理性必得报偿这一有益的伦理启示，从而引导儿童读者在任性与理性、骄纵与礼貌、善良与凶残等伦理价值之间做出正

① 玛利亚·尼古拉耶娃：《西方艺术童话及其研究》，载《外国童话史》，韦苇著，石家庄：河北少年儿童出版社 2003 年版，第 318 页。

② 玛利亚·尼古拉耶娃：《西方艺术童话及其研究》，载《外国童话史》，韦苇著，石家庄：河北少年儿童出版社 2003 年版，第 320 页。

确的选择。在读者之中享有盛誉的英国儿童文学作家罗尔德·达尔的创作就体现了这一思想。在《查理与巧克力工厂》中，达尔通过刻画四个坏孩子和一个乖孩子的形象，告诉读者坏孩子会受到惩罚、好孩子可以得到奖赏这种浅显而实在的道理。小说中的正面主人公是小男孩查理·巴克特，他虽然家境贫困，却得到了充盈的关爱与正确的引导。巴克特一家 7 口人居住在一栋摇摇欲坠的小木房里，虽然在物质上缺衣少食，但三代人之间却和睦融洽，精神上十分富足。查理从小获得的伦理经验影响着他的行为选择，这为他后来的成功和幸福埋下了伏笔。

查理和谐的家庭氛围、长辈对他真挚的关爱为其道德观念的健康发展提供了肥沃的土壤。在《查理与巧克力工厂》中，乖孩子查理在听爷爷讲述旺卡先生的创业故事的过程中，就在心中埋下了善良、理性的种子。由此可知，聆听或者阅读富有教益的故事，是儿童获得伦理知识、培养伦理意识的重要渠道。小说中的小主人公聆听爷爷讲述旺卡先生的故事时受到智慧与道德的启迪，现实生活中的儿童读者也可以在优秀的儿童读物的滋养下，获得心智成长和道德发展所需要的精神养分。因此，儿童文学就像春天的阳光雨露，不仅有助于唤醒儿童读者心中的那粒亟待破土的道德的种子，同时也能滋养父母们心中的理性之花。

童话故事的作者们虽是成人，但他们理解儿童，所以能够在给小读者送去精彩的故事的同时，体现出他们对于儿童精神成长的关怀。儿童在阅读优秀的儿童文学作品的过程中，会有一种强烈的认同心理，这是儿童文学能够帮助读者道德内化的重要原因。譬如，在阅读《查理与巧克力工厂》时，小读者往往会情不自禁地把自己置换为故事的主人公查理，想他之所想、急他之所急。对儿童读者来说，阅读查理的故事的过程，就是陪同主人公一起参观巧克力工厂，并接受伦理考验的过程。在阅读审美过程中，读者也会情不自禁地对呈现在眼前的缤纷景象和扑鼻而来的香气惊叹不已，跟主人公一起体验充满无限狂喜、惊讶的参观之旅。飞流直下的巧克力瀑布、巧克力糖浆汇成的河流、郁郁葱葱的口香糖草地、漫山遍野的牛奶糖，让读者与故事主人公一起置身于充满巧克力诱惑的童话世界。香醇甜美的巧克力是绝大多数儿童都特别喜欢的食物，对儿童来说代表着某种难以抵制的诱惑。因此，参观巧克力工厂的过程，就是一个试探主人公的品行、考验他们的道德意志的过程。面对强烈的诱惑，四位任性、自私的反面人物听凭动物性本能主导自己的行为，表现出一系列反社会的行为，并因此受到了应有的惩戒。

“在强大的诱惑面前、在关键的道德考验中，个体应该如何运用理性克制欲望，做出恰当的伦理选择？这是青少年社会化过程中必须解决的重要课题”①，也是《查理与巧克力工厂》等奇幻小说所极力表现的主题。在参观巧克力工厂的过程中，置身于神奇曼妙的巧克力世界中，那些吃饱喝足的富家孩子都无法抵制香醇的巧克力的诱惑，瘦骨嶙峋、饥肠辘辘的查理却表现出极大的理性，能够克制最本能的冲动，遵从旺卡先生所象征的社会伦理规范，表现出一系列亲社会的行为。儿童奇幻小说的重要母题是“善恶有报”，因此，查理的善良、谨慎、克制、谦恭等美德为他带来了巨大的回报。查理通过了旺卡先生的道德考验，得到了他的认可，被选定为巧克力工厂的继承人。最终查理因为自己的美德获得了丰厚的奖赏，不仅使自己从此前途无忧，也使他一贫如洗的家庭从此丰衣足食，过上所有孩子都梦寐以求的幸福生活。获赠巧克力工厂既是对查理本人美德善行的回报，也是对查理的长辈正确地教育孩子的丰厚回馈。

儿童小说的伦理价值是通过读者的审美过程实现的，而审美过程中的移情或同理心对儿童的道德教化发挥着不可替代的作用。亚当·斯密认为，个体的同理心或者同情感是透过想象引发的。他说：“借由想象，我们把自己摆在他的位置，我们设想自己正在忍受所有相同的酷刑折磨，我们可以说进入他的身体，在某一程度内与他合而为一，从而对他的感觉有所体会，甚至我们自身也升起某种程度上虽然比较微弱，但也并非与他的感觉完全不相像的感觉。”②道德想象是道德情感滋生的源泉，而格调高贵的文学语言通过构建一个个特别的道德情境，邀请读者进入故事情境，从而激发读者的道德想象。透过想象，读者

① 王晓兰：《〈哈利·波特〉中的善恶斗争与斯芬克斯因子博弈》，《南昌工程学院学报》，2014 年第 5 期，第 43 页。

② 亚当·斯密：《道德情操论》，谢宗林译，北京：中央编译出版社 2015 年版，第 3 页。

能够对小说人物所经受的困苦感同身受。在阅读乖孩子查理的故事的过程中，儿童读者能够设身处地地理解查理的困苦，会在阅读中情不自禁地把自己想象成善良、懂事、有礼貌、守规矩，然后得到丰厚回报的主人公。由于审美过程中的认同作用，读者就会像主人公查理一样，感受到饥饿带来的痛楚、体验到亲情带来的温暖、感悟到理性带来报偿的欣喜。这正是儿童文学的魅力所在，可以让读者在阅读的愉悦中得到心灵的净化和道德境界的提升。当阅读到查理忍饥挨饿的时候，儿童读者也会和查理一样，产生饥饿的情境体验。实际上，大多数的儿童读者并没有真正体验过挨饿受冻的滋味，而是感受生动细腻的文字魅力：小说中那些生动的描述能够有效地唤起读者的感官反应，能够对查理的"保暖和吃饭这两个性命交关的问题"①有所体会。因此，当查理终于有机会"高兴地抬起他的小尖鼻子去吸融化的巧克力香喷喷的气味……好像要把香气也吃下去似的"②的时候，读者感觉就像是自己吃到了甘醇的巧克力一样，由衷地因查理得到而让自己也感受到审美的快乐。在体验查理的感受、认同查理的选择的过程中，儿童读者体验到了善良、正直所带给人的心灵抚慰。通过激发读者对童话作品中人物不幸境遇的怜悯与同情、通过分享故事中善良的主人公最终收获奖赏时的喜悦之情，小读者们深刻地体悟并内化了"善有善报"这类伦理信息，有助于他们将来在遇到类似情境的时候做出正确的行为选择。

查理一波三折地获得参观巧克力工厂的金奖券的情节，是最能够引起读者移情反应的部分。读者在小说的开头读到关于金奖券的通告时，自然都期望贫穷、瘦弱、可怜的查理能够获得金奖券，以改变他们一家穷困潦倒的命运。但是作家达尔却通过巧妙的情节安排，让查理和小读者经历连续两次巨大的失望之后剧情才出现逆转。正当查理一家都山穷水尽、身无分文的时候，查理和读者都梦想的奇迹出现了：查理获得了"意外之财"——在路边捡到了一枚足以买到一块巧克力的

---

① 罗尔德·达尔：《查理与巧克力工厂》，任溶溶译，济南：明天出版社 2009 年版，第 50 页。

② 罗尔德·达尔：《查理与巧克力工厂》，任溶溶译，济南：明天出版社 2009 年版，第 52 页。

硬币。饥肠辘辘的查理捡到这枚50便士的硬币，“这时候它使他想到一样东西，只想到一样东西，那就是吃的东西”①。此时，人和任何动物都有的生存性本能占据主导地位，让饿得咕咕直叫的肚子得到一点满足是再正当不过的生理需要。因此，读者不会因为查理用捡来的“意外之财”去满足饥饿这种合理的欲望而心生反感，而是由衷地为好孩子查理感到庆幸。由于小读者在阅读过程中已经陪伴着查理体验了挨饿受冻的滋味，对查理心怀同情的读者赞同查理用捡来的钱去买巧克力，而且由衷地希望这块巧克力中能够出现可以帮查理带来命运转机的金奖券。善解人意的作家果然没有再次让小读者失望，查理终于在巧克力中发现了最后一张金奖券。意外获得的50便士及其带来的金奖券，对查理来说是一份迟来的意外惊喜，更是考验查理的品行和德性的试金石。

得到了参观巧克力工厂的入场券，查理有机会接受巧克力这种儿童特别喜爱的美食所象征的强大诱惑的考验，也有机会在强大的诱惑面前因表现出高尚的品性和理性的意志而通过了旺卡先生的严格考验。面对巨大的诱惑，那四个负面形象的儿童听凭动物性本能主导自己的意志，他们的行为表现出道德缺失、理性缺失的特点，因而受到了惩戒。与之相反，一直饥肠辘辘、骨瘦如柴的查理面对巨大的诱惑的时候，他用坚定的意志和强大的理性力量去克制和压抑住大吃一顿的冲动。虽然他体内的动物性本能躁动不安，很想饱餐一顿美食来安慰一下自己饥饿的肠胃，但是查理能够遵守工厂的规范，表现出超出他年龄的理性与克制，最终因他谨慎的行为、克制的态度、善良的品性通过了旺卡先生的考验，获赠那家世人梦寐以求的巧克力工厂。读到故事的结尾，所有的儿童读者都在心中庆幸查理能够通过考验，并获得令人艳羡的奖赏，这时候读者的审美需求得到了最大程度的满足。小读者在见证查理的幸运之旅的同时，也在享受审美体验给他们带来快乐的过程中，理解了善良、同情、克制、理性之类的道德品格对于个人立身处世的重要价值。达尔充满童话色彩的故事对小读者具有不可低估的伦理教诲价值，让读者在审美的快感中得到“善恶有报”的伦理

① 罗尔德·达尔：《查理与巧克力工厂》，任溶溶译，济南：明天出版社2009年版，第56页。

启示，有助于儿童道德观念的发展与内化。

“文学教诲的实现过程就是文学的审美过程，教诲是文学审美的目的和结果。文学的根本目的不在于为人类提供娱乐，而在于为人类提供从伦理角度认识社会和生活的道德范例，为人类的物质生活和精神生活提供道德指引，为人类的自我完善提供道德经验。”①达尔为小读者建构的查理这个形象，为儿童提供了重要的道德经验和道德榜样，能够给正在成长的儿童心中那棵道德的小幼苗提供丰富的养料。儿童的自然天性是与生俱来的，但伦理意识与道德观念却是在成长的过程中慢慢习得的。除了父母和老师的言传身教外，儿童还可以通过他们喜爱的或者厌恶的童话形象来感悟伦理观念。通过阅读《查理与巧克力工厂》这样的奇幻小说，儿童能通过直观可感的形象了解到，如果自己成为奥古斯塔斯和维卢卡之类的孩子，将会遭到什么样的惩罚，这样他们心里自然就会排斥这些负面形象而摒弃那些反社会的行为。同时，他们因为同情、羡慕、认同查理这种正面健康的儿童形象而会尽力模仿查理的亲社会行为。

《查理与巧克力工厂》这样的奇幻小说带有强烈的童话色彩，其主要受众是那些七八岁的儿童，小说传递的主要是儿童个人行为层面的一些伦理规范，如善待父母亲人、听从长辈的教诲、克服自身欲望等个人道德行为选择的基本原则。但在《哈利·波特》之类的适合年龄略大的青少年阅读的奇幻小说中，除了善良、勇敢、无畏等个人层面的品格外，还传递了公平、正义等社会层面的道德要求。哈利·波特就是这样一位既表现出了善良、勇敢、无私、真挚等个人美德的聪慧少年，更是一位被社会认同的道德英雄，他因扶危济贫、反对强权、抵制霸道、追求平等、向往自由、捍卫正义等社会层面的道德品格而成为无数读者崇拜的偶像。

二、少年哈利：社会认同的道德英雄

迥异于伏地魔的权力诉求道路充斥着欲望与杀戮，哈利作为少年英雄的成长之路充满着温情与挚爱；不同于伏地魔听凭自私的自然本性驱使去满足自私的权力欲望，哈利遵循人类社会伦理准则，用社会认可的伦理观

---

① 聂珍钊：《文学伦理学导论》，北京：北京大学出版社 2014 年版，第 17 页。

念指导自己的行为。换句话说，伏地魔是以动物界弱肉强食、强者为王的生存法则指导自己的思想与行为，哈利遵循的则是人类社会以友爱、同情、仁慈、正义等为基本内涵的人道主义伦理准则。

在由瘦弱的可怜孤儿成长为人人称颂的少年英雄的过程中，哈利多次面临伦理选择，在关键的道德考验中驱使他做出正确选择的就是人道主义的道德原则，而人道主义的第一要素就是爱。就魔法能力而言，哈利的力量远远不及伏地魔，但哈利却最终赢得了胜利，终结了黑魔头在魔法世界腥风血雨的统治，这是因为哈利拥有“征服黑魔王的能量”①，这种能量就是爱的力量。在《哈利·波特》系列中，爱被设计为一种邪恶魔法无法战胜的正面能量，“比人类的智慧，比自然的神奇力量更神奇、更可怕”②。爱不仅是哈利克敌制胜的神奇法宝，更是哈利多次以身赴险、救他人于危难的情感动因。爱是哈利力量的源泉，也是哈利亲社会行为的根本动因。哈利从为保护他而惨烈牺牲的父母那里获得了爱这种正能量，然后在成长的过程中把爱的能量转化为对朋友的关爱、对弱小的同情、对生命的敬畏、对社会的责任担当等亲社会行为。

首先，亲情是哈利道德行为的重要力量源泉。哈利额头上的闪电形伤疤，既是伏地魔人性丧失的证据，又是哈利爱的印记。哈利母亲对哈利的爱，不仅成功地充当了哈利生命的盾牌，而且成为哈利勇敢力量的源泉。表面上看，哈利的成长过程中缺少了“母亲”这一角色，但实际上，每当哈利身处险境或在人生的十字路口徘徊之际，哈利的父母总是以不同的方式出现，给哈利灌输战胜困难、击败敌人的勇气与能量。此外，哈利的教父小天狼星、哈利的朋友韦斯莱全家、霍格沃茨魔法学校的校长邓布利多等诸多正义善良的巫师，都情愿牺牲自己以保全哈利。他们对哈利如父母般的关心与爱护，形成一股强大的正义力量，引领哈利在成长的道路上做出正确的伦理选择。正是这种因亲情而萌生出来的强烈的爱的情感，驱使着哈利在关键时刻做出正

① J. K. 罗琳：《哈利·波特与凤凰社》，马爱新、马爱农译，北京：人民文学出版社 2007 年版，第 556 页。

② J. K. 罗琳：《哈利·波特与凤凰社》，马爱新、马爱农译，北京：人民文学出版社 2007 年版，第 558 页。

确的道德选择。哈利父母因爱而做出的伟大牺牲、哈利奋不顾身地救亲友于危难等行为表明，爱作为一种伟大的伦理力量，是战胜邪恶的强大武器。罗琳通过这些善良巫师的至善义举，向读者诠释了爱的真谛。

其次，友情是哈利道德行为的驱动力量。正是友情及其生发出来的对朋友生命和利益的关心，驱使哈利在千钧一发之际选择了勇敢。哈利在霍格沃茨魔法学校上一年级时，学校里突然出现了巨大的山怪，当时年仅 11 岁的哈利担忧赫敏的安全，冒着生命危险与罗恩一起制服了山怪，救出了赫敏。哈利和罗恩的勇敢行为赢得了赫敏最忠诚的友谊，从此他们三人开始了携手成长、共同面对恶魔的历程。在哈利二年级的时候，罗恩的妹妹金妮被伏地魔的日记所蒙骗，最后被挟持进蛇怪斯莱特林藏身的密室。哈利不顾自身安危，闯入斯莱特林的密室，救出了好友的妹妹，也因此在后来收获了金妮的爱情。哈利在挽救他人生命的义举中，虽然最终都侥幸脱险，但哈利在行动之前并不能预知自己行为的后果，根本不知道自己是否会因此送命。保全自己的生命是任何人都有的本能愿望，少年哈利也不例外，但对朋友生命安全的担忧超过了保全自己的本能，促使哈利果断采取冒险行动，表现出非同寻常的勇敢与道义担当。对朋友赤诚的关爱是哈利英雄行为的伦理动因，哈利也因自己的美德善行而获得了回报。

哈利把从亲人和朋友那里获得的爱转化成为反哺社会的道德力量，转化为对弱小的同情与对他人的宽容。如果说哈利在危难时刻不顾自己的人身安危，积极营救朋友和亲人，是受到友情和亲情等伦理力量驱动而做出的反应，那么他在危急关头冒险搭救一直与他为敌的德拉科·马尔福的性命，则表现出哈利无与伦比的同情心与宽容美德。所谓同情心，就是对于别人遭受的苦难自己感同身受，从而在心理上引起痛苦的感觉，这种感觉促使自己采取行动把他人从苦难中解救出来。从第一次登上前往霍格沃茨魔法学校的火车那天开始，哈利与德拉科就势不两立。然而，在《哈利·波特》的终结篇中，马尔福的同伙在与哈利剑拔弩张的角斗中纵火，引起了火灾。在自己被熊熊烈焰包围的紧迫情况下，哈利还设法营救对手，“掠过下面熊熊的火阵”①把马尔福

---

① J. K. 罗琳：《哈利·波特与死亡圣器》，马爱农、马爱新译，北京：人民文学出版社 2007 年版，第 465 页。

从火海中拖了出来。虽然哈利知道马尔福是个“两面三刀的混蛋”①，但也不忍看到对手被熊熊烈火活活烧死。在生命攸关的危机时刻，哈利没有选择落井下石将对手置于死地，而是选择了同情与宽容，哈利的高尚行为显示出他成熟的理性与道德判断能力。哈利同情与宽容对手的行为最后得到了善报，为他最后打败黑魔王赢得了一个机会，这一情节设置强化了善恶有报的伦理寓意。

哈利爱的能量还转化成了对社会的责任担当。这种责任担当使得哈利人生中最悲壮的一次选择成为真正的生死抉择。在销毁了伏地魔的四个魂器后，哈利通过斯内普的记忆了解到，自己体内尚保存着伏地魔的一片灵魂。只要哈利体内伏地魔的灵魂还在，伏地魔的生命就不会终结。残酷的真相让哈利意识到，主动赴死是他不可避免的命运。只有哈利主动送死，让伏地魔在杀死哈利的同时销毁依附在哈内体内的那一片灵魂，巫师社会才可能逃出伏地魔黑魔法的控制。哈利因此陷入了一种两难的伦理困境：作为一位年仅 17 岁的少年，他有保全自己生命的权利；作为预言选中的“救世之星”，他有拯救世界于灾难的责任。如果哈利选择保全自己的性命，他就逃避了命运赋予他的伦理责任；如果他选择践履伦理责任，他就不得不舍弃自己的生命。主动送死，是哈利在这种特殊境遇下履行其伦理责任的必然要求。

虽然理性要求哈利平静地走向死亡，但哈利“对活的愿望比对死的恐惧要强烈得多”②，求生的本能欲望激烈地对抗着舍弃生命的理性要求。目睹周围的亲人和朋友为抗击伏地魔而不断献出宝贵的生命，为了“少一些灵魂遭到残害，少一些家庭妻离子散”③，哈利决定用自己的“死”谱写天下苍生“生”的价值。在生与死的艰难抉择中，哈利选择了践履“救世之星”这个伦理角色赋予他的责任与义务。为了“更伟大的

---

① J. K. 罗琳：《哈利·波特与死亡圣器》，马爱农、马爱新译，北京：人民文学出版社 2007 年版，第 474 页。

② J. K. 罗琳：《哈利·波特与死亡圣器》，马爱农、马爱新译，北京：人民文学出版社 2007 年版，第 511 页。

③ J. K. 罗琳：《哈利·波特与死亡圣器》，马爱农、马爱新译，北京：人民文学出版社 2007 年版，第 534 页。

利益"[①]，哈利选择主动舍弃生命，他的英勇行为是对孟子笔下"生，亦我所欲也；义，亦我所欲也。二者不可得兼，舍生而取义者也"这一伦理境界的完美演绎。他在死去的父母和教父的灵魂陪伴下，"冷静从容地走向自己的毁灭"[②]的过程，就是他荡气回肠地履行其伦理责任和义务的过程。

优秀的儿童文学作品倡导扬善惩恶，罗琳别出心裁地把爱这种无私的伦理情感设计为不可战胜的力量，自然不会让哈利真的献出生命。原来伏地魔在重塑肉身时撷取了哈利的血液，也因此摄取了哈利母亲留在儿子血液中的护符，正是这种护符再次构成哈利生命的盾牌。哈利和伏地魔都不知道的事实是，只要母爱铸就的护符还在，哈利的生命就不会终止。因此，哈利慨然赴死的行为诱使伏地魔亲手毁灭了依附在哈利身上的灵魂，但流淌在伏地魔血管中的护符阻止了哈利走入死神的怀抱，使得哈利既实现了其道德目标，又意外地保全了性命。哈利在最后的巅峰对决中终结了伏地魔，应验了哈利出生时先知的预言，成为"拥有征服黑魔王能量"[③]的救世英雄。哈利英雄行为的背后涌动的是爱这种"超越任何魔法的力量"[④]，爱是哈利伦理行为的根本动因，在哈利的伦理选择中起着决定性作用。他完全出于道德责任做出的生死抉择，诠释了他对生命至诚的爱，写就了善的最高境界。

《哈利·波特》遵循"英雄斗恶魔"这一传统的英雄叙事模式，成功地建构了哈利·波特这个善良勇敢、追求正义、拯救世界于危难的少年英雄形象，也出色地塑造了伏地魔这个残忍、邪恶的恶魔形象，成为儿童文学人物艺术画廊中两幅不朽的艺术画像[⑤]。就人物塑造而言，

---

① J. K. 罗琳：《哈利·波特与死亡圣器》，马爱农、马爱新译，北京：人民文学出版社2007年版，第416页。

② J. K. 罗琳：《哈利·波特与死亡圣器》，马爱农、马爱新译，北京：人民文学出版社2007年版，第511页。

③ J. K. 罗琳：《哈利·波特与凤凰社》，马爱农、马爱新译，北京：人民文学出版社2007年版，第556页。

④ J. K. 罗琳：《哈利·波特与死亡圣器》，马爱农、马爱新译，北京：人民文学出版社2007年版，第525页。

⑤ 在2012年伦敦奥运会开幕式表演中，导演设计让伏地魔闯入儿童梦境，被仙女收服，这是哈利·波特与伏地魔的形象广受欢迎的佐证。

哈利与伏地魔的形象简单扁平，善恶好坏一目了然，缺乏某些经典小说人物形象的复杂性与矛盾性。但就伦理教诲功能来说，这两个形象无疑承载着丰富的伦理信息，具有强大的道德教化力量。伏地魔在欲望驱动下的伦理选择及其堕落毁灭的人生命运，与哈利在理性驱使下的伦理选择及其否极泰来的人生结局形成鲜明的对比，给读者带来深刻的道德启迪，为读者提供了有益的道德借鉴。

儿童文学的重要价值就在于通过生动而直观的艺术形象来帮助儿童内化伦理意识或者善恶观念。无论是好孩子查理还是救世英雄哈利，他们有弱点，也有欲望，但总能够在关键的时刻运用社会认可的伦理原则指导自己的行为，表现出亲社会的行为特征，从而成为少年儿童读者眼中的英雄和道德楷模。儿童常常“把小说中主人公的高大形象作为自己理想的楷模，把一些具体的英雄事迹看作‘通往理想征途的坐标’”①。小主人公高尚的品格与亲社会行为，“好人得到好报”这一阅读期待得以应验，即善良、勇敢、正义的小主人公获得奖赏与幸福，因而读者愿意把小说中令人敬佩的人物作为自己理想的榜样。儿童文学大团圆的结局传递着正能量，读者在为少年英雄终于战胜恶魔或者得到奖赏而长吁一口气的同时，也为小英雄身上正直、勇敢、善良、机智的品格倾倒。对绝大多数读者而言，主人公那些美好的品格和道德行为“虽不能至，然心向往之”，成为引导读者向上、向善的牵引力量，有助于儿童道德观念的形成。

第三节　迷途知返的回头浪子形象及其道德动因

儿童文学中所塑造的人物形象，往往极端化，要么极坏，要么极好。除此之外，还有一种迷途知返的回头浪子形象。人非圣贤，孰能无过？即使是理性成熟的成人也有可能在面对诱惑的时候做出错误的选择，更何况是还处在伦理混沌状态中的儿童。儿童文学中一系列迷途知返的儿童形象表明，理性尚不够成熟的儿童有时候会不由自主地犯错，犯错误不要紧，要紧的是知错能改，即认识到自己的错误后，

---

① 陆有铨：《皮亚杰理论与道德教育》，北京：北京大学出版社 2012 年版，第 143 页。

不要试图用一个更大的错误去掩盖前面的错误，而是积极地改正错误，并采取有效的措施弥补错误对他人带来的伤害。《哈利·波特》中的罗恩和《纳尼亚传奇》中的埃德蒙等人物就是这样知错即改、迷途知返的艺术形象，他们在重要的选择面前曾经不慎误入歧途，给自己造成困扰，也给他人带来麻烦。所幸的是，他们最后得到了教训，弥补了过失，成为协助主角安良除暴、匡扶正义的帮手。这样的角色之所以能够得到读者的谅解与认同，是因为读者可以从这样的人物身上依稀看到自己的影子。读者跟他们一样，在兽性因子与人性因子的博弈中，有时兽性因子会占据上风，因而会不由自主地犯错误，但逐渐增强的伦理意识又使他们能够认识到自己的错误。故事中的人物浪子回头后重新得到了社会的接纳和他人的认可，使他们获得了伦理上的抚慰，有助于增强他们有错就改的勇气。

一、迷途知返的罗恩：从自然情感到道德情感

《哈利·波特》中哈利和伏地魔两位主角给读者留下了难以磨灭的印象，《哈利·波特》中另外两个角色——哈利的好友赫敏·格兰杰和罗恩·韦斯莱的形象也让读者无法忘记。在《哈利·波特与死亡圣器》中，罗恩在自卑、嫉妒、失望的自然情感驱动下，一时冲动，在关键时刻抛弃了朋友独自回家，但在良心的谴责、友谊的呼唤、羞愧之情的感召下，罗恩又回到了好朋友哈利和赫敏身边。从此他们三人更加紧密地携手合作、风雨与共，充分运用智慧、勇敢和正义的力量击败了伏地魔。小说中正直、善良、睿智的霍格沃茨魔法学校校长邓布利多通过观察，深刻地理解了他寄予厚望的几位学生的性格和品质。因此，邓布利多在自己的遗嘱中，遗赠给了罗恩一个自己亲手制作的魔法神器——熄灯器。深谙学生心理的智慧老人邓布利多理解羡慕、嫉妒、失望之类的自然情感可能会对罗恩这种男孩造成什么样的后果，他预见到了罗恩可能的背弃；但他也知道本性善良的罗恩一定会在内疚感、羞愧感、责任感等道德情感的驱使之下迷途知返。因此，邓布利多通过熄灯器给罗恩留下了一条迷途知返的路径，即给了罗恩一次犯错误、然后改过自新的机会。罗琳对于罗恩这个人物的刻画，让广大儿童文学爱好者深信，儿童的情感需要道德化，儿童的道德发展需要情感的呼唤，而情感转变的过程就是儿童蜕变和成长的历程。剖析罗

恩在冲动之下抛弃挚友的情感原因和他迷途知返的伦理动因，有助于我们更好地理解情感在儿童的伦理选择过程中所产生的影响。

1. 自然情感与罗恩的冲动

人的自然情感是自然的心理反应，是人的天性与本能导致的。自然情感不受道德约束，对温暖舒适的向往、对母亲的依恋、对美食的追求，都是在自然情感驱动之下发生的行为。人的自然情感是"一种原发性的情感状态，是人对客观事物或客观环境的态度与体验，是人的一种直接反应状态"①。如果本能得到满足，就表现为喜悦、陶醉等积极的情绪反应；如果得不到满足，就表现为悲伤、嫉妒、愤怒、失望等消极的情感反应。自卑、恐惧也是人的天性与本能的体现，"是人的兽性因子的外化"，属于人的自然情感的范畴②。人在冲动之下产生的行为，往往都是自然情感驱动的结果。在《哈利·波特与死亡圣器》中，在陪同好朋友哈利和赫敏搜寻和毁灭伏地魔魂器的过程中，罗恩因为小事与好友发生了争执，在朋友最艰苦困难的关键时刻一气之下抛弃好朋友独自回家的行为，正是自卑、嫉妒、失望等自然情感作用于罗恩的结果。

罗琳笔下罗恩的自然情感首先表现为自卑与嫉妒。罗恩出生于一个充满爱但贫困的魔法家庭，在家中排行第六，上有五位优秀的哥哥，下有一个备受家人疼爱的妹妹金妮。正如罗恩自己向好朋友哈利述说的那样，他的五个哥哥都很出色：大哥比尔曾经是男生学生会主席，二哥查理曾任魁地奇球队队长，三哥珀西当上了学校的级长，孪生的四哥弗雷德和五哥乔治虽然调皮捣蛋但富有经济头脑。哥哥们都是他难以企及的榜样，妹妹作为家中唯一的女孩也备受疼爱。相比之下，罗恩无论是在长相还是在能力方面都相形见绌，是家里最平庸的男孩，使其逐渐形成一种相对自卑的心态。在霍格沃茨魔法学校，罗恩因为家庭贫困、成绩平平、运动技能不高而经常遭到各种冷嘲热讽。在霍格沃茨魔法学校三人组中，罗恩不像好朋友哈利那样机智勇敢，也不

---

① 张晶：《审美情感·自然情感·道德情感》，《文艺理论研究》，2010 年第 1 期，第 76 页。

② 聂珍钊：《文学伦理学批评导论》，北京：北京大学出版社 2014 年版，第 280 页。

如好友赫敏那般聪慧灵秀。这样的成长环境容易使人自卑，外界的压力往往会把不自信转化为嫉妒，使人做出不理智的行为选择。在《哈利·波特》的终结篇中，那个魂器说出了潜藏在罗恩心灵深处的意识："一直最不受宠爱……总是屈居第二，永远相形见绌。"[①]因此，在能够反映人物内心深处最强烈欲望的厄里斯魔镜中，罗恩看到自己像优秀的哥哥一样，成为男生学生会主席，受到大家的崇拜。实际生活的平庸与内心对优秀的渴望形成强烈的反差，这容易让罗恩产生一种自卑感，因而罗恩总是希望证明自己。自卑的心理转化为嫉妒，表现为情绪冲动，争强好胜。在与好友一起躲避伏地魔的追捕、寻找击败伏地魔的办法的过程中，正是由于魂器激发并放大了罗恩心中的自卑之感和嫉妒之情，才使他在冲动之下丧失理智并做出了错误的选择。

失望是导致罗恩冲动之下背弃朋友的另一种自然情感。"与人的境遇直接相关的变故，所引发的情感属于自然情感"[②]，人的喜怒哀乐等各种原发性的情绪和高兴、失望等自然情感是随着条件和环境的改变而变化的。罗恩最初决定跟好友一起出来冒险的时候，可能对形势的估计比较乐观，心中充满战胜伏地魔的乐观希望。然而，在陪同哈利和赫敏寻找魂器的过程中，罗恩遭到了敌人的追击险些丧命，遭受了上肢脱落的伤痛，还得躲进荒山野岭中忍受难捱的寒冷和饥饿等各种不利条件的考验。罗恩对哈利失去信心，克制不了自己的坏情绪，种种令人失望的境遇使他们三位朋友之间和谐的关系出现了裂痕，开始相互指责，当指责升级的时候就变成吵架。正是因为跟哈利的争吵，使得罗恩在一气之下中做出了令他人痛苦、使自己后悔的冲动决定——抛下好友独自回家。

无论对成人还是儿童而言，个体的行为都是多种因素影响的结果。罗恩在最困难的关键时刻负气出走、在危难中抛弃好友独自回家这种种不仗义的行为，也是多种原因造成的。除了上述原因外，对敌人的害怕与恐惧、对家人的牵挂、对温饱感觉的向往也是促成罗恩背弃朋

---

① J. K. 罗琳：《哈利·波特与死亡圣器》，马爱农、马爱新译，北京：人民文学出版社 2007 年版，第 275 页。

② 张晶：《审美情感·自然情感·道德情感》，《文艺理论研究》，2010 年第 1 期，第 76 页。

友的因素。在优秀的文学作品中，读者喜欢和欣赏的人物形象总是多面的、不断发展变化的。作为表现成长的优秀儿童文学作品，更是把人物在情感、道德等方面的发展作为重要的书写主题。J. K. 罗琳作为几个孩子的母亲，深谙儿童的认知发展与成长规律，知道犯错误以及对错误的认识和改正是儿童成长过程中的重要环节。因此，她设计了罗恩犯错误的情境，也给罗恩安排了浪子回头、重新做人的机会。罗恩这类迷途知返的艺术形象和故事情境有助于读者在类似的生活情境中做出理性、合适的、正当的价值选择和伦理判断。

2. 道德情感与罗恩的回归

如果说罗恩背弃好友的行为是在不受道德约束的自然情感驱动下发生的，那么罗恩的去而复返则是道德情感影响的结果。道德情感"是人们内心对事物以及社会活动爱、憎、好、恶态度的体验，它同人们所持的道德原则和价值标准有着密切的关系"[①]。在罗恩这个人物身上，自然情感是原发性的、非理性的，在行为选择上体现为冲动和冒失；道德情感则是理性的，与特定的道德原则和价值判断相关，促使罗恩出走之后又回头的力量正是道德情感，即他对朋友的忠诚、对作恶者的憎恨以及对自己行为的愧疚之感。

首先，对朋友的忠诚是促使罗恩回到哈利和赫敏身边的重要因素。自从进入霍格沃茨魔法学校之后，罗恩跟哈利和赫敏两位好朋友虽然一起共同经历了很多磨难，但也结下了深厚的友谊。在去霍格沃茨魔法学校的火车上第一次见到哈利的时候，罗恩就主动与哈利分享食物，向他介绍魔法世界的知识，为日后成为挚友奠定了情感基础。在进入魔法学校后，罗恩和哈利、赫敏一起被分到格兰芬多学院，这个学院注重的高贵品质是埋藏在心底的勇敢。类似的品格、相同的愿望、朝夕的相处、共同的经历使他们三人之间的友谊日趋深厚。用哈利描述他和赫敏之间的关系的话就是哈利"像姐妹一样爱她，我相信她对我也是这样"[②]。实

---

① 陆有铨：《皮亚杰理论与道德教育》，北京：北京大学出版社 2012 年版，第 129 页。

② J. K. 罗琳：《哈利·波特与死亡圣器》，马爱农、马爱新译，北京：人民文学出版社 2007 年版，第 276 页。

际上，他们之间的友谊比兄弟姐妹还要亲密，互相都觉得少了其中的一个会是巨大的缺憾。罗恩虽然在与哈利吵架之后负气离开，但他立即就后悔了自己的鲁莽行为，他表示自己"幻影移形就想回来"①。

对作恶者的憎恨是促使罗恩尽快回到朋友身边的第二个重要原因。爱善和憎恶都是与道德原则相关的道德情感，爱善才会憎恶。正是出于对魔法世界中伏地魔所网罗的邪恶势力的强烈憎恨，罗恩才会希望回到好友身边，一起设法寻找击败伏地魔的办法。罗恩自己是魔法世界纯血统家族的成员，不属于伏地魔所要清洗的对象。虽然韦斯莱家族在魔法世界不是名门望族，但是只要安分守己，罗恩家族是能够在伏地魔的政权下面生存的。然而，罗恩好朋友哈利的父母曾经被伏地魔残酷杀害，现在哈利又遭到追杀；赫敏是麻瓜家族成员，从来就被伏地魔看作低人一等的"泥巴种"，属于伏地魔要消灭的对象；罗恩离开好朋友后，进一步目睹了伏地魔的邪恶统治所带来的杀戮和惨状。对作恶者的憎恨、对受压迫者的同情坚定了罗恩希望打败伏地魔的决心，促使罗恩设法尽快回到朋友身边，努力协助哈利和赫敏一起消灭伏地魔及其追随者，为他们最后的胜利作出了重要的贡献。

愧疚也是促使罗恩回到朋友身边的重要情感动因。愧疚属于与价值判断相关的道德情感，是认识到自己的错误或者不足之后才产生的情感。人的愧疚感往往可以导致忏悔或者弥补过失等道德行为。罗恩和朋友吵架离开之后，尽管极其想念家中的温暖和母亲的美食，但他并不敢回到家中，担心受到哥哥们的嘲讽和妹妹的奚落，这说明他对自己半路抛弃朋友的错误行为有了理性的判断。在邓布利多遗赠给他的熄灯器的帮助下，罗恩回到了好朋友身边，并及时地挽救了哈利的性命。可是面对好友赫敏，罗恩还是"保持着不自然的严肃态度，作为继续忏悔的表现"②。正是这种对自己的错误行为怀有忏悔和愧疚的情感，使得罗恩回到了朋友身边，并"决心

① J. K. 罗琳：《哈利·波特与死亡圣器》，马爱农、马爱新译，北京：人民文学出版社 2007 年版，第 279 页。

② J. K. 罗琳：《哈利·波特与死亡圣器》，马爱农、马爱新译，北京：人民文学出版社 2007 年版，第 283 页。

要弥补自己出走的过错”[①]，在后来的行动中表现出更多的勇敢与才能，尤其是在打败伏地魔的行动中发挥了不可或缺的作用。

罗恩在成长的过程中犯了一点小错误，幸运的是他在道德情感的驱使下及时回头，体现了道德情感对自然情感的胜利。这个小插曲成为罗恩成长中的重要转折点，使他由一个易受本能与天性驱动的小男孩蜕变成一个有担当、负责任的男子汉。罗恩的成长过程，对同样因为受到诱惑而可能犯了这种或那种小错误的儿童读者具有重要的道德抚慰作用，给了儿童在犯错误之后及时悔改的勇气与力量，因而罗恩这种艺术形象具有重要的劝谕价值。

二、改过自新的埃德蒙：从道德蒙昧走向道德成熟

成长是儿童文学的独特母题，但在不同的儿童文学作品中，促使小主人公走向心智成长和道德成熟的因素却各不相同。如果说《哈利·波特》中的罗恩·韦斯莱的成长主要是因为内在情感驱动，即内心的愧疚和对朋友的责任等伦理情感让他迷途知返的话，那么《纳尼亚传奇》的第一部《狮子、女巫与魔衣柜》中的男主人公埃德蒙则主要是在外部因素的促动之下幡然悔悟，最后变成勇敢、正义的“公正王”。从埃德蒙的成长经历，我们可以清晰地看到主人公逐渐走出道德蒙昧、走向理性成熟和道德完善的过程。

1. 道德蒙昧：埃德蒙的刻薄与背叛

在《狮子、女巫与魔衣柜》中，C. S. 刘易斯塑造的至尊王彼得、温柔女王苏珊、公正王埃德蒙、英勇女王露茜、狮子阿斯兰等艺术形象令儿童读者倾慕和向往。然而，就斯芬克斯因子的构成而言，埃德蒙与普通读者最为相似。现实生活中的普通儿童读者，往往既不像彼得和露茜那样完美无瑕，也不像白女巫那样冷酷邪恶，而是像埃德蒙一样，可能会因道德方面的蒙昧无知而犯下种种错误。普通读者可以从埃德蒙身上依稀看到自己的影子，因而这个人物形象显得更加贴近读者的心灵，容易在读者的心中引起共鸣和认同。《狮子、女巫与魔衣

---

① J. K. 罗琳：《哈利·波特与死亡圣器》，马爱农、马爱新译，北京：人民文学出版社 2007 年版，第 318 页。

柜》的主要故事情节都是围绕主人公埃德蒙的成长展开的。他的成长可以归纳为“诱惑—犯错—教训—改错—被原谅和接纳”这样一个儿童成长小说常见的模式。在故事的开头，读者可以看到埃德蒙是一个典型的以自我为中心的男孩，干了不少“卑鄙、最恶毒的事”[1]：他用刻薄的语言讥讽善良可爱的妹妹、恶意撒谎欺骗哥哥姐姐，甚至在白女巫的诱惑下做出了背叛和出卖自己兄弟姐妹的混账选择。埃德蒙之所以在一开始表现得卑鄙、恶毒，并不是因为他道德败坏、心地邪恶，而是因为这个男孩性格有些别扭，道德上还处于蒙昧状态，缺乏道德成熟的成年人应有的道德敏感性，对自己犯下的错误及其后果缺乏应有的认知。

从神话原型角度看，《狮子、女巫与魔衣柜》是一个童话版的“伊甸园”故事，作家通过《圣经》典故中人类的祖先亚当和夏娃走出蒙昧、获得启蒙的过程来隐喻儿童的道德成长。在刘易斯笔下的纳尼亚王国里发生的故事，都源于一首古诗提到的古老预言：“有朝一日亚当的骨肉／坐上凯尔帕拉维尔德宝座／厄运就将一去不再复返。”[2]故事中拯救纳尼亚的四位小英雄中，男孩彼得和埃德蒙被称为“亚当的儿子”，而女孩苏珊和露茜则被称为“夏娃的女儿”[3]。人类祖先亚当和夏娃“失乐园”的故事可以看作一个关于人类成长的隐喻，展示了人类走出伦理蒙昧、获得理性、走向文明的过程。伦理蒙昧的人，轻则迷迷糊糊、混混沌沌，重则是非不分、善恶不明，甚至以邪为正、犯错造孽。

根据《旧约》开篇“创世记”的记述，创世之初，亚当与夏娃在伊甸园中自由快乐地生活，他们拥有人的外形，却没有被赋予人所特有的认识自己的智慧和分辨善恶的理性。从伦理意义上看，人与动物的根本区别不在于外形，“人的真正的、特殊的特征仍被认为是他的理性”[4]。因此，与低等

---

① C. S. 刘易斯：《狮子、女巫与魔衣柜》，陈良廷、刘文澜译，南京：译林出版社2005年版，第32页。

② C. S. 刘易斯：《狮子、女巫与魔衣柜》，陈良廷、刘文澜译，南京：译林出版社2005年版，第59页。

③ C. S. 刘易斯：《狮子、女巫与魔衣柜》，陈良廷、刘文澜译，南京：译林出版社2005年版，第7页。

④ 米夏埃尔·兰德曼：《哲学人类学》，张乐天译，上海：上海译文出版社1988年版，第143页。

动物一样赤身裸体地在伊甸园中快乐生活的亚当和夏娃，在伦理意义上与伊甸园中其他飞禽走兽无异。他们在伊甸园中生活快乐的基础完全建立在他们对周围世界的蒙昧无知上，他们外在的赤身裸体隐喻其内在的心灵空洞。直到偷吃了智慧树上的善恶果之后，他们才破获了人之所以为人的秘密。“只是人类最后选择了吃掉伊甸园中善恶树上的果实，人类才有了智慧，因知道善恶才把自己同其他生物区别开来，变成真正的人。”①随着智慧的滋生，理性在他们心中萌发，人类从此才开始借助理性从蒙昧走向文明。从宗教的角度来看，人类始祖偷吃禁果这一事件，一直被解读为人类“原罪”的根源和堕落的起点。然而，从伦理角度来看，这是人类走出蒙昧、发展理性的第一步，如果没有他们的“堕落”，人类此后伟大而悲壮的历史也就无从谈起。换而言之，他们偷吃禁果，选择了所谓的“堕落”，实际上是一个事关人类文明发展的伟大选择。他们的选择唤醒了人的理性意识，发掘出了潜藏于身的巨大能量，从而“肇始和成就了人类在尘世的伟大功业”②。

人类始祖“失乐园”的故事可以看作儿童成长的原型。亚当和夏娃失去了伊甸园中的天真与快乐，在尘世历经磨难后得以脱离低等动物界，从而开始了人类伟大的文明进程。由此可见，成长是以失去天真、走出蒙昧为起点的。儿童从幼年、少年到青年的成长过程，可以看作人类文明进程的缩影。童年阶段对应的是人类的原始时期，儿童则相当于理性沉睡的原始人，他们的成长过程跟人类祖先从鸿蒙初辟走向现代文明的进程极为相似。与偷食禁果之前的亚当与夏娃一样，埃德蒙在受到历练之前是蒙昧无知的，缺乏智慧和理性。初入读者视野的时候，小说中的“亚当之子”埃德蒙就处于这样一种迷糊、混沌、善恶不辨的道德蒙昧状态。

埃德蒙的道德蒙昧首先表现为寡情刻薄。当露茜第一次从纳尼亚探险归来将自己所遇的奇事告诉哥哥姐姐时，埃德蒙不仅拒绝倾听妹妹的述说，而且对她冷嘲热讽，惹得露茜伤心落泪。实际上，尚未受

---

① 聂珍钊：《文学伦理学批评：伦理选择与斯芬克斯因子》，《外国文学研究》，2011 年第 6 期，第 4 页。

② 赵霞：《童年的秘密与成长》，载《中国儿童文化》，方卫平主编，杭州：浙江少年儿童出版社 2007 年版，第 195 页。

到道德启蒙的埃德蒙不仅恶意对待自己的妹妹，也刻薄地对待其他孩童，根本不知道尊重与爱护，正如大哥彼得责怪埃德蒙时所言："你老是喜欢对比你小的人穷凶极恶。"[①]从埃德蒙在接受了经验教训之后表现出来的勇气、担当、公正之心和责任感来看，我们知道埃德蒙在本质上并非一个特别自私、狭隘的人。他在年少无知的时候表现出来的一些非理性行为，都是因为他尚未受到道德启蒙，缺乏道德判断能力。

埃德蒙的道德蒙昧主要表现为是非不辨、以邪为正。埃德蒙第一次踏上纳尼亚那片神秘的土地的时候，他正邪不分，善恶不明，傻乎乎地相信白女巫的话，被冷酷邪恶的白女巫引诱，走上了一条背叛的道路，并为此付出了沉重的代价。他不知不觉地陷入白女巫设下的圈套，被白女巫煽起强烈的贪欲。埃德蒙的贪欲包括对食物的贪恋和对权利的觊觎。白女巫利用埃德蒙的弱点，激发他心中的动物性本能来达到操纵人类的邪恶目的。白女巫首先用土耳其软糖来诱惑埃德蒙，施了魔法的土耳其软糖香甜可口，埃德蒙吃了后觉得暖和、舒服，对白女巫毫无戒心。因此，白女巫很轻易地从他嘴里套出他来到纳尼亚的缘由，获得了埃德蒙及其兄弟姐妹的行踪，以及其他她希望获取的情报。然后白女巫又以纳尼亚王子的地位来进一步诱惑埃德蒙，哄骗他出卖自己的兄弟姐妹。面对白女巫的花言巧语，埃德蒙没有任何理性判断的能力，完全听凭本能感觉和自然意志主导自己，很快就误入了白女巫的圈套。为了满足自己心中的那点贪欲，埃德蒙撒谎、欺骗，甚至背叛了自己的兄弟姐妹，给自己带来巨大的灾难，也差点令自己的同胞兄妹陷入万劫不复之地。

对于处于道德蒙昧中的儿童来说，因为不了解正确的社会规范，缺乏善恶观念，不能准确地判断自己的行为及其后果，因此，儿童的思想与行为往往都是受动物性本能操控的，犯错误在所难免，重要的是儿童能够及时悔改，并积极弥补过失。因此，深谙儿童心理的作家刘易斯给埃德蒙安排了一条获得救赎与启蒙的成长之路，让埃德蒙在饱尝了非理性行为给自己带来的苦果、接受了深刻的经验与教训之后幡然悔悟。埃德蒙在意识到自己的错误之后，获得了道德上的顿悟，

---

① C. S. 刘易斯：《狮子、女巫与魔衣柜》，陈良廷、刘文澜译，南京：译林出版社 2005 年版，第 33 页。

立即采取措施弥补自己的非理性行为造成的后果。道德顿悟后的埃德蒙机智勇敢地投身到反抗白女巫的战争中去，他“很理智，先用剑劈了她的魔杖，而不是鲁莽地直接向她进攻，害得自己反被变成了一个石像。其他的人正是犯了这个错误”①。与此前的鲁莽、愚昧、自私、刻薄相比，获得道德启蒙后的埃德蒙判若两人，他的行为完全是道德与理性驱动的结果。刘易斯的创作表明，经验与教育在儿童成长中发挥着作用，即使是埃德蒙这样误入歧途的孩子，也应该给予他改过自新的机会，只要浪子愿意回头，还是能够得到谅解与接纳。在纳尼亚王国获得的经验教训以及逐渐习得的伦理意识，使得埃德蒙逐渐意识到自己的问题，从而逐渐学会约束自己，依照社会认可的伦理原则行事。

2. 道德成熟：公正之王埃德蒙

像绝大多数的儿童文学作品一样，《狮子、女巫与魔衣柜》有一个皆大欢喜的结局，小说中的四位小主人公都在纳尼亚王国得到历练之后成长、成熟起来，分别被封赏为王，肩负起了联手治理纳尼亚王国的重担。尤其值得一提的是，长大成熟后的埃德蒙“比起彼得来显得更严肃、更沉默，善于掌握议会和主持审判，人称公正王埃德蒙”②。从一个刻薄、恶毒、贪婪的男孩，成长为受人尊敬的“公正之王”，埃德蒙的成长经历显示出了经验、教训、磨难和爱这些正能量之于儿童成长的促进作用。

促使埃德蒙道德发展与成熟的一个重要因素是他所遭受的磨难及其得到的经验教训。根据基督教教义，上帝创造了人类，并赋予了人类自由意志，因此人类有选择向善或者向恶的自由，但他必须要为自己选择的后果承担责任。当埃德蒙屈从于白女巫的诱惑，选择了恶而背叛自己的兄弟姐妹时，埃德蒙就必须受到相应的惩罚，对自己的行为后果承担责任。当他心中揣着对美食与王位的幻想，背叛兄弟姐妹来到白女巫身边的时候，白女巫的粗暴和冷酷很快让他的幻想破灭。

---

① C. S. 刘易斯：《狮子、女巫与魔衣柜》，陈良廷、刘文澜译，南京：译林出版社 2005 年版，第 131 页。

② C. S. 刘易斯：《狮子、女巫与魔衣柜》，陈良廷、刘文澜译，南京：译林出版社 2005 年版，第 135 页。

没有人为他准备吃喝的东西，更没有人把他当成王子，白女巫对他的疲劳和寒冷置之不顾，还驱赶他到冰天雪地里去追捕自己的亲人。白女巫的冷酷与严厉让埃德蒙很快得到道德上的教训，清醒地认识到白女巫所代表的邪恶和自己亲人的善良。为此，“他愿意放弃一切，这会儿就去找大家甚至彼得”①；在路途中，埃德蒙看到白女巫用魔杖把一群正在欢宴的动物瞬间变成一个个动物石像，埃德蒙第一次为他人的处境感到难过，开始关注他人的命运，这是埃德蒙利他主义意识的萌芽；埃德蒙后来被白女巫反绑着双手，被屈辱地拉扯着尽快赶路去充当白女巫的祭品，这种经历让他痛彻地领悟到了自己的错误，流下悔恨的泪水。亲眼看见和经受了白女巫的暴力，体验了白女巫的邪恶所带来的痛楚，埃德蒙的道德意识渐渐萌芽，在特殊的境遇中迅速发展出道德判断能力，可以分辨善恶是非，走出了道德蒙昧。

另一个促使埃德蒙走向道德成熟的因素是爱这种情感所传递出来的能量。他感受到的爱来自两个方面：彼得等兄弟姐妹不离不弃的亲情和狮子阿斯兰的救赎大爱。比起埃德蒙的道德迟钝与蒙昧，彼得、苏珊和露茜表现出更大程度的道德成熟，他们对埃德蒙的手足亲情是令其道德成熟的重要力量。尽管埃德蒙讥讽、欺骗甚至背叛了他们兄妹三个，但当他们发现埃德蒙失踪的时候，仍然决定去找回自己的兄弟埃德蒙，原因是“即使他是只小畜生，他毕竟还是我们的兄弟，而且他只是个孩子”②。当埃德蒙在白女巫那里历尽劫难和屈辱获救后，彼得和露茜都真诚地原谅了他的行为并重新接纳了他，使心中充满羞愧和悔恨的埃德蒙决定洗心革面、重新做人。兄弟姐妹的亲情与谅解是一种重要的伦理力量，为埃德蒙在后来与白女巫的战斗中勇敢、卓越的表现注入了勇气和力量。

狮子阿斯兰的爱与牺牲精神是促使埃德蒙道德成熟的另外一个能量源泉。儿童文学特别崇尚爱的魔力，即那种为了他人的幸福而倾尽所有的行为所传递的正能量。刘易斯对大公无私的爱的价值的阐述浓

① C. S. 刘易斯：《狮子、女巫与魔衣柜》，陈良廷、刘文澜译，南京：译林出版社 2005 年版，第 83 页。

② C. S. 刘易斯：《狮子、女巫与魔衣柜》，陈良廷、刘文澜译，南京：译林出版社 2005 年版，第 62 页。

缩在阿斯兰这一狮子形象中。阿斯兰及其深沉宽广的爱是小说小主人公成长道路上的重要转折点。根据纳尼亚王国远古时代的高深魔法，埃德蒙背叛过自己的兄弟姐妹，无意中成了叛徒，那么白女巫就有权力杀死他，让他用自己的血去荡涤自己的罪恶。为了拯救犯了严重错误的埃德蒙，阿斯兰不惜牺牲自己的生命为埃德蒙赎罪。幸而根据太古时代更加高深的魔法，阿斯兰像耶稣基督一样得以复活。爱的感化终于使埃德蒙痛彻地醒悟，明白了自己的责任，产生了伦理意识，做出了伦理选择，决定要努力消灭白女巫所代表的邪恶，给纳尼亚带来和平、公正与春天。在与白女巫的战斗过程中，埃德蒙表现出巨大的勇气与智慧，为纳尼亚的解放作出了决定性的贡献，而且在治理纳尼亚的事务中，因为表现得公正无私而被尊为"公正王埃德蒙"①。

除了正面的道德榜样和反面的败类恶棍之外，奇幻小说中还经常出现罗恩或者埃德蒙这样的迷途知返的羔羊形象。由于理性的缺失，这类角色在自身本能或者自然情感的驱使之下，犯了某些严重的错误，给自己带来巨大的麻烦，或者使他人陷入危局。随着故事情节的发展，他们受到教育或者得到教训而迷途知返，开始努力改正错误，并积极弥补过失，从此走上正确的人生道路。实际上，这类艺术形象在儿童的伦理化过程中发挥着极其重要的作用，给读者注入了知错即改的勇气。生活中的大多数儿童，既不像小说中的英雄那么崇高伟大，也不像恶棍那样坏到极致，而是可能会犯些这样或那样错误的普通孩子。正在经历伦理选择过程的少年儿童还没有发展出成熟的理性，还没有能力完全压制自身的本能与冲动，因此他们身上的动物性本能经常占据上风，使得他们不由自主地犯了某些错误，但逐渐增强的伦理意识让他们能够认识到自己行为的错误，因而犯错之后往往会处于纠结惶惑中。对于这些犯了错误的少年儿童来说，他们有两种选择：其一，选择破罐子破摔，从此变成问题少年，在错误的深渊中越陷越深，不可自拔；其二，选择改正错误，弥补过失，重新回到正确的道路上来。从小说中那些迷途知返、重新受到朋友肯定和社会接纳的艺术形象身上，失足的读者可以重拾生活的信心，获得改正错误、弥补过失的勇

---

① C. S. 刘易斯：《狮子、女巫与魔衣柜》，陈良廷、刘文澜译，南京：译林出版社 2005 年版，第 135 页。

气。儿童的成长过程实质上是一个不断进行选择的过程，故事中主人公的不同选择，使他们走上了截然不同的成长道路。这些艺术形象为儿童读者的人生选择提供了重要的参照，具有强大的示范或者警示力量，在儿童的道德教化过程中发挥了重要的作用。

第三章　学校故事、冒险故事与儿童的道德身份认同

从阅读动物故事和奇幻小说的愉悦中，儿童可以获得初步的伦理启蒙和道德教化。然而，儿童若将来要在社会中幸福、和谐地生活，还需要进一步学习性别角色行为、形成道德身份认同。道德身份是一种通过个人行为与道德准则之间的关系来界定的角色身份。我们判断个体的行为好坏，主要就看他或者她的行为是否与特定的社会道德准则相契合。在中国社会，如果一个人表现得文质彬彬、德才兼备，达则兼济天下，穷则独善其身，那么他的思想行为就契合了"君子"的道德准则，符合君子的道德身份。英国文化中的"绅士"(gentleman)或"淑女"(gentlewoman)是一种类似于"君子"的道德身份。英国早期的"绅士"概念是与封建贵族相联系的。18 世纪以来，绅士逐渐发展为一种人们追求的理想人格，人们"把个人的道德操守视为评判绅士的第一标准"①。因此，决定绅士身份的标准不再是高贵的出身，而是其道德操守和行为风范。在新兴资产阶级的推动下，"英格兰开始流行单纯凭出身是不能成为绅士的观念。它说明，一个真正的绅士在行动上又必须有一定的准则"②。在这种伦理氛围中，英国社会的中上层家庭都极为重视"绅士教育"。约翰·洛克的《教育漫话》(1693)因为重点"讨论青年绅士从小到大的养育方法"③，曾"在英国被奉为新型学校的办学宪章"④。把顽皮无知的孩子培养为符合社会道德期待和行为准则的绅士

---

① 王珏：《中产阶级的新绅士理想与道德改良》，《英美文学研究论丛》，2008 年第 1 期，第 84 页。

② 赵雪梅：《由〈傲慢与偏见〉看英国绅士化兴盛时期的绅士文化》，《中南大学学报》，2013 年第 1 期，第 229 页。

③ 约翰·洛克：《教育漫话》，傅敢任译，北京：教育科学出版社 1999 年版，第 3 页。

④ 朱美华：《英国"绅士教育"的演变及其影响》，《中山大学研究生学刊》，2004 年第 3 期，第 127 页。

或淑女，是英国学校教育的最高目标，也是表现学校生活的“学校故事”[①]的主要叙事伦理。

通过讲故事的方式向读者灌输绅士或淑女的人格理想和道德要求，是英国“学校故事”和冒险故事的主要伦理意图。绅士文化是英国社会独特的精神标识，体现了英国社会伦理的基本要素。绅士或淑女这类伦理角色或者伦理身份，体现着英国社会伦理对特定阶层男性和女性的行为期待。英国人在社会生活中考察一位男士是否是绅士或一位女士是否算淑女，主要看其思想与行为是否契合相应身份的道德准则。因此，英国的绅士、淑女身份蕴含着“道德之应当”的价值诉求。成长为出类拔萃的绅士或优雅高贵的淑女，是英国社会主流价值观念对男孩、女孩的性别角色期待。儿童的道德身份认同，是社会的性别角色期待和大众传媒等众多因素建构的结果，儿童文学也参与了这种建构。英国的“学校故事”、冒险故事以其个性鲜明的人物形象，潜移默化地影响着儿童的性别角色和道德身份认同，其伦理价值主要在于帮助目标读者认同特定的伦理身份及相应的行为准则。用萨尔门的话来说，“健康完美的男孩文学应该帮助塑造男子汉”，优秀的“女孩文学则应该致力于培养淑女”[②]。因为性别角色的差异，社会伦理对男孩、女孩有

---

① 在英国的儿童文学中，有一个与普通读者概念中的校园小说既相同又迥异的特殊的儿童小说类型，本书称之为“学校故事”(school story)。英国的“学校故事”这个概念不同于普通读者理解的中国校园小说，也不同于戴维·洛奇笔下的英国校园小说，而是一个专门术语，主要描述发生在英国寄宿学校的男生、女生的生活学习状况。中国校园小说一般属于儿童文学的范畴，往往以小学或中学的男生、女生之间纯真的友谊或情感为主线，同时伴随着与家长、老师的思想冲突，表现成长的烦恼或青春的懵懂悸动，以及少男、少女在青春期对生活的困惑等；英国“校园小说”一般是指以马尔科姆·布雷德伯里或戴维·洛奇等学院派小说家创作的以大学校园为背景，供成人读者研读的小说，不属于儿童文学的范畴；而英国的“学校故事”是一个学术性术语，专门指称一个起源于英国公学的文类。因为英国的基础教育在很长时间内都是男女分校的，而且主要是在寄宿学校接受教育，因此这类以 8 至 14 岁的少年儿童为主要读者对象的小说，描述了英国寄宿学校的学生在学校的学习情况、他们参加的体育竞赛活动或者同学之间的友谊与争斗等，很少涉及具体课程的学习或者考试的压力，更没有中国的校园小说中常见的那种青春期少男、少女的感情悸动。

② Edward Salmon. “What Girls Read”. *Nineteenth Century*，1886(11)，p. 529.

不同的道德角色期待。在殖民主义时期，英国男孩从公学毕业后一般奔赴海外建功立业，在海外殖民地从事商业、军事或者宗教等方面的工作；女孩则一般留守在英国，为在海外冒险或者在国内奋斗的男性提供稳定的后方和精神港湾。虽然有些"学校故事"和冒险故事中流露出一些美化殖民主义的倾向，表现出一定的历史局限性，但这些作品中所赞颂和推崇的善良、勇敢、忠诚、坚韧等美德，不管对什么社会背景的读者来说，永远都是值得学习和借鉴的。

第一节　女生故事：英国淑女楷模

任何光顾英国书店或者浏览图书馆儿童书架的人士都会发现，通常会有一长架装帧精美的关于男生的、以男孩为主要读者对象的学校故事或冒险故事，而关于女生的、以女生为读者目标的故事却寥寥无几。究其原因，男生故事有很大的市场，而女生故事鲜有人问津。伊丽莎白·玻雯(Elizabeth Bowen)在为安东尼娅·怀特所创作的女生故事《五月寒霜》(*Frost in May*，1957)所撰写的"序言"证实了这种现象："男生故事绝对好于女生故事……大部分女生都会阅读男生故事，而那些男生，显然对女生故事嗤之以鼻。"[①]不仅读者普遍持有这种看法，很多文学批评家也极为轻视女生故事的价值。他们宣称："男生故事多少还值得考虑，而女生故事则因其愚蠢、琐碎，可以不加区别地卷成一团扔进垃圾桶。"[②]在《汤姆·布朗的后裔》(*The Heirs of Tom Brown*：*The English School Story*，1984)一书中，伊莎贝尔·奎格利(Isabelle Quigly)从历史的角度描述了"学校故事"这一文类在英国的发展历程，在奎格利的研究中，"学校故事"只是男生故事，明显地把女生故事排除在学校故事的研究范围之外。

英国的女生故事一直受到学者、教师、图书管理员的忽视和排斥。儿童文学研究专家雷诺兹认为，造成这种现象的原因，是一种普遍盛行的关于青少年小说的二分法：高雅小说(high fiction)和低俗小说

① Antonia White. *Frost in May*. London：Virago Press，1957，p. 6.

② Sue Sims and Hilary Clare. *The Encyclopedia of Girls' School Stories*. Aldershot：Ashgate，2000，p. 1.

(low fiction)。雷诺兹指出，在青少年读物中，"高雅小说是指那些被认为具有文学价值的作品，包括描述资产阶级家庭生活的男孩冒险故事和学校故事……而低俗小说是指那些被否认有任何文学价值的作品，显然是指女生故事、暴力故事和戏剧故事等"①。从写作技巧和思想内涵上看，女生故事的文学价值确实不高：故事情节简单重复、人物形象固定僵化、价值观念相对单一。然而，从这些故事所蕴含和传递的伦理信息来看，我们无法否认其中的教诲意义和伦理价值，这也正是这类故事在当时拥有一定的读者，或被用作学校奖品的根本原因。这类作品向年轻的女孩传递着关于虔诚、勤劳、忠诚、贞洁、节制等性别角色观念。尽管这些女生故事人物出现在不同时代、不同学校，但故事内容将女孩的学校生活和她们要承担的社会性别角色作为主要的表现内容。

大多数维多利亚时期的英国女生故事的主要意图是致力于培养"家庭天使"，即希冀把她们培养为具有虔诚、忠贞、节制等美德的未来妻子和母亲。然而，随着英国帝国主义事业的发展，在 19 世纪 80 年代以后，英国社会对女孩的伦理角色期待中多了勇敢、坚强等伦理内涵，时代伦理要求女孩不仅是家庭天使，能够成为殖民者们稳定的后方并在家培养下一代的帝国事业的接班人，还期待她们在一个道德滑坡的社会发挥"道德天使"的作用，帮助那些在残酷的殖民战争、尔虞我诈的商业活动中失去了道德本心的男性重新回到道德轨道。这些女生故事立足于特定社会历史语境，使读者通过阅读这类故事获得必要的人生智慧或者社会经验，尤其是反映英国社会对女孩成年后的伦理角色期待，以便读者得到有益的伦理启示，从而成长为某个特定时代和特定社会所需要的合格女性。本节通过分析 18 世纪的《女教师》和 20 世纪的《小公主》两部专门为女孩读者创作的经典女生故事，来管窥英国不同时期的时代伦理对女性的性别角色期待，以及相应的儿童文学创作对时代伦理做出的回应。

---

① Kimberley Reynolds. "Introduction". *Girls Only: Gender and Popular Fiction*. New York: Harvester Wheatsheat, p. 16.

一、《女教师；或小型女子书院》：家庭天使形象

很多研究儿童小说的学者认为，英国的女生故事只是对男生故事的苍白模仿，缺乏应有的文学价值。这种盛行的学术观点不无道理，但并非完全正确。从总体上看，英国的女生故事主题和叙事手法单一、题材重复、人物形象扁平、充满教诲色彩而受到当代文学批评家的批评。英国历史上出现的第一部真正意义上的学校故事却是由女作家创作、以女孩为目标读者、描写一群女孩在一个小型女子书院学习和生活情况的作品，这就是萨拉·菲尔丁(Sarah Fielding)的《女教师；或小型女子书院》(*The Governess*；Or，*Little Female Academy*，1749)。在现代读者看来，这部在出版后立即大获成功的小说，根本算不上真正意义上的学校故事，因为这个故事发生的背景只是在一个仅有九位女生的小私塾而已。这个故事在英国儿童文学的发展历史上却具有里程碑的作用，对英国后来的儿童小说的发展具有奠基性的作用。该小说的价值主要表现在两个方面：首先，它开创性地展现了儿童文学最重要的特性——寓教于乐(fusing instruction and delight)，即把教诲信息包裹在生动有趣的故事中。这部小说故事中套叠着故事，通过讲述故事的方式让学生和年幼的读者掌握在社会生活中立身处世的道理；其次，这部小说开创了描写离家在外求学的寄宿学校生活的传统，为此后英国学校故事的发展奠定了基础。

所谓"有学校的地方，就必然有教诲"①，有学校的故事，也必然隐含着教诲信息。英国的学校故事正是因教诲目的而诞生，带有明显的教诲色彩。这类小说中弥漫着的浓郁的教诲色彩正是它们在当时大受欢迎的重要因素，也是它们遭到当代文学批评家诟病的原因。然而，如果抛开先入为主的成见，回到儿童小说的本源，我们不得不承认，教诲正是这类小说的核心价值所在。实际上，不仅是儿童小说，成人小说的核心价值也在于它的伦理教诲功能。诚如聂珍钊教授所言："文学伦理学批评从起源上把文学看成伦理的产物，认为文学的价值就在

① Sue Sims and Hilary Clare. *The Encyclopedia of Girls' School Stories*. Aldershot：Ashgate，2000，p. 374.

于它具有伦理教诲功能。”①

18 和 19 世纪的英国女生故事所描述的教育，与当代的教育概念大为不同。从教育对象上看，这种女子学校的教育主要是针对贵族家庭和中产阶级家庭的女孩，劳动阶层的女孩是没有条件也没有必要接受这种教育的；从教育的组织形式看，主要是在规模很小的私立女子学校接受教育；从教育目标看，教育并非帮助这些女孩学习专业技术知识，而是培养当时社会所期待的好妻子和好母亲所应具备的淑女品格。因此，在《女教师》之类的英国早期女生故事中，我们不难发现，当时女子学校的教学内容主要是向学生传授符合社会伦理角色期待的道德准则和行为规范，以期她们成长为社会伦理所希冀的“高贵淑女”或者“家庭天使”。在“向上看齐”的英国社会，上层社会的思想意识和价值观念成为英国各阶层的理想和追求。因此，让自己的子女成长为绅士或淑女，不仅是上流社会的教育目标，也是新兴的中产阶级的教育理想。

在《女教师；或小型女子书院》(以下简称《女教师》)的开头，作者开门见山地指出，在这所小型女子书院，那些 8 至 14 岁的女生的学习内容“除了读和写”，还要学习“所有正确的行为方式”②，使她们的行为举止端庄得体、表现得优雅高贵。那么，什么样的行为方式才算是正确的？显然，只有那些符合当时英国社会对女性性别角色期待的行为方式才算是正确的，而当时社会伦理对女性的角色定位就是“家庭天使”。“家庭天使”是 18 和 19 世纪英国社会理想的女性形象，这种关于性别角色的定位成为当时社会主流价值观念的重要组成部分，对英国中上阶层的妇女及其教育产生了深刻影响。《女教师》这部小说是 18 世纪女子教育状况的缩影，从中可以窥视 18 世纪中上层家庭对女儿的培养方式或对贵族和中产阶级家庭的女性的伦理角色期待。在这部小说中，我们可以或多或少地看到作家本人的教育经历在文本中的投射。作家萨拉·菲尔丁本人在少女时代就被她的父母送到一所名为沙利斯伯里(Salisbury)的女子寄宿学校学习，学习的内容跟《女教师》中所描述的大致相似。在牛津大学出版社 1968 年出版的《女教师》的“前言”

---

① 聂珍钊：《文学伦理学批评导论》，北京：北京大学出版社 2014 年版，第 7 页。

② Sarah Fielding. *The Governess*; Or, *Little Female Academy*. Oxford: Oxford UP, 1968, p. 1.

中，吉尔·格雷(Jill E. Grey)考证了菲尔丁的父母送女儿上寄宿学校的初衷："目的是接受教育，学习阅读、写作、法语和跳舞，把她培养为高贵淑女(gentlewoman)。"[①]根据《牛津词典》的定义，"高贵淑女"是与"绅士"(gentleman)相对应的概念，有两层含义：一是指出身高贵或者具有高贵社会地位的女士；二是指具有良好风度和优雅行为举止的女性。在18和19世纪的英国，把自己的孩子培养为绅士或淑女是当时新兴的中产阶级父母的教育诉求。高贵的出身或者社会地位是可遇不可求的，但他们可以通过接受教育和个人修为，努力使自己具备良好风度和优雅举止而跻身于绅士或者淑女行列。对女孩的父母而言，送女儿进入女子寄宿学校学习的主要目标，绝非是学习科技文化知识或者专业技能，而是培养或者熏陶女孩的淑女气质，以便提高她们在未来婚姻市场上的竞争力。有条件的中产阶级父母往往选择把女儿送入女子寄宿学校接受"淑女"教育，而那些没条件把女儿送入寄宿学校的家长，则通过给孩子阅读表现女子寄宿学校生活的小说，以便让孩子通过阅读获得间接的学校生活经验，或者强化当时的社会伦理对女孩性别角色的期待。正是在这种社会伦理环境中，英国学校故事的发展获得了良好的市场基础。

较之男生故事，英国的女生故事数量不多，主题雷同，窥一斑可以见全豹。因此，通过《女教师》这部小说，我们可以窥视18和19世纪的英国社会在女子教育方面的伦理诉求和社会价值关于女性伦理角色的期待。英国的这些女生故事承载着浓厚的教诲信息，但教诲的内容比较单一，就是培养符合社会期待的"家庭天使"或"高贵淑女"。这种对女性的性别角色定位在维多利亚时期发展到了顶峰，在有钱的中产阶级中尤为盛行，成为当时英国社会占据主流地位的性别价值尺度。"家庭天使"这种上流社会的女性伦理角色定位强调女子应具有优雅、温顺、贞洁等美德，认为"女性应该温顺贤良……女人的任务就是取悦丈夫，优雅地去忍受男人的热情和暴躁"[②]，宣称"女人的职责就是做一

① Jill E. Grey. "Introduction", in Sarah Fielding's *The Governess*; Or, *Little Female Academy*. Oxford: Oxford UP, 1968, p. 1.

② J. A. and Oliver Banks. *Feminism and Family Planning in Victorian England*. New York: Schocken Books, 1964, p. 60.

位理想的妻子和母亲”[1]。在这个时期，女孩在学校接受的教育内容和女生故事向目标读者传递的伦理信息是一致的，服务于当时社会主流价值观念对女性伦理角色的定位，致力于在道德品格和行为准则等方面对女孩进行淑女教育。用女性主义批评的话语来说，就是“父权文化不遗余力地运用文学这一大众化、形象化的工具来‘寓教于乐’，为女性树立道德楷模”[2]。菲尔丁的《女教师》正是这样一个典型的寓教于乐的教诲工具，向女孩读者传递节制、谨慎、善良、理性、顺从、贞洁等伦理观念，尽力使女生符合主流伦理价值对女性伦理角色的期待。

《女教师》的故事背景设定在一个只有九位女生的女子学校，在这些女生当中，年龄最大的有 14 岁，其他八位则全部都是 12 岁以下的小女生。这部小说的情节松散，由许多不成体系的小故事组成，是一部故事中套叠着故事的故事集。这些小故事包括由每位女生向伙伴们讲述自己童年的生活经历，或者由某些女生朗读的童话故事或者书信等。这些故事的目的都是向小说中的学生或者小说外的读者传递某种道德教训或者道德经验。在这部小说中，作家菲尔丁遵循《天路历程》那样的命名传统，为主人公虚构的名字具有明显的道德内涵，如肩负着教育年轻女孩重担的学校老师的名字叫“教诲夫人”(Mrs Teachum)，学生的名字也指向某种品性，如平和(Jenny Peace)、纯洁(Jenny Pure)、狡诈(Lucy Sly)、毛躁(Henny Fret)、友好(Dolly Friendly)等，使得各种不同的伦理品格通过这些栩栩如生的人物具象化。虽然萨拉·菲尔丁也在故事中描摹了一群女生为争抢苹果而厮打的现实生活场景，但让这部小说获得当时读者肯定的根本原因并非这种生动的现实主义元素，而是作品蕴含的丰富道德教诲信息。在《女教师》中，女教师“教诲夫人”的教育目标是培养英国社会主流价值观念所期待的“高贵淑女”。那么，小说中所建构的“高贵淑女”，到底应该具有哪些重要的道德品格和行为规范呢？

首先，忠诚、善良、温顺等道德品格是英国社会伦理对淑女的内

---

① J. A. and Oliver Banks. *Feminism and Family Planning in Victorian England*. New York: Schocken Books, 1964, p. 58.

② 杨莉馨：《父权文化对女性的期待》，《南京师范大学学报》，1996 年第 2 期，第 81 页。

在要求。《女教师》中那些女生们朗读的小故事，都蕴含着类似的道德内涵，传递着美德有报的伦理观念。譬如，女生们朗读的《残忍巨人和善良巨人的故事》(*The Story of Cruel Giant Barbarico*，*The Good Giant Benefico*)这个小故事，就旨在劝勉女生读者们弃恶从善。故事中善良的巨人最后得到的幸福都来源于他的善良。与残忍巨人相比，善良巨人的个头矮、力气小、财富少，无论如何都不是残忍巨人的对手，但善良巨人能够运用他现有的力量保护可怜的人们逃脱残忍巨人的魔掌，用不多的财富周济那些缺衣少食的困苦穷人，最后在魔法和弱者的帮助下击败了残忍巨人，获得了后者的巨额财富，也赢得了所有人的拥戴。这个故事向小说中的女生(同时也向小说的读者)传递着"善有善报，恶有恶报"的伦理教诲信息，强调善良这种品格对幸福生活的意义。小说中的另一个故事《凯丽娅和茜萝的故事》(*The Story of Caelia and Chiloe*)则强调诚实与忠诚之于幸福生活的意义。该故事讲述两个少女凯丽娅和茜萝在爱情竞争中的表现，她们都倾心于英俊潇洒的上校，后者难以在同样出色的两个少女之间做出取舍。于是，他设计了一个小小的计划去试探这对好友的道德品性。为了赢得上校的青睐，茜萝不惜在背后中伤自己的好友凯丽娅，背叛了友谊，表现出奸诈和妒忌的品性；与之相反，凯丽娅在心爱的男人面前极力维护自己的好友和竞争对手茜萝，表现出对朋友的忠诚和坦诚。上校本来对两位女孩怀有同样的好感、尊重与爱护，通过试探发现两位女孩对自己朋友截然不同的评价和态度之后，他感情的天平完全倾向凯丽娅，把自己所有的心思、爱情、忠诚都奉献给了凯丽娅。诚实、善良、忠诚等美德使凯丽娅最终赢得了上校毫无保留的爱情，赢得了幸福。此外，该小说中各种其他小故事或者女生自己讲述的生活经历相继表明，正如智慧、美德总是伴随着幸福快乐一样，愚蠢、邪恶总是跟恶报如影随形。欺骗、嫉妒和恶意往往会让人们走上毁灭的道路，而善良、温顺、忠诚能引导主人公走上幸福的康庄大道。

按照文类发展的一般规律，前辈作品中的成功因素往往会在后来的作品中继续存在。萨拉·菲尔丁的《女教师》中蕴含的伦理教诲信息，为作家赢得了声誉和市场。因此，伦理教诲成为此后英国女生故事的母题。后来的众多女生故事，如玛丽·兰姆(Mary Lamb)的小说《莱斯特夫人的学校；或几位年轻女士讲述的经历》(*Mrs Leicester's School*;

or *the History of Several Young Ladies Related by Themselves*, 1809)、玛丽·米克(Mary Meeke)的《麦德琳·克利夫特的学校生活》(*Madeline Clifford's School Days*, 1873)、玛丽·格莉(Mary E. Gelly)的《新女孩》(*The New Girls*; or *The Rivals*, 1879)、伊丽莎白·森达姆(Elizabeth Sandham)的女生故事《校友》(*The School Fellows*, 1818)等，在题材和主题上都是对《女教师》的简单模仿。在这些女生故事中，我们经常读到这样的故事情节：主人公遭到误解，被老师或者同学们错误地以为她有偷窃、欺骗或者背叛的行为，造成这种误解或者让主人公受委屈的原因，有可能是不慎掉入了对手设计的陷阱，也有可能是阴差阳错。受到委屈或误解的主人公往往在这种时候陷入伦理两难中，必须做出艰难的伦理选择：如果选择说出真相，就得背叛自己的朋友，让朋友受到惩罚；如果对事实真相保持沉默，那么自己就得接受惩罚。譬如，在格莉的学校故事《新女孩》(*The New Girl*, 1879)中，作者向读者展示了女主人公尴尬的伦理处境和内心冲突：面对老师和同学的责难，如果说出真相就会背叛朋友；如果对真相保持沉默就得自己接受惩罚。经过激烈的利弊权衡之后，主人公做出了明智的伦理选择：她选择自己承受委屈而保全朋友，她的选择最终赢得了真挚的友谊和尊重。小说结局自然是扬善惩恶，善良的主人公沉冤昭雪，重新赢得老师和同学们的尊重，过上幸福快乐的生活；而那些设计陷阱的小人或者心地歹毒的女生自然受到相应的惩罚，陷入痛苦凄惨的境地。

正如在社会生活中我们会不可避免地遭遇到一些不公正、不公平的烦心事一样，那些女生故事也表现了小说中的女孩成长中的烦恼，为女孩步入社会做准备，学会在委屈或者误解中成长。因此，维多利亚时期的这些女生故事一般都遵循这样一种叙事模式：误解惩罚—真相澄清—谅解—成长。在这类故事中，作者通过展示女主人公的伦理困境和内心斗争向十来岁的女孩读者表明，一个人在成长的道路上必然要面临种种伦理选择，并且每个人都要承担自己的伦理选择所带来的或好或坏的后果。在一定程度上，我们可以把这类作品解读为成长小说，描述一位女孩从懵懂无知到知书达理的成长过程。在这个过程中，女生之间、女生和老师之间的互动显然是女孩成长的社会化力量，通过学校的集体生活传递着节制、顺从、忠诚、守信等女孩应有的美善德行。显然，这类故事聚焦于主人公的道德挣扎，描述主人公因为未能抵制某种诱惑而陷入道德困境，直到某种致命性的事件发生才使她幡然醒悟，并因此诚心悔过重新做人。也有的小说把这种道德斗争外化，邪恶往往通过某位具体的“坏女孩”人格化，这个“坏女孩”是非理性意志的体现，是所有好女孩都在尽力压制和逃避的内心的“兽性”。这类针对女孩读者的学校故事蕴含着强烈的道德教诲意图，传递着善恶有报的伦理信息，希望借此培养女孩们善良、忠诚、诚实等美德。

其次，优雅的举止是英国社会伦理对淑女的外在行为要求。女孩的优雅不仅仅表现在外貌上，更重要的是举手投足间流露出的一种高贵、娴静、文雅、成熟的气度。在没有先进的外科整形或者美容技术的时代，女孩的外表是无法改变的，但优雅的行为举止是可以培养的。因此，当时的女生故事侧重传授女子行为规范和社交礼仪等方面的知识，培养女孩得体、优雅的行为举止。《女教师》遵循成长小说的传统，表现女主人公们从鲁莽、幼稚的小女孩成长为优雅成熟的少女的历程。在小说的开头，菲尔丁向读者栩栩如生地描述了这个女子书院的女生们为争抢大苹果而导致的一场厮杀打斗场景，这与“孔融让梨”的故事有异曲同工之妙。不同的是，“孔融让梨”是一个在中国流传了千百年的道德教谕故事，旨在为儿童树立一个可供学习的道德楷模；而菲尔丁通过“女生抢苹果”这个事件表明，对儿童进行教诲与感化不仅是必要的，也是可行的。小说中这些 8 至 14 岁的女孩，来自英国中上层家庭，家里的经济条件都相当好，生活富足，一个苹果对这群学生来说并非什么奢侈的东西。但她们为了抢到一个稍大点的苹果而大打出手，斯文扫地。她们之所以如此幼稚、鲁莽，是因为她们尚未受到有效的伦理化教育，没有学会用社会认可的行为规范约束自己的行为。小说开头的这个混战片段成为这个寄宿学校的女生接受教育的起点，教育的目标就是帮助女生们克服急躁、冲动、鲁莽等毛病，培养克制、谨慎、优雅的举止，使她们的行为举止符合社会伦理对她们性别角色的期待，使她们的行为符合自己的淑女身份。

这个学校只有一位名为“教诲夫人”的淑女担任教师，她是一位已故牧师的妻子，自身有着极好的教养和优雅的举止。她的主要教育目标不是传授知识，而是“用所有有用的知识启迪她们的心灵；使她们顺从尊长，对他人温柔、友好和互相爱护”①。在争抢苹果的混战发生后，她让一个年龄最大、初步具备优雅成熟举止的女生詹妮·平和小姐(Miss Jenny Peace)出面，组织那些幼稚、鲁莽的小女生们讨论她们行为的后果，使她们认识到自己的愚蠢和错误，从中获得有益的人际交往经验，理解社会对她们的行为举止的规范要求。总之，“教诲夫人”最重要的教育目标是“教她们得体、整洁，以及举手投足之间的高贵和优雅”②，使她们的行为举止符合社会主流伦理价值观念所期待的性别角色要求。小说的结尾证明“教诲夫人”的教育是成功的，也证明对女孩进行教化的可行性。当这个女校年龄最大的女孩毕业的时候，那些刚入学时还表现得鲁莽、粗野、冲动的女孩实现了脱胎换骨，成长为谨慎、节制、优雅的淑女。

把女孩培养为时代伦理要求的淑女，是当时社会中上层家庭在女子教育方面的最高追求。《女教师》出版之后，英国中产阶级的父母竞相购买这类书籍给自己的女儿阅读，根本原因就在于他们希望让这类书籍成为自己女儿的人生教科书和行为规范指南。中产阶级家庭女子教育的需求为这类作品的发展奠定了良好的市场基础。继《女教师》之后，英国还出版了一系列类似的女生故事，如米德(L. T. Meade)的《女孩世界》(*A World of Girls*, 1886)、安吉拉·布拉希尔(Angela Brazil)的《糟糕的假小子》(*A Terrible Tomboy*, 1904)和《菲利帕的人生》(*The Fortunes of Philipa*, 1906)等都是这方面的佳作。这类小说主要描绘女主人公由粗野、淘气、鲁莽、冲动的幼稚女孩，在学校经历了被误解、受委屈、遭惩罚等种种历练之后，逐步克服自身的缺点而成长为一位成熟、高贵的年轻小姐的过程。恰如《女教师》中女生之间因为争抢苹果而发生的混战成为叙事的起点一样，其他女生故事也往往利用女生之间的冲突与竞争作为故事叙事的焦点，而构成叙事动力的则是对读者的教诲。譬如，在伊丽莎白·森达姆(Elizabeth Sandaham)创作的《校友》(*The School Fellows*, 1818)这部小说中，有两位女主人公威妮弗蕾德(Winifred)和布

---

① Sarah Fielding. *The Governess*; Or, *Little Female Academy*. Oxford: Oxford UP, 1968, p. 1.

② Sarah Fielding. *The Governess*; Or, *Little Female Academy*. Oxford: Oxford UP, 1968, p. 1.

丽姬特(Bridget)，她俩都因为自己的名字不太好听而受到其他女生的嘲笑或讽刺。在同样的情境中，两位女孩做出的反应和选择截然不同，得到的结果也迥异。面对同学们的嘲笑与挑衅，威妮弗蕾德表现得宽容大度、耐心温柔，成功地感化了那些不懂事的女生，化解了自己的困境，表现出英国社会期待的淑女应有的耐心、温柔、成熟等行为方式。与之相反，布丽姬特则任性、莽撞、粗野，结果让自己陷入一大堆麻烦而遭到大伙的唾弃。通过表现两位女生在学校环境中与同龄人相处过程中的行为方式及其后果，该小说给读者上了一堂生动的行为规范课程，使得那些不久后就要踏入社会的少女懂得了人际互动中耐心、宽容、温柔、沉稳的重要性和必要性。

萨拉·菲尔丁的《女教师》是一部具有代表性的经典女生故事，我们可以通过这部小说管窥 18 和 19 世纪英国社会主流意识形态对女性性别角色的定位，以及家庭和学校在帮助女孩完成伦理身份认同的过程中的影响。当时英国社会主流的伦理观念是女生故事兴起和发展的基础，这是因为工业革命以后，随着资产阶级的兴起和专门化生产方式的发展，一批中上层的妇女从家务劳动中解放出来，过上了无所事事的闲适生活。伴随着生活方式的改变，产生了与之相适应的意识形态。新兴的资产阶级在运用文学手段建构绅士这种道德形象的同时，也在呼唤与之相匹配的淑女道德角色，绅士和淑女成为英国在男女性别角色定位方面主流的价值尺度。不管是对男生还是对女生而言，学校都是促进他们社会化的重要环境，学生在这里接受时代伦理和社会道德的教化。英国的伊顿公学、拉格比公学等男生寄宿学校的教育目标是培养符合上流社会价值观念的绅士，与之相对应的一些女子寄宿学校的使命则是培养淑女。对于当时女子学校的教师来说，她们最重要的职责是依照社会的伦理期待和道德准则培养理想的未来妻子和母亲，使这些女生们完成自己性别和伦理角色的社会化。因此，女孩们“所受教育的每一方面，都趋向于某种有用目的：或是提高她们自身的魅力，或是培养她们含蓄、谨慎、贞洁、节俭的品质，使她们日后能在充任家庭主妇这一角色时举止端庄”①。英国的女生故事也是为顺应

---

① 马女婴：《工业革命与英国妇女》，上海：上海社会科学院出版社 1993 年版，第 60 页。

这一目的而诞生和发展起来的，到维多利亚时期达到顶峰。在很大程度上，英国女生故事的价值在于把社会认可的价值观念呈现给读者，旨在告诉读者社会对她们的行为期待。英国传统社会对女性的这种性别角色定位，就像一枚硬币的正反两面，有其积极的一面，也有消极的影响。消极的方面是，这种性别角色定位带有明显的父权制色彩，不利于女人发挥自己的能动性积极参与社会生活，获得应有的尊严与价值；另一方面，在那个物欲横流、价值沦丧、道德滑坡的社会，这种土流的伦理角色定位有助于帮助读者提高个人的品德修养。

到了 20 世纪初，英国社会状况发生了很大的变化，需要新的意识形态与价值观念来适应新的社会环境。随着英国帝国主义事业的发展，社会对女性劳动力的需求增大，海外殖民地也需要一些受过良好教育的女性去充实管理队伍。更为重要的是，19 世纪末开始的女权主义运动，不仅有效地唤醒了女性的独立意识，也为女性争取到了平等的受教育的权利，使女子教育在教育形式、教育目标、教育内容上均有重大突破。从教育形式上看，女生接受教育的场所不再局限于过去那种小型的女子学校，而是在大型的综合性学校，甚至逐渐出现了男女同校的情况；从教育目标上看，女子教育不仅仅是为了培养“家庭天使”，还是为了让女性能够参与社会生产和经济生活。如果说 18 世纪和维多利亚早期的女性普遍把婚姻当作获取幸福的人生手段，把获得一枚结婚戒指当作自己人生唯一的事业，把家庭当作自己最后的人生归宿，那么到了 19 世纪末，一些女性开始期待在某些专业技术领域展示自己的才能，在社会经济生活中有立足之地。因此，学校的教学内容不再侧重礼仪、才艺、道德等。18 和 19 世纪时代伦理所强调的淑女标准，根据时代发展的需要，与时俱进地增添了许多英国现代教育所强调的学识、体格等内容。

这种新的时代精神和社会伦理观念在当时的女生故事中得到了反映，反映新秩序、新观念的小说吸引了大量的读者，促成女生故事在 19 世纪 80 年代以后的繁荣，这个现象的一个标志就是 1880 年创刊的《女孩报》(*The Girl's Own Paper*)，这个女孩文学阵地专门刊登一些以女孩为目标读者的小说，其中以女生故事为主。19 世纪 80 年代是英国女生故事创作的重要转折点，写给女孩阅读的故事出现了新的动向，预示着此后一种新的创作方向。这种新的女孩文学发展方向与当时社会经济状况、价值观念的导向和教育理念的改变是息息相关的。艺术表现生活，生活也模仿艺术，这个时期女生故事的功能与价值不再局限于培养淑女，而是为女性读者提供可供模仿的时代新女性的典范。弗朗西斯·霍奇森·伯内特的女生故事《小公主》(*Little Princess*，1905)[①]正是这样一部小说，反映了20世纪英国社会对理想女性的全新的性别角色期待。

二、《小公主》：道德天使形象

如果英国在18和19世纪对女性的伦理定位是"家庭天使"，即把性格温婉、能弹琴、会跳舞、会讲法语的"淑女"界定为合格女性的标准的话，那么到了20世纪，随着帝国主义事业的推进，英国社会对女性的使命与责任有了新的要求。英国的女生故事也与时俱进，在20世纪的小说中展现了新时期的社会性别角色期待。新世纪的帝国女孩不仅需要具备她们的前辈那样的淑女气质，还需要她们用自己善良、高尚、勇敢的道德力量去感化他人，在一个道德滑坡的社会努力帮助他人完成道德的救赎。弗朗西斯·霍奇森·伯内特在《小公主》中就为女孩读者建构了这样一个天使般的女孩形象。

在伯内特的《小公主》中，作家展示了新时代的女孩应该具备什么样的素质、品性和能力。在小说的开头这样描述小主人公莎拉·克鲁(Sara Crewe)，一位7岁的小姑娘，自幼失去了母亲，与派驻印度的英国军官父亲相依为命。为了让心爱的女儿受到良好教育，这位父亲像大多数殖民地官员一样，选择把女儿送回伦敦接受教育。莎拉聪明、漂亮，家境富裕，成了老师和同学眼中的宠儿，过着人人羡慕的小公主般的幸福生活。然而，在她11岁的时候，灾难从天而降——她父亲突然因破产去世，未成年的沙拉无亲无故、身无分文，瞬间由高贵的公主沦为卑贱的仆役。值得读者学习的是，莎拉是一个坚强、善良、勇敢的女孩，在遭遇困境和厄运的时候，她幻想自己是一位高贵的公

---

① 弗朗西斯·霍奇森·伯内特1849年11月24日出生于曼彻斯特，1865年随全家移民美国，并于1905年加入美国国籍。鉴于她在英国出生长大，她的小说所描述的故事和人物也以英国的环境和经验为基础，因此本书把《小公主》认定为英国儿童小说。

主而乐观地渡过难关。她以公主的品质要求规范自己的行为，在寒冷、饥饿、受尽他人冷遇的环境中坚守高尚的情操，表现出公主般的骄傲与美德，最终使梦幻变成现实。最后莎拉父亲的合伙人设法找到了她，给她带来巨额财富的同时，也给予了她父亲般的疼爱，让莎拉重新过上公主般的幸福生活。使得莎拉成为"公主"的原因，除了与生俱来的聪明、漂亮和优渥的家境，更重要的是莎拉在荣辱面前表现出来的从容、淡定、高贵和善良，使她不管是在顺境还是厄运中，都是精神上真正高贵的公主。正是小主人公表现出来的善良、高贵、宽容与爱心赢得了一代又一代小读者由衷的喜爱①。出版以来的一个多世纪中，这部小说成为英美家庭用来陶冶子女情操的必备儿童文学经典，受到一代又一代读者的青睐。

不同于 18 和 19 世纪女孩文学中塑造的那些温顺善良但动辄晕厥的"家庭天使"，《小公主》中的主人公莎拉作为英国帝国主义鼎盛时期的理想女孩，还肩负着帝国女儿的责任：她运用女孩独有的条件和魅力，从精神和道德上抚慰和拯救那些身心俱损的殖民者；她通过自己非凡的幻想和讲故事的能力，帮助那些同龄的女孩渡过难关；她运用自己善良的天性和乐观的态度，成功地帮助他父亲的朋友恢复了身心健康。总之，莎拉通过自己公主般的高贵品质，使得她周围那些有各种不同的缺陷但本质并不坏的人转化为理想的行为模范。那么，莎拉这位"小公主"到底有什么样的特质，或者说英国社会伦理认为20 世纪的理想女孩应该具备什么样的素质与品格呢？

首先，新的时代伦理对理想女孩的性别角色的期待增添了社会道德责任的内涵，即期待新时代的理想女性不仅仅是"家庭天使"，还是改善社会道德氛围的天使。无论在什么样的时代和社会中，人们都希冀女孩美丽、善良、仁慈且富有爱心。儿童文学是一种"以善为美"的价值载体，优秀的儿童文学总是以仁爱与善良这种温暖的道德情怀照亮儿童的精神生命，英国的那些女生故事也不例外。在很长的时期内，英国的女子教育是一种重道德、轻学识的教育。女生接受教育的目标并"不是解决希腊文学中那些悬而未决的争论，而是从智慧的花苞上提

① 根据小说《小公主》改编的同名电影，曾经由好莱坞童星秀兰·邓波儿主演，被评为最好的儿童影片之一。

炼对善的热爱”[①]。因此，儿童文学最重要的职责就是建构美丽善良的道德形象，为年轻的读者提供行为指南和道德范例，让读者参照主人公的标准来衡量自己的行为。《小公主》中的主人公莎拉聪明、美丽，学习能力强，但这个艺术形象最为光彩绚丽之处还是她的高贵、仁慈、善良与坚韧。正如莎拉自己对她的朋友所言：“能够快速掌握学习内容并没有什么了不起的，友好、善良对他人来说才是更加重要的。即使明钦小姐[②]掌握了世界上的所有知识，但若她还是现在这个样子，那么她还是个令人讨厌的东西。”[③]莎拉虽然只是一个十多岁的小女孩，但她有着超常的洞察能力，因此她能准确地指出：在人际关系中，善良远比聪明来得重要。

在18和19世纪，英国社会对女孩的伦理角色定位是“家庭天使”，最重要的职责是在保持自己高雅风度的前提下，负责管理家务，教育孩子，为丈夫提供温馨的港湾。到了20世纪初，英国的经济条件和道德状况发生了很大的变化：经济高速发展，道德却快速滑坡，因此英国社会伦理对理想女孩的性别角色期待也发生相应的调整。新的时代伦理希望女孩的善良与仁慈不仅仅是个人层面的价值，还应成为一种社会层面的道德救赎力量。如果说18和19世纪的女生故事建构的“家庭天使”的道德价值主要体现在家庭伦理关系中，那么20世纪以后时代伦理要求女孩的善良不仅是个体的私德，更应该成为改良社会状况的公共道德力量。小说中莎拉在自己极度的寒冷和饥饿的处境中还设法帮助跟她一样饥寒交迫的乞丐，这种充满爱心的慈善之举不仅令小读者特别感动，也成功地感化了面包店的老板，使得后者开始自发地

① Anne Scott Macleod. *A Moral Tale: Children's Fiction and American Culture*. Hamden: Archon Books, 1975, p. 27.

② 明钦小姐是《小公主》中的反面人物，她是莎拉所在贵族学校的校长，表面上优雅知性，但内心贪婪残忍。她是一位十足的“势利眼”，当莎拉富裕的父亲在世的时候，她把莎拉捧为公主，但一旦得知莎拉的父亲因破产去世之后，打算立即把莎拉撵出学校，让这位无亲无故的女童在大街上乞讨。后来出于学校的声誉考虑，把莎拉留在学校做女仆，让年幼的莎拉无偿承担几份工作，为自己省去了聘请法语教师和女仆等大笔开支，还经常虐待责罚莎拉。

③ Frances Hodgson Burnett. *A Little Princess*. Beijing: Central Compilation & Translation Press, 2011, p. 167.

关注那些穷人和乞丐的困境，并在自己的能力范围内施行扶贫济困之举。《小公主》中的主人公在舒适优越的环境中保持高贵、善良的品性不难，更难得的是她在无依无靠、穷困潦倒的情境中还竭力以一己之力，为周围的人带去温暖和帮助。她的老师和同学都觉得她似乎真的是一位公主，这是因为不管是在顺境还是逆境中，莎拉都以公主般高尚的品性要求自己，她给自己打气说："如果我是一位衣衫褴褛的落魄公主，我的内心应该是一位真正的公主。"[①]正是在逆境中表现出来的仁慈、宽容、善良与高贵，使得莎拉身上散发出真正的公主般的璀璨光彩。

慈善是个体美德在公共领域的实践，一个良好的社会道德氛围的形成需要舆论的引导，更需要榜样的示范。莎拉在逆境中的善良行为，不仅给那些受她帮助的乞丐或下层仆役带去温暖与慰藉，更成为一种净化和改善社会道德环境的力量。在莎拉道德行为的示范和感化下，不仅面包店的老板，还有莎拉的几个好朋友也因为她的仁爱义举而加入改良社会道德风气的行列。莎拉父亲的好友、绅士卡里斯福特先生(Mr Carrisford)就是这样一个在莎拉的感化和帮助之下转变过来的绅士。卡里斯福特先生虽然本性不坏，但他身上还是存在一些道德瑕疵。他曾经邀请莎拉的父亲合伙开发钻石矿，但在他们的采矿事业出现危机的时候，卡里斯福特先生选择失踪逃避，从而间接导致莎拉的父亲拉尔夫上尉的去世，使得美丽善良的小公主莎拉瞬间陷入举目无亲、身无分文的厄运中。在钻石矿渡过难关之后，卡里斯福特先生十分懊悔和痛恨自己的不光彩行为，于是拖着病重的身体回到伦敦，积极寻找莎拉下落，尽力补偿自己对莎拉父女欠下的金钱和精神债务，让莎拉重新成为人人羡慕的"小公主"。从表面上看，在卡里斯福特先生和莎拉父女般的关系中，莎拉似乎是获益更大的一方；但实际上，卡里斯福特先生才是那个真正获得巨大回报的一方。正是因为有了莎拉这个乖巧、善良的"小天使"的陪伴和安慰，卡里斯福特先生因获得了心灵的慰藉和温暖的亲情而获得重生。莎拉以小天使般的善良之心和乐观态度，抚平了卡里斯福特先生的创伤，使他不仅身体上恢复了健康，

---

① Frances Hodgson Burnett. *A Little Princess*. Beijing: Central Compilation & Translation Press, 2011, p. 131.

而且从道德的自我谴责中解脱出来。他遵从莎拉的心愿，以雄厚的经济实力帮助莎拉实现济困救贫的愿望，从而成为一个真正的高尚绅士。

英国维多利亚后期的社会伦理希望理想的女孩具有拯救国民道德素质和抚慰男性创伤的能力，这是因为到了维多利亚后期，许多有良知的作家们敏感地意识到，伴随着帝国主义扩张和经济繁荣而来的是社会道德的滑坡，过度追求物质欲望满足的行为往往滋生道德沦丧的问题。这种道德的滑坡主要体现在男性身上，"'道德的沉沦'与'智力的贫乏'在小说中是男性形象的代名词，与之相反，小说中的女性人物体现的是美德的力量，女性是光明的化身，是道德的天使"①。英国维多利亚后期的有识之士已经逐渐意识到物质利益对道德所产生的腐蚀作用。他们认为男性由于长期在海外蛮荒之地与那些"野蛮"的土著打交道，在战场般的经济领域尔虞我诈，加上各种战争对男性心灵的腐化，一些男性不可避免地染上了一些恶习，形成了一些粗野的行为习惯，出现了道德滑坡甚至道德沦丧的现象。因此，那些希望为拯救社会道德滑坡而努力的有识之士开始把目光投向女性。他们认为，在英国本土享受男性带来的优渥生活条件的女性，有责任运用自身的优势与条件帮助男性，引领男性的道德醒悟和道德康复。在英国的不少文学作品中，男性身体的顽疾往往象征着他们道德方面的缺陷，女性以自身的力量帮助男性恢复生理上的健康，往往隐喻着她们帮助男性祛除了道德上的肿瘤。《小公主》中的主人公莎拉帮助从殖民地返回英国的病入膏肓的矿业大亨恢复了健康，同时也把他从一位唯利是图的商人变成了高尚的慈善家。伯内特的另外一部儿童小说《秘密花园》中的小姑娘玛丽则帮助病魔缠身的小男孩柯林恢复了健康，也帮他找到了开启快乐之门的钥匙。总而言之，英国 20 世纪初的社会伦理期待女性具有宽容、善良、仁慈等美德，但这些美德不仅仅是保证自身或小家庭幸福的道德力量，更是改善社会道德环境的牵引力量。

其次，不同于 18 和 19 世纪英国的性别伦理以"家庭天使"的柔弱、顺从为美德，新的时代、新的社会环境要求女孩坚强、勇敢、自立。与英国 18 世纪文学中描述的那些见到老鼠只会尖叫、遇到麻烦只好晕倒

---

① 熊卉：《从〈诺斯托罗莫〉看康拉德的女性观》，《江西师范大学学报》，2012 年第 2 期，第 72 页。

的中产阶级淑女不同，《小公主》中描述的新时期的女孩坚强、勇敢，在困境与厄运中处变不惊，冷静自制。维多利亚后期以来的女权主义运动成功地唤醒了许多女性的独立意识和自立精神，许多中产阶级的女性不再把男人当作自己人生的唯一靠山，不再把婚姻当作自己谋求幸福的唯一手段，不再“把笼络丈夫的感情当作她毕生的事业”①，而是积极地谋求在社会中的立足之地，投入到打字、护理、教育等逐渐对女性开放的职业领域中去，甚至进入了一些男性绝对占领的领域。进入社会经济生活的职业女性需要坚韧、勇敢的素质，不能再像过去的淑女那样通过柔弱外表和温顺服从的性格来博取男性怜惜的目光。这种改变的社会环境和全新的女性意识反映在文学中，就要求文学作品塑造坚强、勇敢的女性范例来供读者模仿。《小公主》中的莎拉正是这样一个坚强、独立的道德天使楷模，她让读者见识了女性真正的高贵和勇敢。她的高贵不在于高贵的血统或者美丽的外表，而在于她拥有一颗勇敢的心和一个高尚的灵魂。在 18 和 19 世纪的那些女生故事中，女主人公尽管也会遭受委屈，或者不得不进行激烈的思想斗争或者道德挣扎，但这些女生一般都出身于中上层家庭，衣食无忧，不会真正陷入生存困境，因而读者也没有机会了解女孩在陷入无亲无故、身无分文的真正困境后应该有什么样的反应和行为。《小公主》在这方面给年轻的女孩读者上了生动的一课，这也是这部小说比此前的女生故事更加高明、更具有经典魅力的地方。

作家伯内特别出心裁地为小主人公安排了一个从高贵的公主沦落为卑贱的仆役的重要人生转折。在她的父亲因破产去世之前，美丽、善良的莎拉是庸俗的势利眼校长重要的收入来源，因而她被捧为“小公主”，是学校耀眼的明星学生，是老师的骄傲，是伙伴们羡慕的对象。但这部小说真正震撼读者的地方不在于此，而是莎拉沦为无依无靠的孤儿之后表现出来的勇敢与坚强。当听到自己父亲破产去世的消息的时候，得知自己从此身无分文、无依无靠之后，年仅 11 岁的莎拉没有昏厥过去，也没有试图通过眼泪来博取他人的同情，而是在一个人情冷漠的环境中默默哭泣之后擦干眼泪，毅然接受势利刻薄的校长的安

① 玛丽·沃斯通克拉夫特、约翰·穆勒：《女权辩护，妇女的屈从地位》，北京：商务印书馆 1996 年版，第 283 页。

排，脱下美丽的公主裙，换上破旧的衣服承担起学校仆役的职责，通过艰苦的劳作养活自己。在新的境况中，挨骂、受罚、受寒、挨饿是家常便饭，忍受极度的折磨是她生活中的常态。即使是在这样的境况中，年仅11岁的小姑娘没有怨天尤人，也没有自暴自弃，一如既往地表现出善良、高贵的本色。在繁重的劳作之余，她设法帮助昔日的伙伴渡过学习上的难关，也帮助大街上素未谋面的乞丐解决一时的温饱。即使是在衣衫褴褛、食不果腹的境况中，她还通过幻想的方式激励自己保持善良、高贵的品性。她自我暗示道："即使我穿着破布烂衫，也可以在内心成为公主。如果我身穿锦衣华服，更容易成为公主，但若在无人知晓的时候我还能保持公主的素养，那会是一个更大的胜利。"①由此可知，莎拉在物质上卑贱的时候，却依然保持着精神上的高贵。构成莎拉高贵品质的核心就是她坚强、勇敢的心。在迥异的人生境遇中，在巨大的落差面前，莎拉表现出来的坚强、勇敢等高贵品质使她赢得了全世界无数小读者的真心喜爱，也激励许多读者在逆境中要像莎拉那样坚强、勇敢。美国前第一夫人、前国务卿希拉里·克林顿就毫不忌讳地承认这部小说在她的少年时期成为她的精神力量。她说："在我年少的时候，经常会被一种巨大的忧郁笼罩，觉得自己所处的环境糟糕透顶。我经常处于失意和烦躁中，是《小公主》给了我冲出阴影的勇气。"②希拉里道出了这本书的核心价值，正是在失意或者逆境中的坚强和勇敢，使得这一高贵的艺术形象散发出永恒的光辉，让一代又一代的儿童读者在阅读的愉悦中，获得了面对困境和逆境的经验和勇气。

《女教师》和《小公主》分别是18世纪和20世纪出版的两部经典的女生故事，反映了同一个社会在不同的历史时期对女性性别角色的不同期待。这些女生故事把学校生活和女孩将来需要承担的性别角色联系在一起，在女孩性别角色的社会化过程中扮演着向导的角色。无论是《女教师》中的"家庭天使"，还是《小公主》中的"道德天使"，都是当

---

① Frances H. Burnett. *A Little Princess*. Beijing: Central Compilation & Translation Press, 2011, p. 131.

② 见陶鹏旭翻译的《小公主》(北京：中国人口出版社2014年版)封底的编辑推荐语。

时社会的伦理观念在艺术中的真实再现。这些作品反映了时代和社会对女性的伦理角色定位，又反过来影响读者，引领读者依照作品中的相应范例来规范自己的行为。从这个意义上来看，性别角色是一种社会价值的建构，包括文学在内的各种媒体一起参与了这种建构。这些作品的主要功能与核心价值在于对读者提供伦理教诲，为她们树立社会认可的女性行为的典范，使得女孩读者理解什么样的道德准则或者行为范式是得到社会认可的，或者说学会成为社会伦理认可的女性。

第二节 男生故事：英国绅士榜样

自18世纪以来，英国资产阶级在英国的经济生活中发挥着日益重要的作用。在经济基础决定上层建筑的社会，经济地位的提升给资产阶级带来了确立新的社会身份的基础与希望，跻身绅士阶层成为资产阶级的身份理想，由此引发了关于绅士标准的大讨论。新兴资产阶级的绅士概念“针对贵族阶层的道德危机强调‘美德’的重大意义，淡化出身，把个人的道德操守视为评判绅士的第一标准”①。作为社会意识形态的文学，以反映社会的主流意识形态观念为己任，18世纪以来的英国文学反映了中产阶级的绅士理想，并参与了绅士标准的社会构建。在以培养未来社会精英、培养道德高尚的绅士为旨趣的英国公学故事中更不例外。“绅士”成为英国男生故事中的一个活跃字眼，反映了英国主流社会的绅士理想和他们对绅士概念的理解。

一、英国的公学精神与绅士伦理

在《汤姆·布朗的后裔》(*The Heirs of Tom Brown*)一书中，作者伊莎贝尔·奎格利(Isabel Quigly)宣称，英国的“学校故事因托马斯·休斯(Thomas Hughes)而诞生，他的《汤姆·布朗的学生时代》(*Tom Brown's School Days*, 1857)无疑开创了这个新文类”②。奎格利的这一

① 王珏：《中产阶级的新绅士理想与道德改良》，《英美文学研究论丛》，2008年第1期，第84页。

② Isabel Quigly. *The Heirs of Tom Brown*. London: Chatto & Windus, 1982, p. 42.

判断有一定的道理，但并不完全准确。毋庸置疑，托马斯·休斯及其创作的《汤姆·布朗的学生时代》在英国学校故事的发展中起着里程碑的作用，正是由于《汤姆·布朗的学生时代》的巨大成功，英国的学校故事作为儿童小说中的一个独特文类才走入读者和学者的视野。《汤姆·布朗的学生时代》是一部承上启下的学校故事，它从以前很少受人关注的学校故事中汲取了丰富的养分，又反过来反哺着此后的学校故事创作，为这个文类的发展与繁荣奠定了基础。

最早的有据可查的英国学校故事是《女教师；或小型女子书院》。尽管在组成这部小说的一系列道德故事中学校所起的作用并不大，但学校故事的种子从此萌芽。到《汤姆·布朗的学生时代》出版的时候，英国已经出版了至少60部学校故事。18世纪的那些作家不像当代作家这样具有敏感的知识产权意识，对自己的著作权并不看重，因而这些学校故事大多数是匿名出版的[①]。这些学校故事为《汤姆·布朗的学生时代》的问世与流行奠定了基础。

与托马斯·休斯的《汤姆·布朗的学生时代》不同的是，此前那些早期的学校故事的背景一般都是一些规模极小的私立学校或者乡村小学。《汤姆·布朗的学生时代》是第一部以英国特有的大型私立精英学校——英国公学(Public School)——为背景的学校小说，并使得公学故事在此后的一个世纪中成为一个十分流行的文类。18世纪下半叶至第一次世界大战时期，是公学在英国的社会与政治生活中发挥重要影响的时期，也是以公学为背景的英国学校故事由兴起走向繁荣的时期。可以说英国的公学故事与英国公学的影响唇齿相依，共同兴衰。《汤姆·布朗的学生时代》开创了英国学校故事的传统。这部小说的成功可以归功于两个因素：首先是出版机构的功劳，不同于以往的学校故事由默默无闻的小型出版印刷机构推出，这部小说是通过在英国影响巨大的麦克米兰公司出版发行的，麦克米兰运用公司自身在读者之中的影响力积极推介这部小说。其次是题材原因，这是第一部以大型公学为背景的学校故事，而英国的公学一般被认为是精英学校，“向上看齐”的社会传统与教育原则使得广大“势利眼”读者总是对高于自己阶层

---

① 如《幸运的蓝衣男孩》(*The Fortunate Blue-Coat Boy*, 1770)、《男生故事》(*The History of a Schoolboy*, 1788)等学校故事都是匿名出版的。

的精英们的生活心生向往。正如 1997 年 3 月发表在《时代》(*The Times*)上一篇评论学校故事的文章所言：

> 到底写得有多么真实或者写得有多好，其实都没有关系。英国寄宿学校生活这类题材，总能够激起那些上过或者没有上过这类学校的读者的兴趣。寄宿学校的仪轨、制度，学生的前景，甚至受到的威胁都以最为原初的方式，体现着英国家庭、社会、精神和政治生活中的基本元素。①

由此可知，未来精英的学校生活，无论是对那些即将进入公学接受教育的男孩，还是对那些永远都不会有机会圆梦的少年儿童读者来说，都具有永恒的魅力。马上要进入公学读书的男生要通过阅读提前了解一下将来的学校生活；对于那些没有机会上公学的少年，公学这种地方就被读者想象为一个浪漫、稀奇、神秘、令人向往的地方。促使《汤姆·布朗的学生时代》在英国流行的最后一个因素是学校校长的明星效应。拉格比是英国最好的公学之一，《汤姆·布朗的学生时代》这个故事除了描写拉格比公学的普通男生的日常生活以外，还叙述了英国维多利亚早期大刀阔斧地推行公学改革的明星校长阿诺德博士的一系列教育举措。对英国的公学教育有着深远影响的阿诺德校长推行的公学制度改革，对 19 世纪中叶以后的英国公学教育产生了重要的影响，因此他的明星效应为这个故事吸引了更多眼球。

《汤姆·布朗的学生时代》一炮走红之后，就有更多的描述男生公学生活的学校故事问世，其中比较经典的包括弗雷德里克·法拉(Frederic W. Farrar)的《埃里克》(*Eric*; or *Little by Little*, 1858)、托尔伯特·巴恩斯·理德(Talbot Bains Reed)的《圣·多米尼克的五年级》(*The Fifth Form at St. Dominic's*, 1880)等。在英国的学校故事中，公学故事是主流。这些写给男孩看的公学故事虽然故事情节和叙事方式各不相同，创作目标却是惊人的一致：对男孩子进行宣教，让他们了解公学生活，帮助男孩完成性别角色的社会化，引导他们成长

---

① 转引自 Robert J. Kirkpatrick. *The Encyclopaedia of Boys' School Stories*. Aldershot: Ashgate, 2000, p. 5。

为社会期待的绅士。这些故事因其明显的教诲目标而不被当代文学批评家看好，但在19世纪下半叶的英国却拥有最广泛的读者群体，占有巨大的市场份额，成为一个不容忽视的文化现象。

在19世纪从50年代末到80年代末的三十年间，英国的男孩学校故事沿着托马斯·休斯开拓的道路，继续发扬通过小说对目标读者进行教诲的传统。亚当斯(H. C. Adams)和霍普(Ascot R. Hope)等当时的流行小说作家把这个因《汤姆·布朗的学生时代》而流行起来的文类进一步发扬光大。他们跟休斯一样，极其关注男孩的教育问题，旨在通过自己的创作来对年青一代进行启迪和教化。但是他们并非直接、生硬地说教，而是通过把这些教育问题巧妙地融入校园生活中，减弱了故事的说教色彩，增强了故事的可读性。这类故事主要针对英国中产阶级和上层社会的青少年读者，其特点是以主人公为道德范例，向读者灌输关于道德与宗教等方面的内容，致力于把读者培养为基督教绅士(Christian Gentleman)。

吉卜林的《斯托尔基公司》(*Stalky & Co*, 1899)是第一部有意识地描写英国寄宿学校黑暗面的学校故事，展现了一幅总体上真实，但经常让读者心生恐惧的寄宿学校男生生活画卷。虽然此前也有一些学校故事如西尔克(Louisa Silke)的《巴川姆学校生活》(*School Life at Battram's*, 1897)针砭了男生寄宿学校的弊端，但这些小说读者群小，影响有限。此前的学校故事虽然也描写了校园暴力、欺凌、剽窃等负面现象，但作品的总体基调是乐观向上的。但吉卜林的《斯托尔基公司》不同，它整体上描写了男孩寄宿学校的很多负面情况，使得该小说很快被认为是一种启示性作品。到了20世纪初，先后出现了一些以现实主义手法撰写的学校小说，公开谴责英国的公学制度，甚至矫枉过正，把这种具有封闭性、便于操纵管理的学校变为作家们进行不同文类试验的理想场所，把学校变成犯罪小说、恐怖小说、奇幻小说等诸多文类的重要场景，使得学校故事与上述诸种文类的界限模糊了。

英国男生故事的鼎盛时期是世纪之交到第二次世界大战爆发前的三十多年时间。当时的比利·班特(Billy Bunter)、哈里·沃顿(Harry Wharton)等学校故事中的男生形象成为当时家喻户晓的名字。英国著名小说家乔治·奥威尔(George Orwell)在他的散文集《地平线》(*Horizon*, 1940)中有一段关于学校故事的论述总结了20世纪前二三十年男生故事的特点：

> 时间是在1919年或者1940年，反正都差别不大。想象你自己就在Greyfriars，一位面颊红润的14岁男孩，身穿裁减精致的服装，在参加完一场在最后半分钟进球，从而以微弱比分获胜的令人兴奋的足球赛后，在书房中坐下来喝茶。书房中有温暖舒适的炉火，室外狂风呼啸。长青藤密密麻麻地爬满青灰色的石墙……一切都很安全、牢靠、不容置疑。一切都将一成不变。①

英国学校故事的场景一成不变，情节大同小异，人物形象刻板雷同，没有太强的文学价值，因而这个文类注定要走向式微②。

英国的男孩学校故事从19世纪兴起，经历了繁荣与式微，发展成为一个独特的文学形式。从19世纪下半叶一直到第一次世界大战期间风靡英国的公学故事，反映了英国的公学精神和绅士伦理。英国的公学精神以责任感、荣誉感、进取心为价值导向，重视培养男生忠诚、勇敢、正义等核心价值观念。在很长的时期内，英国教育的目标并非像当代的教育这样培养专业技术人员，而是把培养高贵文雅的绅士作为教育的第一要务。17世纪英国著名诗人、政论家在《论教育》(*On Education*，1644)中提出，"完善、高贵的教育就是培养人在平时和战时都能够公正地、熟练地、高尚地履行其公私职责的那种教育"③。英

---

① 转引自 Robert J. Kirkpatrick. *The Encyclopaedia of Boys' School Stories*. Aldershot：Ashgate，2000，p. 5。

② 从20世纪40年代以来，人们就一直在预告学校故事的衰亡。参见 P. W. Musgrave. *From Brown to Bunter*：*The Life and Death of the School Story*. London：Routledge & Kegan Paul，1985，p. 9。学校故事这个文类虽然在20世纪30年代后走过了它的鼎盛时期，但并没有彻底消失。一直到八九十年代还不断有学校故事出版问世。譬如，托妮·汉纳尼亚(Toni Hanania)在1997年出版了《乡愁》(*Homesick*，1997)这部男孩学校故事，虽然引起过一定的关注，但终究远远不敌同年出版的《哈利·波特与魔法石》这类小说势不可挡的影响而逐渐被湮没遗忘。

③ 转引自单中慧：《西方教育思想史》，太原：山西人民出版社2001年版，第182页。

国经验主义哲学家约翰·洛克继承和发展了弥尔顿的教育思想，并在《教育漫话》(1693)中详细地阐述了他的"绅士教育"理念。英国的公学教育践行了弥尔顿和洛克的教育哲学，因此公学精神与绅士伦理有着高度的契合。

学校本来就因教育目的而创办，有学校的地方就必然有教育，学校故事这一文类因为学校的特性而带有鲜明的教育印记。英国的公学教育是顺应英国海外扩张的需要而蓬勃发展起来的。随着17世纪以来英国海上霸权地位的确立，英国政府逐渐意识到，英国的贵族阶层因其保守傲娇，无力承担管理庞大帝国的重担；那些代表着社会进步力量的新兴资产阶级因急于跻身上层社会而锐意进取，正是英国社会的中坚力量。通过让这个国家的未来精英在少年时期接受高质量的学识教育、纪律训练和体能训练，对保持英国海上霸主的地位具有不可替代的作用。那种结合了学识教育、团体体育竞技、学院体制的公学教育模式，在很长时期内被认为是培养社会精英的最佳模式。在阿诺德博士改革之后的公学中，贵族出身的少年和中产阶级家庭的男孩在一起互相学习、相互切磋。英国社会这种阶级的融合，催生了一个新的社会阶层——绅士阶层。这个新的社会阶层的人士以道德为重要的评判标准，形成独具特色的绅士伦理观念。英国传统的绅士不仅需要有一定的社会地位，更重要的是要拥有一些作为绅士不可或缺的品质，如诚实守信、英勇无畏、骑士精神、男子汉气概等。英国的公学精神契合了绅士理想，绅士精神虽然是一种滋生于中世纪骑士传奇的理想，却发展成为英国社会文化不可或缺的部分，影响着英国社会精英集团的思想和行为。因此，直到19世纪，英国公学教育最重要的目标不是像当代学校那样向学生传授基础知识，而是致力于男孩的绅士化，即把男孩培养为社会伦理期待中的基督教绅士。作为英国独特的价值载体，"绅士"这个概念在不同的时代语境中有着不断变化的内涵。在中世纪的时候，"绅士阶级"(gentry)是英国的一个社会阶层，他们的社会地位仅次于贵族，这个阶层的男性被尊称为绅士。绅士是由充满英雄与侠义气概的"骑士"发展而来，到18世纪的时候在英国盛行并发展到极致，成了英国文化的一张闪亮名片。正因为此，英国诗人霍普金斯不无自豪地宣称："即便英国民族不能给世界留下别的什么东西，单凭'绅士'这个概念，他们就足以造福人类了。"①

英国公学教育强调通过道德、智慧、健康等方面的教育，把男孩培养成为道德高尚、举止文雅、风度翩翩的绅士。不像当代教育把知识的灌输、能力的培养放在首位，英国公学精神与绅士伦理都把道德放在首位。学校教育之所以把道德放在第一位，是因为人们普遍相信，道德可以弥补能力和智慧的不足，但智慧如果掌握在缺乏道德的人手里，则能力越强，他对社会造成的危害越大。英国公学教育通过课堂和课外活动培养学生忠诚、勇敢、诚实、正义等品格，把培养具有责任感、荣誉感和正义感的绅士作为教育的最主要目标。此外，英国公学教育特别重视健康教育。不少人认为，贵族学校就应该提供优越舒适的学习与生活条件，让学生在一个舒适富足的环境中学习。然而，在被称为"精英的摇篮"、带有强烈贵族色彩的英国公学中，学生的生活条件极其简单：睡的是简单的宿舍，吃普通的饭菜，除了完成课业任务之外，每天要接受非常严格的体能训练。橄榄球、曲棍球等集体运动项目不仅是增强体魄、促进健康的有益运动，更是培养合作意识和团队精神的重要手段。

英国的学校故事以塑造时代伦理期待的性别角色期待为己任。如果以历史的视角来接受学校故事，我们会发现这类故事作为重要的社会文献，具有独特的价值，我们可以从中管窥英国殖民主义社会语境中的学校及其教育在一代又一代人的成长中所发挥的作用。英国的学校故事作家不计其数，作品也成千上万，但所表现的内容与主题大致相同。因此，我们可以通过对托马斯·休斯(Thomas Hughes, 1822—1896)的代表作《汤姆·布朗的学生时代》(*Tom Brown's School Days*, 1857)的解读来管窥英国的男生故事在儿童伦理角色的认同方面所发挥的功能。

二、《汤姆·布朗的学生时代》：年轻绅士的培养

《汤姆·布朗的学生时代》不是第一部，也不是写得最好的，却是英国影响最大的学校故事之一。该小说在英国学校故事的发展中具有

---

① Qtd. from Robin Gilmour. *The Idea of the Gentleman in the Victorian Novel*. London: George Allen & Unwin Publishers Ltd., 1981, p. 1.

里程碑的意义。正是借着这部作品的影响，学校故事这个文类及其价值才得以被人们发现。《汤姆·布朗的学生时代》是英国男生故事中的经典，表现了一位男孩从懵懂无知成长为时代精英的过程，这一过程具有典型性和代表性。因此，通过对《汤姆·布朗的学生时代》的阐释与解读，可以管窥英国男生故事的内涵与价值，可以了解英国社会在特定的时期对男孩性别角色的定位，或者英国上层社会和中产阶级家庭对男孩未来人生的期待。

在经济条件允许的情况下，家长都会悉心规划儿子的未来，教育是他们规划中的最重要部分。对于英国 18 和 19 世纪的中上层家庭来说，教育是一种重要的社会与经济投资，把儿子送入有名望的公学接受教育，是儿子将来进入中上社会阶层并获得经济安全的重要手段。把儿子培养为绅士，是英国中产阶级父母的普遍理想，实现这种理想最重要的途径就是把儿子送入英国的公学或者类似于公学的寄宿学校去接受教育。早在 17 世纪末，洛克在《教育漫话》中就明确提出，英国教育的首要目标应该是培养绅士，他写《教育漫话》这本书的目的就是“讨论青年绅士从小到大的养育方法”[①]。洛克的绅士教育思想在很长时期内影响着英国的教育，英国的公学教育有效地践行了洛克的教育思想，把培养年轻的绅士作为教育的主要目标。洛克的教育理念对 18 世纪的英国社会产生很大的影响，尤其是在教育领域的影响更是不容低估，直接影响了英国公学的教学内容与活动安排。英国广大中产阶级父母的绅士理想反映在文学中，就推动了英国学校故事的兴起与繁荣。文学艺术是社会现实生活的反映，人们对公学的推崇反映在 19 世纪的学校故事中，就是学校故事的这一特殊的重要文类的勃兴与繁荣。《汤姆·布朗的学生时代》的被接受与流行[②]，就是英国这种社会风气与时代精神的反映。

---

① 约翰·洛克：《教育漫话》，傅任敢译，北京：教育科学出版社 1999 年版，第 3 页。

② 当《汤姆·布朗的学生时代》于 1857 年 4 月 27 日由麦克米兰公司出版的时候，立即大获成功，受到公众与评论家的好评，“在出版的当天就决定重印”。到 1890 年为止，该书在英国就有 50 个不同版本问世，“至今还在吸引新的读者”去阅读这部小说。详见 Humphrey Carpenter and Mari Prichard. *The Oxford Companion to Children's Literature*. Oxford: Oxford UP, 1984, pp. 532-533。

作家托马斯·休斯本人在少年时期就在英国著名的拉格比公学(Rugby)接受教育，于1842年上牛津大学。他以自己在拉格比和牛津求学的经历为蓝本，分别撰写了《汤姆·布朗的学生时代》和它的姊妹篇《汤姆·布朗在牛津》(*Tom Brown at Oxford*，1961)。《汤姆·布朗的学生时代》是一部半自传体的小说，故事中的许多人物与事件都是真实发生的、有历史依据可查的。像很多儿童文学的创作都是源于成人教育儿童的需要，把教诲性的酒嵌入娱乐的瓶子中一样，休斯写作《汤姆·布朗的学生时代》的宗旨，是通过小说这种艺术形式传达一位父亲对即将远行的长子的忠告与希冀，帮助自己即将进入拉格比公学的长子莫里斯(Maurice)了解即将到来的公学生活，为将来的学校生活做好心理上的充分准备。当有人指责休斯的小说说教色彩过于浓厚的时候，休斯坦承他就是"试图用这本书作为向维多利亚社会说教的工具"①。

这部小说的情节遵循典型的成长路线，描写一位普通、鲁莽、无忧无虑的小男孩汤姆·布朗，在拉格比公学这个独特的教育环境长达8年的浸润之下，成功蜕变为一位成熟、勇敢、有责任感的英国绅士的过程。到汤姆离开拉格比公学的时候，已经完全实现了他父亲对儿子的教育期待："成长为一位勇敢、真诚、有益于社会的英国人、一位绅士、一位基督徒，这是我的全部愿望。"②把男孩培养为一位基督教绅士，是英国18和19世纪中等教育的首要目标。"绅士作为一种确定的观念系统和行为方式大约形成于近代英国，完成于19世纪英国的公立学校教育。"③尽管英国社会对绅士的外在举止风度和内在人格品性都有要求，但就公学对男生的教育而言，更重视德性和人格的培养。在这些描述男生经历的故事中，作家们在创作过程中往往注入了关于英国绅士的伦理价值观念——正直、勇敢、侠义以及敬畏上帝，这种跟福音相结合的绅士气质被赋予了一个特定的称谓"基督徒绅士"，强调刚毅、诚实、体面等伦理价值或者绅士理想。

---

① Thomas Hughes. *Tom Brown's School Days*. London: Harper Press, 2013, p. 6.

② Thomas Hughes. *Tom Brown's School Days*. London: Harper Press, 2013, p. 61.

③ 肖群忠：《绅士德性论》，《中国人民大学学报》，2004年第4期，第92页。

培养基督教绅士正是19世纪40年代担任拉格比公学的校长阿诺德博士改革公学的目标和理想。休斯就读拉格比中学的时候，正是该校校长阿诺德博士努力改革公学制度，提出独特办学理念的时期。他把阿诺德校长的公学理想巧妙地融入故事中，宣扬阿诺德所倡导的“基督教绅士”所需要恪守的理念与价值。《汤姆·布朗的学生时代》展现了阿诺德博士在拉格比推行公学改革的一些具体做法及其在人才培养方面的成效，因此这部小说是英国公学教育甚至整个英国中等教育状况的缩影，从中可以管窥英国19世纪在对未来绅士的培养方面所做出的努力。就《汤姆·布朗的学生时代》所叙述的故事情节而言，拉格比公学对汤姆·布朗等未来绅士的培养，主要是通过操场、宿舍和教堂等不同的场所，让学生在各种交往互动过程中形成坚强、勇敢的品性，灌输公正公平的人际关系准则，培养敬虔的宗教情感。

首先，从学生自身的修养来看，拉格比公学教育重视培养未来绅士健康、坚强、勇敢的品格。在18和19世纪，英国的公学是英国男性社会精英的摇篮。不同的公学可能有不同的校训与理念，但核心的精神与价值大致相同。作为表现学校生活的重要文类，英国公学故事中蕴含着坚韧、忠诚、勇敢、虔诚等丰富的伦理价值原则。在英国公学中，对男孩坚强、勇敢等重要的绅士品格的培养主要是通过体育竞技运动完成的。英国“绅士精神”的外在表现是崇尚高雅的举止、风度、礼仪，内在体现为强调坚强勇敢的品质和公平竞争的精神。绅士精神可以追溯到中世纪的骑士精神，骑士精神的核心就是忠诚、勇敢、坚强，这种精神成为英国绅士精神的传统和基础。体育运动一直被认为是培养男孩勇敢、坚强、合作精神和培养集体荣誉感的有效手段。因此，我们看到，体育运动贯穿整个公学教育过程，成为公学教育最重要的部分。在《汤姆·布朗的学生时代》中，主人公汤姆·布朗在拉格比公学的学生时代以体育竞赛开始，也以体育竞赛结束。在到达拉格比的第一天，汤姆·布朗就有幸观看了一场学校内部的足球比赛，并有机会展露身手，得到足球队队长的赞赏，被认为是“一位有胆识的小伙子，是球员的料”①。此后，作为观众观看或者作为运动员亲自参与

① Thomas Hughes. *Tom Brown's School Days*. London: Harper Press, 2013, p. 93.

各种体育赛事，成为汤姆·布朗在拉格比求学生涯的主旋律，甚至毕业仪式也以体育竞技活动画上完美的句号。在毕业离校的前一天，汤姆·布朗作为拉格比板球队的队长，带领球队打完了一场重要的校际比赛后才正式结束他在拉格比的求学生涯。体育运动作为学生课外活动最重要的内容，成为英国公学教育的重要组成部分。

体育运动在绅士的培养中有两方面的益处。一方面，体育运动是促进未来绅士身体健康的重要手段，运动有助于健康，这是人人皆知的道理。经由洛克的宣传，到18世纪的时候，人们已经充分认识到健康对于个体的重要性。尽管18世纪的英国社会的审美观念认为女孩应当以柔弱纤细为美，对男孩的审美却强调阳刚强健，这是因为“我们要能工作，要有幸福，必须享有健康；我们要能忍耐劳苦，要在世界上做个人物，也必须先有强健的体格”①。我们习惯挂在嘴边的名言“健康是革命的本钱”是洛克健康思想的当代表达。另一方面，体育运动有利于促进未来绅士的精神健康。洛克认为，“健康之精神寓于健康之身体”②，身体的孱弱往往隐喻着道德的衰弱。此外，体育运动，尤其是那些大型的团体竞技运动被认为是培养未来绅士互助合作精神的重要手段。因此，足球、板球等团体竞技运动项目被认为是“高尚的项目”(noble game)③，其主要价值在于培养学生的公平竞争的意识，坚韧、勇敢的品格以及团队合作精神等。在拉格比公学接受了8年的教育后，汤姆·布朗已经深刻地理解了这些团队运动的精髓所在：“它教会人们服从纪律和相互倚靠……它是一种无私的运动，把每一个个体都融入由个人组成的集体中，每个人不是为自己的胜利，而是为自己一边的胜利而拼搏。”④总之，英国公学教育鼓励学生参与体育运动，认为运动可以有效地培养男孩的体格与德行，培养他们坚强、勇敢的意志和拼

---

① 约翰·洛克：《教育漫话》，傅任敢译，北京：教育科学出版社1999年版，第1～2页。

② 约翰·洛克：《教育漫话》，傅任敢译，北京：教育科学出版社1999年版，第1页。

③ Thomas Hughes. *Tom Brown's School Days*. London: Harper Press, 2013, p. 291.

④ Thomas Hughes. *Tom Brown's School Days*. London: Harper Press, 2013, p. 291.

搏意识，也可以培养团结、互助、合作的团队精神。就《汤姆·布朗的学生时代》而言，主人公汤姆·布朗在拉格比成长的过程，就是不断习得和表现这些品格的过程。总之，体育运动是公学教育的重要组成部分，其重要性甚至远远超过文化课程的学习。英国公学精神的核心是培养男生具有勇敢、刚毅、体格强壮的阳刚之气和男子汉气概，激烈对抗的竞技体育运动正是培养精神健康的极佳渠道。

其次，从人际交往互动方面来看，公学教育重视向未来的绅士灌输忠诚、公平、正义等伦理价值观念和荣誉准则。绅士精神源于中世纪的骑士精神，而骑士精神的一个重要方面就是维护社会正义，不畏牺牲地维护尊严与荣誉。因此，正义和公平是绅士所应该追求的重要价值取向。小说中汤姆·布朗在面对校园霸王欺凌的时候表现出来的抗争与勇敢以及他对娇弱的室友亚瑟的全心维护就体现着公平与正义的价值取向。主人公汤姆·布朗走过的成长之路，与当时英国中上层精英家庭中绝大多数男孩的成长经历基本一致。用作家自己的话说，汤姆·布朗体现着“英国中上层阶级男孩的普遍类型”①，因而他的成长路径具有普遍性和代表性。与许多刚进入公学学习的学生一样，小汤姆在拉格比的求学生涯是痛苦并快乐着的。汤姆跟其他低年级小男生的痛苦主要源于英国学校那种鼓励弱肉强食的学长制度。在这种体制下，年幼、弱小的低年级男生常常沦为年长、强壮的高年级男生欺凌的对象。低年级的男生除了必须忍气吞声地为学长们鞍前马后地服务外，还不时地沦为高年级学生恶作剧的受害者，甚至可能遭遇更加残暴的校霸欺凌。《汤姆·布朗的学生时代》向读者描述了一个特别恶劣的校霸欺负低年级学生的事件，读者可以从中看到种种不公正现象在校园环境中的演绎。这起恶性欺凌事件源于所有男生都参与的一场叫做“德比赛马”的赌马活动。当汤姆拒绝把一张可能获得巨奖的彩票转让给高年级的男生弗拉什曼(Flashman)的时候，一群无法无天的高年级男生竟然把汤姆架到炉火上去熏烤，致使后者几处皮肤烧伤。面对年龄比自己大、身体比自己强壮的对手，汤姆表现出令人叹服的勇气。他没有选择忍气吞声、息事宁人，而是选择勇敢地挑战强大的对手，

---

① Thomas Hughes. “Preface”. *Tom Brown's School Days*. London & Glasgow: Colins, 1953, p. 9.

用智慧和拳头把弗拉什曼狠狠地教训了一顿，使得后者从那以后“再也不敢动他们一根指头”①。对汤姆这种打架斗殴的行为及其体现出来的勇敢无畏的精神，作家显然是持赞赏态度的，认为学校因他们的行为而“从此恢复了法律与秩序”②。从这个意义上看，绅士被认同为一种道德身份，被看作维护社会正义与社会秩序的重要力量。

欧洲社会绅士之间素来就有通过决斗来解决争端、捍卫尊严与荣誉的传统。因此，在把男孩朝着未来绅士的方向培养的过程中，无论学校还是家长似乎并不反对使用武力解决争端，“对英国男孩来说，用拳头打架是一种自然的、英国式的解决争端的方式”③。汤姆·布朗曾因一些琐事跟校友威廉斯大干一架，随后又握手言和，双方都摒弃前嫌而成为好朋友。通过这些事件，作家试图向目标读者传达正确的处理人际关系的经验与智慧。作家休斯在学生时代是一个优秀的拳击手，他在小说中却倡导读者通过礼貌文明的方式，而非暴力野蛮的方式来解决人际争端。然而，如果文明协商的方式不足以解决问题，为了维护公平与正义，为了维护绅士的体面与尊严，不妨诉诸拳脚，以武力解决争端。在叙述完汤姆的打架事件之后，作家休斯这样忠告他的读者：

> 至于打架斗殴，你要尽可能地远离它。但在某些情况下，如果情非得已，你应该接受他人提出的打架挑战；但如果可能的话，你就要尽量拒绝，但要尽量解释清楚你为什么说“不”……如果是为了避免身体的痛苦或者想避开危险，你这么做是无可厚非的。但绝对不能因为害怕挨鞭子或者说是因为惧怕上帝而说“不”，因为这既不符合基督精神也不诚实。如果去打架，就一定要全力以赴，只要你还能站起来或还能看得见，就决不屈服。④

① Thomas Hughes. *Tom Brown's School Days*. London: Harper Press, 2013, p. 158.

② Thomas Hughes. *Tom Brown's School Days*. London: Harper Press, 2013, p. 159.

③ Thomas Hughes. *Tom Brown's School Days*. London: Harper Press, 2013, p. 247.

④ Thomas Hughes. *Tom Brown's School Days*. London: Harper Press, 2013, p. 247.

休斯在这段话中向鲁莽、年轻的男孩传递的信息是：应避免无谓的鲁莽与不必要的斗殴，但若事关公平与正义，事关法律与秩序，或者事关人格与尊严，他还是鼓励男孩勇敢地接受挑战。在英国的绅士文化中，素有通过决斗来捍卫荣誉的传统。决斗的方式各异，其中击剑是最常见的，但对尚在学校的未来绅士们来说，解决尊严与荣誉问题的决斗方式就是赤手空拳的单挑。

汤姆·布朗在拉格比的求学生涯有苦有乐，学校生活的快乐主要建立在他与其他同学之间肝胆相照的友谊之上。他快乐的很大一部分原因是收获了友谊，在这种远离家人的寄宿学校中，得以跟好朋友一起互相帮助、互相支持、互相关照。学校为这些男生们提供了一个发展友谊、展示自己对朋友忠诚品格的良好平台。初来乍到的时候，汤姆就有幸结识了好友伊斯特(East)，并在后者的帮助下逐渐了解并适应新的学校生活。小说主人公在拉格比公学度过了短暂的适应期后，迅速地调整自己的心态，积极地融入学校生活。汤姆总是能够在学校的各种活动或者不同的生活方面获得有益的生活经验与人生智慧。到小说的结尾，汤姆经过拉格比学校 8 年的磨砺，已经顺利地化蛹成蝶，由一个鲁莽、无知的小男孩成功蜕变为强健、富有正义感和责任感的年轻绅士，为进入多姿多彩的社会生活做好了充分准备。

最后，公学教育重视培养未来绅士对上帝的敬畏与敬虔。在当代的儿童小说中，世俗智慧已经完全取代宗教情感，但在 20 世纪以前的英国儿童小说中，宗教信仰是个不可或缺的主题。在达尔文的进化论影响大众的宗教信仰之前，英国社会坚信，人们的德行需要一种信仰去引导，社会秩序也需要一种信仰去维护，代表社会精英的绅士应该在信仰方面作出表率。英国的绅士文化源于骑士制度，而英国中世纪的骑士准则倾向于认为，骑士首先应该是基督徒，不是基督徒不能被接纳为骑士，“信仰上帝是成为一名骑士的前提”①。在骑士制度基础上发展起来的绅士伦理自然而然地把基督教信仰规定为第一要义。作为塑造未来社会精英的重要人才培养机构，英国公学的使命就是绅士教

---

① 舒小昀：《英吉利民族绅士风度解析》，《贵州社会科学》，2012 年第 8 期，第 34 页。

育。阿诺德博士在推行公学改革之后，提出以拉格比为代表的公学的目标就是培养“基督教绅士”。因此，引导未来的绅士投入天父的怀抱是学校教育的重要内容，也是很多 18 和 19 世纪小说家的神圣使命。《汤姆·布朗的学生时代》就向读者详细叙述了汤姆皈依基督教的过程。

这些年轻的绅士对基督教的信仰并非天生的，而是在学校逐渐培养起来的。生性鲁莽的小主人公汤姆一开始并非虔诚的基督徒，他在朋友的影响下最终诚心皈依了上帝。作家休斯花了大量的篇幅，栩栩如生地描述了汤姆成为拉格比公学的学生后第一次参加拉格比公学布道会的情景：

> 在 11：45，教堂的钟声敲响，汤姆早早进入教堂，在最前排就座。……礼拜仪式并没有给他留下深刻印象，因为好奇的情感超过一切。他左边的男生在橡木桌板上胡乱涂鸦着自己的名字，汤姆忍不住探头去看他写的是什么名字，看他写得好不好；他右边的男孩则睡着了，身体不时地歪到他身上；总体上看，虽然很多男生是严肃认真的，但总体氛围并不虔诚。①

正像大家熟悉的男生哈利·波特一样，善良、正直的男孩汤姆并非听话乖巧的男生，是一个大错没有、小错不断的鲁莽男孩。汤姆的犯错并非他品性邪恶导致的，而是年轻、鲁莽、无知的结果。为了纠正他的鲁莽、培养他的责任感，睿智的校长阿诺德博士指派一位脆弱、虔诚的 13 岁新生乔治·阿瑟(George Arthur)跟他做室友，要他担当起照顾和保护这位脆弱的男孩的责任，以纠正汤姆的鲁莽习惯、培养汤姆的责任感。照顾这位生性腼腆、一直生活在温室中从未离开父母的娇弱男孩的任务，很快唤醒了汤姆的责任感，也唤起了他对上帝的虔诚，从而逐步培养了他向上帝祷告的习惯和宗教热情。刚开始，汤姆跟大多数男生一样，认为在教堂以外的公共场合祷告是一件令人尴尬的事情。外表纤弱、生性腼腆、缺乏主见的阿瑟在宗教问题上却有着虔诚、勇敢的心，他到校的当天就在宿舍公开向上帝祷告，这让其他

---

① Thomas Hughes. *Tom Brown's School Days*. London: Harper Press, 2013, pp. 116-117.

男生深感惊讶。为了避免阿瑟尴尬，为了“风雨同舟地支持他，让他高兴，帮助他”①，汤姆不顾其他男孩嘲笑和疑惑的目光，克服内心羞怯，毅然跪下来陪阿瑟一起祷告，这种行为使得汤姆在宗教信仰的道路上大大向前迈了一步。正是在阿瑟的影响下，汤姆养成了每日阅读《圣经》的习惯，内化了对上帝的热爱与敬畏，从而转变成为一位虔诚的基督徒。总之，在跟阿瑟成为室友之后，汤姆以照顾阿瑟为己任，在照顾阿瑟的同时自己不知不觉走向成熟。正如汤姆的老师所言，汤姆对阿瑟的友谊不仅让阿瑟受益，也让汤姆逐渐“变得更加稳重，形成了男子汉气概，变得体贴成熟”②。

英国的公学教育特别重视学生的社会化，其目标“就是为社会培养良好的成员。它所培养的技艺应该是社会生活的技艺，它的最终目标应该是使受教育者适应这个世界”③。这些男生们接受的中等教育，大致上为他们未来的事业做好了岗前准备，“公学的生活与训练为男孩成人后去殖民地工作与生活做好了生理上和心理上的适应性准备”④。从中学毕业之后，他们都已经基本上能够满足社会对他们的期待。除了小部分男生继续接受大学的高等教育之外，大部分男生都直接奔赴工作岗位，担当起了当时的英国社会赋予他们的重任：或奔赴海外殖民地成为开拓者或者管理者；或成为传教士为所谓的蛮荒之地带去信仰之光；或成为商人为自己也为社会积累财富。譬如，汤姆的好友伊斯特加入英国的殖民军队奔赴印度，阿瑟则继承父亲的遗愿当牧师。

英国学校故事是珍贵的历史文档，艺术地反映了英国殖民主义时期的公学精神：坚韧、勇敢、侠义、忠诚、对体育运动的热爱以及对上帝的虔诚。这些精神通过学校故事那些模式化的情节得以体现：学长制度下的以强凌弱以及低年级新生在此制度下的抗争、痛苦与适应；学校不同年级或者不同学院之间以体育运动为基础的对抗、竞争与合

① Thomas Hughes. *Tom Brown's School Days*. London: Harper Press, 2013, p. 187.

② Thomas Hughes. *Tom Brown's School Days*. London: Harper Press, 2013, p. 300.

③ 纽曼：《大学的理念》，贵阳：贵州教育出版社 2003 年版，第 161～162 页。

④ Isabel Quigly. *The Heirs of Tom Brown: The English School Story*. London: Chatto & Windus, 1982, p. 5.

作；学生与老师之间既服从又对抗的等级关系；学生在抄袭、打小报告、抽烟、喝酒、赌博过程中的道德困境与内心挣扎。这类情节与主题在《汤姆·布朗的学生时代》以后的学校故事中被反复表现，如在《圣多米尼克的五年级》(*The Fifth Form at St. Dominics*, 1887)①中，作家里德(Talbot Bains Reed)饶有兴趣地向读者讲述发生在公学中的学习与生活轶事。他不像休斯那么直接进行说教，而是以一种隐晦、间接的方式使读者意识到很多人生道理和生活智慧，使读者明白在学校和在社会中，什么样的行为是要受到谴责和惩罚的，什么样的行为又是人们所期待的。

英国的公学制度把八九岁的男孩从家庭中分离，把他们投入寄宿学校中，让他们在充满竞争的环境中成长，帮助他们适应未来的社会环境和具有挑战性的管理岗位。这种成长方式虽然让大多数人收获了声望、权力与财富，但也使他们放弃了许多人生宝贵的东西，如家庭生活、天伦之乐等，甚至形成畸形的人格，以至于日后失去了维系家庭健全的能力。英国的公学制度为英国培养了大量社会的中流砥柱，即在殖民主义伦理框架下发展起来的公学为英国培养了大量的管理人才，以公学为基础的大量学校故事也给当时的英国读者提供了类似的价值指引。随着第一次世界大战后人们对公学制度质疑声音的出现，读者对公学精神的认同度下降，这个文类逐渐走向衰落。

中国读者一直缺乏对英国公学故事这个文类的认同，这是因为中国曾经深受英国殖民主义的伤害，加上无神论思想成为中国社会的主流，中国读者可能对英国学校故事中传递的公学精神持反感态度，这也是英国学校故事很少被翻译介绍到中国的原因之一。然而，如果我们抛开民族主义的情绪，暂时放下对殖民主义的清算，我们不难发现，这些作品对教育男孩还是具有很好的启发价值。我们可以取其精华，去其糟粕，有选择地吸取其中的养分。譬如，这些作品表现男孩在成长过程中的烦恼与挣扎，关注个体的成长问题——关于男孩的身份认

---

① 里德的经典学校故事《圣·多米尼克学校的五年级》于1881至1882年在当时拥有广泛英国少年儿童读者的《男孩报》(*Bow's Own Paper*)上连载，后来由英国著名的宗教出版机构伦敦圣教书会(The Religious Tract Society)于1887年以小说形式出版。

同、责任以及人际关系的处理等，强调培养男孩坚强、勇敢的品质，灌输公平、正义等伦理原则，这些内容还是十分值得读者学习与借鉴的。无论在什么样的社会制度和伦理环境中，汤姆·布朗表现出来的那种坚强、勇敢的品格，正义、公平的伦理精神，以及对朋友忠诚、侠义的态度，是永远值得倡导和欣赏的。

第三节　冒险故事：冒险英雄与绅士品格

在英国的学校故事和冒险故事中，男孩是绝对的主角，那些活跃在英国公学的球场或者在荒岛上探险寻宝的男孩形象，成为无数读者儿时的偶像，是儿童心目中令人羡慕的男子汉、大英雄。与英国公学故事中的主人公一样，冒险小说中的那些冒险英雄，也承载着坚韧、勇敢、忠诚等伦理符号。在英国学校故事及其公学精神中熏陶长大的男孩，走出校门后把以公学精神为基础的绅士品质发扬光大，沉淀为英国民族主义话语中的冒险英雄品质：开拓进取、勇敢无畏、公正侠义和坚韧不拔。不同于亚瑟王麾下的冒险英雄用骑士的荣誉准则来引导行动、依靠运气或者魔法力量来打败劲敌，现代英国海外冒险故事中的英雄是殖民主义话语构建出来的鲁滨逊式人物①。这些冒险英雄以殖民伦理为社会层面的价值取向，以坚强、勇敢、忠诚、正义等男子汉品格为个人层面的价值标准。他们通过冒险获得财富的同时，也希冀获得体面的社会身份，被认可为"绅士"是这些冒险英雄获得财富之后进一步渴慕的身份符号。

鲁滨逊式的冒险英雄故事契合了男孩们追求新奇、渴望自由和崇尚冒险的心理特征，也满足了他们对外部世界的幻想。英国冒险故事常见的情节发展模式是：一位或几位少年因种种原因离开自己的祖国或家乡，在大海、荒岛或者亚洲、非洲、南美洲等荒蛮原始的异域他乡开始一段漫长而又危险的旅程。在旅程中，主人公往往因自身的能

---

① 丹尼尔·迪福笔下的鲁滨逊冒险故事如此受欢迎，以至于它催生了一系列被称为"鲁滨逊式冒险故事"(Robinsonnades)的模仿之作。如瑞士牧师怀斯(Johann David Wyss，1743—1818)为儿童创作了儿童版的鲁滨逊故事《瑞士家庭鲁滨逊》(*The Swiss Family Robinson*，1814)，受到少年儿童的广泛欢迎。

力或者品格而赢得忠实的伙伴，一起经历船只失事、陷入病痛、卷入战争或受到攻击等困难，这些困难隐喻主人公需要克服的道德障碍或者必须接受的道德考验。最终他们靠着自己的品格、智慧或运气而幸存下来，在故事的结尾携带大量财富或者其他报偿衣锦还乡。与18世纪那些充满教诲色彩的道德故事不同，19世纪下半叶以后兴起的这些冒险故事没有浓郁的教诲色彩，它们不露痕迹地把特定社会的主流价值观念和行为规范传递给了年轻的读者，帮助读者理解他们长大后将要担负的社会角色。那些冒险故事在向读者传递殖民伦理等英国人眼中的"民族大义"或社会价值取向的同时，也引导少年儿童发展坚强、勇敢、忠诚、正义等个人的道德品格。

一、《珊瑚岛》：冒险英雄的社会价值取向

英国有着悠久的冒险传统，从中世纪骑士到基督教七勇士，从勇斗巨人的杰克到与打败恶龙的霍比特人等艺术形象，都是享有盛誉的英国冒险英雄形象。19世纪以后英国冒险故事的兴起与繁荣，同英国的殖民扩张氛围息息相关。18世纪以来，英国交通运输的改善和廉价报纸的涌现，使大众有机会及时了解英国在海外殖民扩张的情况和一些冒险英雄的事迹。同时，成千上万的英国殖民者移居海外殖民地，他们的孩子从小耳濡目染，分享着父母的海外冒险经验，希望自己长大后也能够在大英帝国的海外扩张事业中发挥作用。在这种殖民主义和帝国主义伦理氛围下成长起来的英国公民，把英国的殖民伦理内化成了他们的社会价值取向，当处理与殖民地土著的关系时，把殖民主义伦理原则奉为自己行动的圭臬。包括英国人在内的"欧洲殖民者所奉行的殖民伦理，就是以白人种族优越作为预设，在'通过宗教神启和技术优势来结束异教民族的原始与野蛮'的口号下，为了证明他们对'劣等民族'和'落后地区'进行殖民统治的正当性而提出的一种政治哲学"①。

英国著名冒险故事作家巴兰坦（R. M. Ballantyne，1825—1894）的《珊瑚岛》（*The Coral Island*，1858）中三个少年主人公在珊瑚岛上的殖民行为，就体现了19世纪英国公民奉行的"殖民主义"这一社会价值

① 王晓兰：《利己主义道德原则与殖民伦理行为》，《外国文学研究》，2009年第6期，第69页。

取向。《珊瑚岛》在英国社会备受读者欢迎，被誉为“最具人气的儿童故事”①。它虽然是儿童读物，但是故事中的背景设置以及情节安排，处处透露着英国殖民主义鼎盛时期的英国社会价值印记，深深地打上了英国殖民主义意识形态的烙印，传递着英国殖民主义的社会价值取向。《珊瑚岛》中的三个男孩形象体现了维多利亚时期英国社会对男孩的社会角色期待和希冀。随着英国海外扩张事业的推进，英国社会主流价值对英雄与绅士的观念发生了巨大转变，与此同时对男孩长大成人后将要承担的身份角色的定位也产生了变化。巴兰坦在《珊瑚岛》中对三个少年主人公的性格与品质的描述，反映了当时社会意识形态对男孩性别角色的期待。故事的叙述者罗孚·拉尔夫——也是三个主人公之一——生长在一个靠大海为生的家庭，从小耳濡目染，爱上了大海以及跟大海相关的一切，对海上冒险事业充满憧憬与向往。他在 11 岁的时候就开始在商船上做船舱服务生，开始了他人生中的海上冒险生涯。在商船上，少年拉尔夫满怀兴趣地聆听水手们讲述他们在异乡他国的冒险经历，其中关于珊瑚岛的故事最让他心驰神往。在这些水手们的叙事中，珊瑚岛是一个迥异于英国本土的海外乐园，那里风景优美、气候宜人、土壤肥沃、硕果累累。美中不足的是，生活在这个风景如画的美妙岛屿上的那些土著却是食人族，他们野蛮、蒙昧、崇尚暴力、嗜血成性。

冒险故事中的珊瑚岛并不是作家臆想出来的地球上的伊甸园，在英国殖民扩张时期，像这样的珊瑚岛是无数英国海外殖民者征服和占领的处女地。珊瑚岛作为未开化的蛮荒之地的代名词，经常出现在英国国内的各种媒体上，也频繁出现在人们日常生活的谈资中。不同于英国中世纪骑士传奇中那些被施了魔法的古老城堡，仅仅用作故事架构中的功能性场景而存在，珊瑚岛这样的地域在英国殖民主义鼎盛时期的冒险故事中具有实质性的所指——是男孩们未来将要奔赴的海外殖民地，是他们可能在未来生活中需要面对或者置身其中的实实在在的地方。因此，故事中出现的珊瑚岛不再是被作家虚构出来以满足读者们猎奇心理的功能性场景，而是聚集了现实元素的实际存在，它代

① John Sutherland. *The Longman Companion to Victorian Fiction*. London: Longman, 1988, p. 147.

表着特定社会和特定时代对男孩们的召唤，召唤他们根据英国社会所认可的核心价值观念，以勇气、力量和智慧去征服的地方，让珊瑚岛那样的人间仙境摆脱蒙昧而成为真正的人间乐园。

正是在这样的时代背景和伦理语境中，《珊瑚岛》中的主人公拉尔夫在15岁那年征得了他父亲的首肯，开始了前往地处南太平洋的珊瑚岛的冒险旅程。他在船上结识了杰克和彼特金两个志同道合的朋友，拉开了海外冒险之旅的帷幕。冒险故事的旅程从来就不会风平浪静，风暴、疾病或者与他人发生的冲突，往往是推动故事叙事进程的重要因素，拉尔夫他们的冒险旅程也不例外。拉尔夫三人组的冒险故事沿袭了鲁滨逊的故事传统，作家把海上的惊涛骇浪设置为推动主人公命运变化的重要外力。于是读者看到，在经历了惊涛骇浪之后，主人公乘坐的船只遭到解体，船上的乘客随着船只的覆灭而被迫开始了准备并不十分充分的冒险之旅。在船只倾覆的危急时刻，杰克他们三人抱着一个巨大的船桨跳进了大海，然后被海浪卷到了一处不知名的海岛上，从此开始了他们的珊瑚岛冒险生涯。这三个乐观的少年最初兴奋地惊奇于岛上的旖旎风光和奇妙景观，很快他们绝望地发现了岛上最让人惊恐不安的因素——食人族。由于这些“野蛮人”的存在，这座风光旖旎的珊瑚岛瞬间变成了危机四伏的蛮荒之地。

三个少年在珊瑚岛上的所见所闻，完全契合了他们以前阅读的海外冒险故事中关于异域的描述，也与当时英国殖民主义话语建构起来的海外殖民地异域图景相融合。对于那些经验不足、阅历尚浅的少年来说，故事中虚构的珊瑚岛，就是真实存在的海外某处他们将来需要去征服或者服务的领地。对于当时广大英国少年儿童读者来说，这三个主人公对珊瑚岛的描述，让他们对异邦的想象更加具体、更加生动。同时，他们在故事中获得的异域想象，又与他们在现实生活中听成人们讲述的海外殖民地情况相互印证。少年儿童读者在阅读童话等儿童读物的时候，往往只是以旁观者的姿态关注小说主人公的遭遇与命运。然而，阅读《珊瑚岛》这样的冒险故事更容易唤起当时英国男孩的使命感和正义感，认为自己有责任和义务像小说中的主人公那样，为那些海外的“蛮荒之地”带去文明的火种，而这正是当时英国社会试图为正在成长中的英国男孩灌输的社会价值观念和性别角色期待。

与笛福笔下的鲁滨逊一样，巴兰坦笔下三个来自文明社会的少年也在“殖民伦理和资本主义精神”的引领下，积极投身于对现实环境的改造，并最终在珊瑚岛上撒播了文明的火种，建立了秩序。给亚非拉等所谓的野蛮、落后地区带去欧洲文明的火种，是19世纪和20世纪初欧洲社会主流的社会价值取向，也是英国成人社会对男孩的身份角色期待。《珊瑚岛》中的三个英国少年用自己的行为，践行了英国的社会价值取向。尽管此前他们已经对食人族的故事略有耳闻，但是他们在珊瑚岛上的真实经历，才进一步让他们更加深切地认识到自己需要肩负的重任，即“白人的负担”①。他们见证了那些未开化的食人族的野蛮与蒙昧，也目睹了土著部落之间血腥、残暴的杀戮场面。面对风光旖旎但野蛮落后的珊瑚岛上的情形，三个少年并未胆怯退缩、选择逃避，而是在英国殖民伦理这一社会价值取向的激励之下，发挥自己的聪明才智，运用那些不为“野蛮人”所知的欧洲先进科技的产物，机智勇敢地与“野蛮人”周旋。最终他们不仅在险象环生的异国他乡保全了自己的性命，而且像冒险前辈鲁滨逊一样，成功拯救了被欺凌的弱势部落，把自己打造成为像鲁滨逊那样机智、勇敢、正义的冒险英雄。

这三个少年在缺乏大人庇护的情况之下，凭借过人的胆识，积极地运用文明社会的知识与智慧，成功地在荒岛上生存了下来。他们虽然流落于蛮荒之地，但表现出超乎寻常的勇敢和坚毅。他们像以前的冒险前辈一样，冷静而勇敢地直面各种困难的挑战，甚至肩负起了给蛮荒之地带去“文明之光”的重任。他们一方面理性地制定与“野蛮人”作战的策略与方案，机智地应付野蛮的食人族；另一方面他们努力用他们在英国形成的“先进文化理念”，建立秩序化的文明世界。他们不仅运用在英国学习到的先进知识和科技产品为自己创造有利的作战条件，而且努力地运用文明社会的价值与理念去管理珊瑚岛，设法感化或改造珊瑚岛上的“野蛮人”，尝试着给这蛮荒之地带去文明的火种。

《珊瑚岛》的故事让无数的英国青少年读者在享受阅读乐趣的同时，深深地感受到殖民主义鼎盛时期英国的社会价值取向对其公民所产生的行为导向作用。《珊瑚岛》中主人公的冒险经历，无疑为更多期待像

① “白人的负担”(The White Men's Burden)这个术语源于吉卜林一首诗歌的标题，是指白人有责任“改造”“统治”和“教化”土著居民。美国经济学家威廉·伊斯特利(William Easterly)于2007年出版了经济学著作《白人的负担》。

他们一样开拓帝国事业的英国少年带去了更加坚定的决心和信心。这些正在成长中的英国帝国事业的接班人，对未来的历险之旅充满了幻想和期待，他们热切地盼望到那些令人神往的海洋、岛屿、丛林去扮演“文明使者”的角色，把文明的曙光带给那些“愚昧”“无知”“凶残”的“野蛮人”，同时也帮助那些“野蛮人”更加合理地管理那些被他们浪费的土地和资源。他们希望自己能够像鲁滨逊一样，称职地扮演起“蛮荒开拓者”和“文明传播者”的角色。

少年读者在阅读过程中产生的心理上的认同感，使得《珊瑚岛》中的主人公能够深入读者的内心世界，那些阅读故事的少年渴望自己能够像故事中的三个少年一样，在恶劣的环境中表现出正义、机智、勇敢、理性的品格，能够独当一面应对困境，将英国的先进文明带到那些贫困、落后、愚昧的地方。少年儿童因为阅读冒险故事而滋生出的想法与愿望，完全契合了当时英国社会对男孩的角色期望，符合英国社会的主流价值观念。广阔的海外殖民市场需要大量的开拓者和管理者，正在成长起来的英国男孩们被看作延续殖民主义事业的接班人。因此，英国社会希望这些男孩们尽早意识到自己肩负的社会使命，让他们尽快地实现角色转变：从备受家庭关爱与呵护的孩童角色，转换为能够担当国家和民族重任的公民角色。这种角色转变，无疑需要儿童发展出与未来社会角色相适应的伦理品格。

向往异国风情、追求冒险精神的少年儿童，可以从那些惊险曲折的冒险故事中，获得伦理角色认同所需要的榜样与偶像，马里亚特、托马斯·里德、巴兰坦、金斯敦、亨蒂、史蒂文生等一大批英国冒险故事作家笔下充满传奇色彩的冒险英雄形象，激发了当时无数少年读者到海外去冒险和闯荡的热情。这些冒险故事作家根据英国19世纪主流的社会价值观念描述的英国男孩的冒险事迹，带有明显的殖民主义印记，具有一定的历史局限性。尤其是对于曾经深受殖民主义和帝国主义伤害的中国读者来说，《珊瑚岛》这样的英国冒险故事中所蕴含的殖民主义情绪令人不安。然而，如果抛开民族主义偏见，我们不难发现那些冒险少年在他们的伦理环境中、在社会主流价值观念的熏陶下做出的行为选择还是无可厚非的。无论是在什么样的环境中，拉尔夫等男孩在困境中表现出来的勇敢、镇定、机智和责任担当意识，是值得不同时代、不同社会的儿童学习和借鉴的。通过文学创作向少年儿童传递特定社会的核心价值观念，让他们了解特定历史时期特定民族的价值诉求，这是儿童文学的重要价值。

二、《金银岛》：冒险英雄的个人价值准则

《珊瑚岛》这样的冒险故事承载了维多利亚时期英国社会的意识形态观念，作品中的三个少年主人公所体现的主要是英国社会层面的价值取向。罗伯特·路易斯·斯蒂文森(Robert Louis Stevenson，1850—1894)中的《金银岛》(*Treasure Island*，1883)的主人公吉姆这样的冒险小英雄，更多地体现个人层面的价值准则，即英勇无畏、随机应变、诚实守信等个人英雄主义品格。在阅读情节曲折、悬念迭起的冒险故事的时候，少年儿童读者陪同主人公一起经历惊心动魄的冒险。在阅读审美过程中，小读者与主人公一起经历各种砥砺与磨难，也与主人公一起分享成功的喜悦。同时，小说中那些冒险英雄所表现出来的勇敢、沉静、忠诚、正义等品质，也潜移默化地转化为读者成长道路上的道德指示灯。

英国18世纪以来兴起的冒险故事往往选取一个普通、平凡甚至有些小毛病的男孩为故事主角，让他在艰苦的环境或恶劣的条件下经历非同寻常的磨炼之后，成长为被社会认可和接纳的男子汉。较之于中世纪传奇故事中的骑士等出身高贵的冒险英雄，英国18世纪以来兴起的冒险故事的主角往往是普通家庭的男孩，因而更容易引起普通读者的认同。这些冒险英雄往往跟广大儿童读者一样，既没有高贵的出身，也没有显赫的家世，而是普通家庭出身的十几岁的男孩，通常有点小聪明、小勇气，但也有点小毛病。在这类故事中，年轻的主人公通常是自愿或者被迫离开家乡去外面闯荡，然后经历了一番惊心动魄的冒险历程，最终获得物质财富或社会地位后荣归故里。史蒂文森笔下的主人公吉姆·霍金斯(Jim Hawkins)就是这样的典型。

《金银岛》中的主人公吉姆是一个十二岁的英国少年，他的父母小心谨慎地经营着一家被称为“本葆将军”的海滨小旅店，过着艰苦而平凡的简单生活。当然，简单的生活也有烦忧，吉姆和他的父母不仅需要应付像比尔船长那样态度蛮横的顾客，还得设法应对旅客们拖欠房费所带来的生计问题。在比较艰苦的环境下成长起来的吉姆，早早地学会了面对生活中的各种烦恼和应对社会中的各种麻烦。他每天不仅

要帮助父母干些杂活，还得战战兢兢地帮助父母应对比尔船长这样令人不寒而栗的海盗。然而，尽管比尔船长乖戾的性格、恐怖的名声令吉姆心生畏惧，但他也像许多普通的英国男孩一样，对比尔船长这样冒险归来的人物充满好奇，喜欢听他们讲述海上冒险经历。机缘巧合的是，让吉姆既畏惧又好奇的比尔船长，为吉姆创造了亲身经历去荒岛冒险的机会，同时也让他有机会经受各种考验，从而证明自己也是当之无愧的冒险英雄。在比尔船长猝死后，吉姆和他的母亲冒着生命危险不仅从比尔船长的尸体上拿回了拖欠的房费，而且意外地从他身上搜到了海盗头目弗林特船长留下的藏宝图。正是这张藏宝图推动了故事的进程，为吉姆提供了前往遥远的荒岛冒险的契机。冒险经历在吉姆的成长过程中发挥了重要的作用，使他由一个平凡、胆小、怯弱的小男孩，迅速成长为一位机智、勇敢、救人于危难的英雄。荒岛历险不仅让他收获了巨额的物质财富，更让他挖掘出了自己隐藏的英雄潜力，物质财富可以看作对他英雄品格的报偿。

在英国殖民扩张的鼎盛时期，赴海外冒险的冲动与愿望不仅存在于吉姆这样的热血少年的心中，也激荡在那些已经享受着安逸与富足生活的成年人的心中。譬如，当比尔船长在“本葆将军”旅店里大吹大擂他杀人越货的海盗生涯的时候，不仅那些稚嫩无知的小伙子们满怀羡慕之情，声称“英国得以称霸海上，正是靠的这种人”①，就连在当地享有很高声望的乡绅屈利劳尼先生也表露出钦佩之意和向往之心，称“他是有史以来最残暴的一个海盗——我有时简直感到自豪，因为他是个英国人”②。由此可见，在当时的英国社会，海外冒险事业让英国不同年龄、不同阶层的民众都心驰神往，甚至连海盗杀人越货这种在文明社会被认为是犯罪的可耻行径，因为披上了“民族大义”的外衣而得到了一定程度的谅解。对劣迹斑斑的海盗给予道德宽容，体现了英国社会各阶层的民众对海外冒险事业的推崇备至。到海外去冒险，成为很多人心中一个永恒的梦想。因此，那些惊险刺激的海上冒险故事，

---

① 罗伯特·路易斯·斯蒂文森：《金银岛》，荣如德译，上海：少年儿童出版社2009年版，第6页。

② 罗伯特·路易斯·斯蒂文森：《金银岛》，荣如德译，上海：少年儿童出版社2009年版，第39页。

让很多人特别是青少年对未知的海外世界产生了向往和好奇，内心涌动着的冒险冲动促使很多英国少年在公学毕业之后就立即投身于海外冒险事业中。

在《金银岛》记述的冒险活动中，吉姆最大的敌人是以西尔弗为首的海盗，他们阴险狡猾、凶狠残暴。跟这样的对手打交道，不仅需要勇气、智慧，还需要不可多得的运气。在冒险之前，这群海盗假冒为厨师或伪装成水手，混入乡绅屈利劳尼组织的赴荒岛冒险寻宝的船队中，准备伺机夺取船只、占据财宝。在冒险航行开始之后，吉姆不无惊讶地发现，以前在冒险故事中听到或者读到的海盗杀人越货的情形，现在却变成自己不得不独自面对的生死攸关的现实问题。在生死存亡的时刻，吉姆克服内心的极度恐慌，机智勇敢地与那些穷凶极恶的海盗周旋。他沉着、冷静、机智地应对每一次突发的紧急状况，不仅成功地保全了自己，而且救出了乡绅屈利劳尼等人，找到了被海盗们藏匿的金银珍宝，最终带着财富荣归家乡。吉姆在冒险过程中所表现出来的个人英雄主义品质，正是冒险故事所传递的个人价值诉求，对正在成长中的少年读者的社会化成长具有不可替代的引导作用。

冒险之旅可以满足一个男孩对海外世界的好奇和渴望，波涛汹涌的大海、狡猾凶狠的海盗、藏有宝藏的荒岛，这些在别人故事里津津乐道的情节，在吉姆的冒险生涯中不再是虚幻的故事，而是真实的现实。在这样的冒险历练中，吉姆也从一个胆怯弱小的男孩，成长为一位机智勇敢的英雄。他曾经对比尔船长心存畏惧，在与那些来到“本葆将军”旅店的海盗打交道的时候惶恐不安，但在跟西尔弗等海盗的机智应对中，吉姆勇敢地战胜了敌人，同时也战胜了自己内心的恐惧与怯弱。他在冒险过程中学会了必要的航海技术，学会了独当一面地应对危险；他敢于跟踪海盗们探寻宝藏地点，沉着冷静地深入险境；他敢于在海盗中制造混乱，聪明机智地与他们周旋。吉姆和他的同伴最终战胜了以西尔弗为首的海盗们，实现了冒险行动的既定目标。

在海上冒险之旅中，吉姆见识了非同寻常的场面，经历了惊心动魄的斗争，更获得了丰厚的物质财富。冒险小说中主人公最终获得的宝藏，不应看作简单的财富，而是对主人公机智、勇敢、正义等英雄品格的回报与褒奖。吉姆凭借自己冷静沉着、英勇无畏、善良正直的品质战胜了那些海盗，也战胜了自己内心的恐惧。这段经历使他完成了从天真、稚嫩的男孩到睿智、勇敢的男子汉的蜕变。更为重要的是，冒险过程激发了吉姆内心的潜能，使他的性格和能力都得到长足的表现，获得了很多人的赞赏，成为众人眼中的英雄。吉姆的成功激发了无数像他一样平凡、普通男孩的冒险愿望，促使他们摩拳擦掌地企盼着到外面的世界一展身手。他们渴望像吉姆一样，找到一个发挥自己机智和勇气的机会，在海外的冒险事业中寻得宝藏或者其他机遇，从而改变命运，并在冒险历练中成长为真正的男子汉。

与前文提到的英国公学故事不同，吉姆卑微的出身和复杂的生活环境，让他与那些作为未来绅士培养长大的社会精英形成巨大的反差。但是，这样的反差并没有让吉姆的形象矮化，而是与英国公学故事中的少年绅士一起相互辉映，共同促进了正直、勇敢、正义等伦理观念在青少年读者中的认同和接受，特别是让更大范围内的男孩读者清楚地意识到自己未来发展的方向，帮助他们完成性别角色的定位。《金银岛》之类的冒险故事与学校故事在背景和情节上迥然不同，如果说男生故事满足了人们窥视神秘的上层社会的未来精英成长过程的愿望，那么吉姆这样的冒险故事则让中下层家庭的普通男孩看到了平凡人物的成功机会。这两种类型的故事彼此映照、相互补充，更加完整地建构了男孩们期待和幻想的未来生活图景。冒险故事虽然在背景上和情节上不同于学校故事，但它们与学校故事一样，或明或暗地激励男孩们勇敢战胜自己的弱点，勇敢地对抗看似强大的对手，无所畏惧地面对棘手的难题，在磨难和砥砺中形成正直、勇敢、侠义等男子汉气概和绅士品格。

《金银岛》之类惊险刺激的冒险故事，常常发生在荒无人烟的海外岛屿或是风急浪高的海域，看上去与现实生活并无太多的联系，故事中那些激荡人心的场面，也看似远离现实生活。然而，这些冒险故事在传递社会伦理对男孩们的角色期待、塑造男孩的品格方面，丝毫不逊色于英国的公学故事。从《金银岛》等冒险故事的受欢迎程度来看，这些故事无论对于象牙塔内的未来社会精英，还是对于公学校门外无数跟吉姆一样出身下层家庭却渴望改变命运的男孩们来说，都有着不容置疑的魅力。冒险故事在少年儿童中大受欢迎的一个重要原因在于，这些冒险故事顺应了读者的愿望，让读者跟随着故事中的主人公打破常规、出入险境，享受平常生活所不能提供的刺激与经验，以及自我实现带来的满足感。让读者享受冒险的审美愉悦的同时，冒险故事的作家没有忘记帮助读者完成伦理角色认同的艺术使命。他们没有居高临下地向读者灌输道德与价值观念，而是让读者通过分享故事中人物的经验和教训来认知世界、认识自己，使读者能够直接面对具象化的善与恶，让他们学会在善恶的对抗中体会到善与恶的内涵，并帮助读者将来在类似的情境中做出恰当的行为选择。这些对于善恶的伦理认知和行为期待，是当时社会主流价值观念对未来的接班人的伦理期待，有助于读者的道德认同。冒险故事通过这样一种读者乐于接受的方式，把社会希望下一代接受的伦理观念悄无声息地撒播在读者的心田。

在《金银岛》中，乡绅屈利劳尼与李甫西医生是英国绅士的代表，他们体现的是社会意识形态中的善与正义；以西尔弗为首的凶狠残暴的海盗是反面人物，代表残暴和邪恶等社会价值所谴责的伦理内涵。吉姆一行与海盗的斗争，就是善与恶之间的殊死较量，结果当然是善战胜了恶。这样的情节安排增加了故事的惊险性和刺激性，但更为重要的是传递了社会的主流价值观念。与吉姆一起去冒险的李甫西医生等绅士代表的是英国主流文化，他们有让人羡慕的身份和地位，同时他们具备了善良、勇敢、正直等绅士品质，代表了英国主流文化认可的价值。英国社会素来就有向上层社会看齐的传统，因此小说中的这些绅士对吉姆和普通的读者都具有重要的影响。正是在绅士们的影响下，吉姆逐渐成长，向绅士及其所代表的绅士品质靠拢。吉姆像勇敢的绅士一样，勇敢地与凶残邪恶的海盗对抗，并最终获得巨额财富，为他从下层社会走向上层社会的命运转变提供了物质保障，为他的社会流动性打开了上升的通道。在阅读这样的故事的时候，那些少年读者除了感受到情节的惊险刺激之外，自然而然地也会受到这样的价值观和人生观的熏陶和洗礼。正是在这些冒险故事的感召之下，少年读者摆脱了阅读传统的道德教诲故事时那种被动灌输的局面，而是积极主动地向小说中勇敢、正义、智慧的绅士学习，提醒自己在危难之时仍然要保持正直、勇敢、侠义等绅士品质。冒险故事传递的信息，使读者在潜意识中接受这样一种暗示，即认为如果自己这样做了，那么就有机会像吉姆一样，因自己的美德善行而得到报偿，从而彻底改变自己的命运。在冒险故事最为盛行的维多利亚时期，无数普通的男孩在《金银岛》这样的故事的引领之下，在愉悦的阅读中不知不觉地接受了英国主流文化与价值观念，希冀在社会流动的阶梯上向绅士和绅士所代表的良好品质靠拢。

在砥砺和历练中成长为坚强、勇敢、正直的男子汉，是英国冒险故事的母题。正如吉姆是在冒险过程中经受了磨难才从一个怯弱胆小的普通男孩成长为一个机智勇敢的冒险英雄一样，吉卜林的《勇敢的船长》(1897)中的主人公哈维·切尼也是在冒险的磨炼中，从一个娇生惯养、脾气乖戾的病弱少爷，转变为一个乐于自食其力、充满朝气和活力的年轻绅士。这些冒险故事蕴含的"温室里长不出参天大树"的寓意，不仅对少年儿童有重要影响，对父母也极富借鉴意义。冒险故事启发读者像他们喜欢的冒险英雄一样，积极走出家庭温室的呵护，勇敢地担负起社会赋予他们的男子汉职责，成长为有担当、负责任、懂礼貌、有修养的绅士。

三、《所罗门王的宝藏》：冒险英雄的绅士理想

不同于《珊瑚岛》和《金银岛》中的主人公是十几岁的冒险英雄，亨利·赖德·哈格德于1885年出版的《所罗门王的宝藏》中的主人公是成年的绅士。"绅士"这一概念在英国的不同社会历史时期被赋予了不同的内涵。在18世纪以前的传统社会，绅士是指有着高贵血统和崇高地位的贵族。但在18世纪以后，随着新兴资产阶级在英国的政治和经济生活中扮演日益重要的角色，"绅士"这个概念的内涵也随之发生了变化。新兴资产阶级经济地位的上升，带来的是提升社会地位、追求尊崇身份的诉求，"绅士因兼指显赫的社会地位和无上的荣誉而成为中产阶级极其渴慕的身份标示"①。中产阶级的身份诉求引发了关于绅士标准的讨论，按照中产阶级价值尺度定义的绅士概念淡化了出身，强化了道德，"把个人的道德操守视为评判绅士的第一标准"②。据此标准，社会各阶层的人士极力通过跻身绅士阶层而为自己正名。作为反映社会意识形态的文学也在绅士概念的重构中发挥了推波助澜的作用，在

---

① 王珏：《中产阶级的新绅士理想与道德改良》，《英美文学研究论丛》，2008年第1期，第85页。

② 王珏：《中产阶级的新绅士理想与道德改良》，《英美文学研究论丛》，2008年第1期，第84页。

英国极受欢迎的冒险故事中通过塑造绅士形象，参与了绅士文化的构建。《所罗门王的宝藏》这类写给少年儿童阅读的冒险故事也不例外，把表现绅士身份与个人美德之间的关系作为重要的主题。

哈格德、马里亚特、金斯顿等众多英国冒险故事作家都是自己经历了跌宕起伏的海外冒险生涯之后回到英国，安定下来之后开始撰写冒险故事①。创作冒险故事除了可以赚取丰厚稿酬之外，更为重要的是可以美化自己的冒险生涯。如同他们的创造者一样，这些冒险故事的主角往往不满足于通过冒险获得巨额财富，他们还希望在发财致富之后重新确立新的社会身份以摆脱暴发户的形象，绅士因其指向血统上的高贵或者道德上的高尚而成为这些暴发户渴慕的身份符号。《所罗门王的宝藏》的叙事者艾伦·夸特梅因通过冒险获得了万贯家财之后，回

---

① 英国大多数冒险故事作家都是经历了海外冒险之后，安定下来开始创作冒险故事。譬如，马里亚特船长(Captain Marryat，1792—1848)曾担任海军军官，退伍后根据自己的海军生涯创作了一系列“鲁滨逊式冒险故事”和“库柏式冒险故事”，如《加拿大定居者》(*The Settlers in Canada*，1844)等，成功地确立了英国冒险小说的范式，推动了这一文类的发展；托马斯·里德船长(Captain Thomas Reid，1818—1883)曾在美洲的种植园中劳动，在美国对墨西哥的战争之中服役，这些海外冒险经历为他的创作提供了取之不尽的素材。他在回到伦敦定居之后创作了《沙漠之家》(*The Desert Home*，1851)、《男孩猎手》(*The Boy Hunter*，1852)等冒险故事，再现了亚洲、非洲、美洲等不同地域的风貌，深深地吸引了那些尚未走出国门的少年读者；罗伯特·巴兰坦(Robert M. Ballantyne，1825—1894)16 岁就进入哈德逊湾公司(Hudson Bay Company)当贸易学徒，然后前往加拿大工作，积累了大量的冒险素材之后创作了《年轻的皮毛商》(1856)等一系列的冒险故事，其中最广为人知的当属《珊瑚岛》(*The Coral Island*：*A Tale of the Pacific Ocean*，1858)，该小说的故事情节和人物被20 世纪英国著名作家戈尔丁以互文的手法用在了《蝇王》中；威廉·金斯顿(William H. G. Kingston，1818—1880)在葡萄牙度过了童年和青少年时光，回到英国后创作了《三个海军上尉》《三个海军中将》《三个海军中校》等一系列的冒险故事，其中最著名的当推《捕鲸手彼得》(*Peter the Whaler*：*His Early Life and Adventures in the Arctic Regions*，1851)；乔治·亨蒂(George A. Henty，1832—1902)曾以战地记者的身份到达过非洲、印度、巴尔干半岛等地，并从 19 世纪 70 年代开始根据自身广泛的游历为青少年创作了多部深受欢迎的冒险小说，包括《南美的大草原》(1871)、《年轻的法兰克·蒂里厄斯》(1882)、《英国的圣乔治》(1885)等作品。

到舒适的家中开始撰写自己的冒险传奇经历，为自己的财富来源和绅士身份“正名”。

《所罗门王的宝藏》的叙述者夸特梅因是一位在非洲原始森林狩猎的欧洲白人，他接受来自英国的亨利·柯蒂斯爵士的邀请，同柯蒂斯与古德船长一起前往所罗门群山，帮助柯蒂斯寻找失踪的弟弟乔治。他们三人出身不同，背景各异，但有一个共同的身份——绅士。把这三位陌生人凝聚在一起的重要力量之一，是彼此对绅士精神的深信不疑。他们之所以不惜“克服重重障碍和危险”穿越沙漠和雪山去冒险，是因为他们是“为了完成讴歌具有道德意义的使命”①。在小说的开头，夸特梅因就以绅士的名义发誓，保证自己所讲述的故事句句属实。夸特梅因提出了“绅士”这一概念后，接着借这一概念阐明了自己对绅士这一道德身份概念的理解。他说：

> 我果真是一位绅士吗？什么样的人才算得上是真正的绅士？……虽然我不是很明白怎样的人才算是绅士，但我知道土生土长的当地人算得上绅士，我还知道那些刚从自己国家来的白人算不上绅士，尽管他们有钱，但都是吝啬鬼……但不管怎么说，我认为自己生来就是绅士。至于本人究竟有没有绅士风度，需要你自己做出判断，但我确实在努力做一名绅士。我这辈子虽说杀过人，但都是因为自卫而迫不得已，从没有随意滥杀，更没有无辜的鲜血玷污我的双手。②

夸特梅因虽然谦虚地推说自己对绅士的内涵不是特别清楚，但读者从他那饶舌而自信的叙述中不难看出，他已经把英勇无畏、慷慨大度、不滥杀无辜等个人的道德修养认定为绅士道德的重要准则。正是依据这些明确的道德标准，夸特梅因认为不仅他自己对得起“绅士”这一称号，与他一起冒险的两位白人也无愧于绅士这一道德身份。那么，在夸特梅因——或者说在作家哈格德——的标准中，哪些品格才配得

---

① 参见黄禄善为《所罗门王的宝藏》撰写的“名家导读”，第 5 页。

② 亨利·赖德·哈格德：《所罗门王的宝藏》，张济明译，武汉：长江文艺出版社 2012 年版，第 6 页。

上绅士这一身份符号？显然，在致力于自我提升的英国资产阶级看来，绅士身份隐含了谨慎、勇敢、忠诚、仗义等道德内涵。

首先，绅士必须勇敢。英国冒险故事的传统可以追溯到英国中世纪的骑士传奇。在亚瑟王和他的圆桌骑士的传奇故事中，亚瑟王和他麾下的骑士们体现的最重要品格就是勇敢，他们往往单枪匹马只身赴险，勇敢地接受种种挑战或考验，表现出非同寻常的坚定和勇气。因此，坚强、勇敢构成了人们对绅士品格的最初理解，懦夫是不可能成为绅士的。英国中产阶级的冒险精神也正是他们坚强、勇敢这一美德的体现。譬如，在《所罗门王的宝藏》中，叙述者夸特梅因借亨利爵士之口，表达了自己不畏困难、毅然赴险的道德勇气。对于穿越被视为生命禁区的茫茫沙漠的冒险之旅，夸特梅因和亨利爵士等人知道“明明是一场灾难，却勇敢地接受了这份工作……无论是福是祸，不管是苦是甜，我将一路走到黑，我一定会坚持到底”①。英国的绅士道德观念鼓励人们宁愿战死，也不能拒绝对手的挑战，否则就有可能会被称为懦夫，这也是英国上层社会曾经决斗之风盛行的根本原因。因为对勇敢这种美德的强调，所以懦弱被认为是有违绅士精神的严重污点。夸特梅因等人在非洲腹地参与的夺权战争中，虽然所有的朋友都劝亨利爵士不要“拿自己的生命与这种亡命之徒较量”，但亨利为了捍卫绅士的名誉，表示一定要跟库库安纳王国野蛮凶残的独眼国王决斗，就是为了证明“没有人可以称我为懦夫”②。叙述者夸特梅因虽然口不对心地表示对亨利这种“堂吉诃德式的绅士风度”③感到无奈，但从他的叙述口吻中，读者不难发现他对朋友勇气的赞赏与鼓励之情。

在英国冒险故事中，最常见的情节是主人公克服重重障碍，成功挽救了自己或他人的性命，获得了宝藏或者头衔等报偿。但是在冒险过程中，主人公并不是单纯地依靠智力或者幸运就能取胜，而且往往

---

① 亨利·赖德·哈格德：《所罗门王的宝藏》，张济明译，武汉：长江文艺出版社 2012 年版，第 25 页。

② 亨利·赖德·哈格德：《所罗门王的宝藏》，张济明译，武汉：长江文艺出版社 2012 年版，第 143 页。

③ 亨利·赖德·哈格德：《所罗门王的宝藏》，张济明译，武汉：长江文艺出版社 2012 年版，第 143 页。

需要表现出非凡的勇气。那种“明知山有虎，偏向虎山行”的道德勇气和大无畏气概，是冒险成功不可或缺的条件，更是绅士品格的核心价值。在夸特梅因一行的非洲冒险过程中，他们不仅需要克服各种自然环境带来的困难，还需要通过打胜一场又一场的硬仗，挑战各种极限，最终才能达到目标。冒险故事中传递的坚强勇敢、顽强拼搏的精神对那些即将踏入成人社会的男孩读者来说，具有重要的道德示范作用。除了穿越障碍、克服恐惧、战胜自我，他们还常常需要在保护自我与拯救他人之间做出选择，而自我与他人的和谐相处正是社会希望青少年儿童能够通过阅读获得的伦理认知。

其次，绅士要有公正之心和正义之感。在《所罗门王的宝藏》这部小说中，亨利爵士一直都是公正和正义的象征，是英国绅士的典型代表。他对亲人和朋友都有着强烈的责任感，勇敢地承担起照顾和帮助他们的责任。这次冒险行动的起因，就是亨利爵士不畏艰险，执意要到非洲腹地去寻找自己的弟弟，以补偿弟弟在英国“长子继承制度”下受到的不公正待遇。因此，他们冒险的原因本身就蕴含着公道与正义的因素。在冒险的过程中，亨利爵士一直秉持公平正义的信念，公平地对待和他患难与共的朋友。鉴于冒险后果的不可预测性，亨利爵士竭尽所能地预先帮助陪同他一起去冒险的朋友安排好家人的生计。在进入非洲腹地库库安纳王国以后，他们两肋插刀，为帮助黑人朋友而参加正义的战斗。虽然是王位争夺战争，但因为他们的黑人朋友昂博帕是合法的王位继承人却遭到驱离放逐，他夺回王位的诉求是善的，而现任国王特瓦拉通过不光彩的手段夺取王位并且滥杀无辜是恶的象征。因此，昂博帕与现任国王特瓦拉之间的王位之争，被表现为正义与邪恶之间的较量。他们站在正义的一边，帮助朋友夺得王位，自诩为公平之心和正义之感驱动下的道德行为，是在绅士的伦理框架内做出的正义之举。在亨利一行人看来，亨利爵士与昂博帕并肩作战除了是帮助朋友的仗义行为，同时也是用“白人的智慧”拯救那些愚昧土著人的正义行为。

亨利爵士的形象无疑为青少年读者树立起了很好的榜样。当非洲腹地库库安纳王国的合法继承人昂博帕为了夺回本该属于他的王位向他们求助的时候，承诺以所罗门山的钻石作为回报时，亨利的回答显示出一位绅士高尚的正义感，他对自己的两个同伴说：“他错看了英国人的为人。财富的确是好东西，本该是属于我们的东西，当然不会放弃。但是，一个真正的绅士永远不会为了钱财出卖自己的灵魂。不过就我而言，我一向欣赏昂博帕，一定会站在他这边，与邪恶的特瓦拉斗争是我的荣幸。”①亨利爵士的立场，映射出正义的绅士们对待财富的态度，与中国的“君子爱财，取之有道”异曲同工。尽管他们冒险的最终结果是获得宝藏作为回报，但他们自己认为帮助朋友的目的并非出于财富占有的目的，而是本着绅士的原则，在那些愚昧落后的地方匡扶正义。在饱受英国殖民主义迫害的中国读者看来，殖民扩张的目的就是攫取财富，冒险作家的创作有为英国的殖民扩张政策开脱的嫌疑，更有为冒险英雄的财富来源进行粉饰的意图。但对大多数缺乏政治考量的儿童读者来说，他们读到的主要是冒险主人公身上表现出来的坚韧、勇敢、正义等绅士品格。那些少年读者们可能不太关心国际政治活动中的恩怨，而是被亨利爵士勇敢、仗义的绅士形象所吸引。亨利爵士作为英国的贵族，他拥有巨额的财富，这让读者对他帮助黑人朋友的动机坚信不疑，特别是对于男孩读者来说，亨利爵士无疑就是为正义、为公平而战的勇士。

第三，绅士应该具有坚毅的男子汉气概。绅士品质中的男子汉气质（masculinity）是不同于淑女品质中的阴柔秀气（femininity）的阳刚之气。阳刚之气多用来形容男子汉的举止风度，突出表现为男性所具备的自信、坚强、慷慨等道德品质，这些都是在危险的冒险旅程和激烈的社会竞争中获得生存必不可少的优良品质。男子汉品质表现为他们能够经受住严峻的考验，具有克服艰难险阻的坚韧品质。冒险故事中酷热的沙漠、茂密的丛林、原始的部落、神秘的巫术，可以激发出读者将来从事冒险事业的热情和克服困难的决心。譬如，英国著名作家雷厄姆·格林（Grahm Greene）在他的《失落的童年》（*The Lost Childhood*）一书中，就饱含怀旧之情地写到《所罗门王的宝藏》这类冒险小说对他成长和事业选择的深远影响。他说：“要不是艾伦·夸特梅因、亨利·柯蒂斯爵士、古德船长，尤其是巫师加古尔的浪漫故事，我

① 亨利·赖德·哈格德：《所罗门王的宝藏》，张济明译，武汉：长江文艺出版社 2012 年版，第 98 页。

会在19岁的时候仔细查看殖民地军官名单、开始尼日利亚海军事业吗?”[①]英国冒险故事通过对亚洲、非洲、南美洲等地的想象性演绎，给这些遥远的异域蒙上了神秘的色彩，激发读者去冒险探究的激情，给那些少年读者提供了一个关于海外冒险事业的脚本。

如同《珊瑚岛》和《金银岛》的主人公需要有非凡的坚韧才能克服重重困难、经受种种考验之后才能获得报偿一样，《所罗门王的宝藏》中几位冒险者也需要克服各种常人难以想象的困难。他们需要经受大自然的严酷考验，饱尝酷热和严寒的交替煎熬，穿越无边无际的荒芜沙漠和险象环生的茂密森林，最终才能战胜大自然对人类的生理极限的挑战和道德意志的考验。在非洲这片陌生而又危险的黑土地上，亨利爵士、古德船长、夸特梅因和昂博帕四位冒险者生死与共，在艰苦而危险的环境中建立起了深厚的友谊。他们之间的友情成为这部冒险小说中最温情的部分。他们在经受住了各种考验之后，获得了巨额的财富作为对他们勇敢、正义行为的报偿。他们四位同舟共济地克服困难、积极进取的男子汉形象，与其他冒险故事中的主角一样，成为无数英国少年心目中崇拜的英雄。

在《所罗门王的宝藏》中，作家为主人公设置了层层伦理考验。一方面，这些考验为冒险故事类型化的人物和大同小异的故事情节注入了新鲜的血液；另一方面，又为少年读者提供了道德教诲的情境。通过主人公的冒险经历，读者逐渐认识到贪婪的丑陋、残暴的可怕，也感受到了善良、勇敢、正义等正面伦理品格的力量。故事中蕴含的伦理价值具有很强的现实适用性，这样的阅读经验可以帮助读者在将来遇到类似的情境时做出正确的选择。小说中那些勇敢、坚强的主人公形象，成为少年读者心中的英雄，是他们将来的行为榜样。实际上，在故事的开端，亨利爵士的伦理选择就已经赢得了同伴，也赢得了读者的尊重和爱戴。为了寻找失踪的弟弟，一直养尊处优的爵士将自己置于危险境地，他不仅花费大量的财力和物力找回了失踪的弟弟，而且决定跟弟弟平分本来可以独占的庞大家产。亨利爵士对兄弟情谊及其后来表现出来的对同伴情谊的坚守、对正义力量的追求，使他成为

---

① 转引自 Wendy R. Katz. *Rider Haggard and the Fiction of Empire: A Critical Study of British Imperial Fiction*. Cambridge: CUP, 1987, p. 3。

引导青少年读者向上、向善的重要榜样。

亨利爵士表现出来的坚韧、勇敢的品质，仗义、正直、公平的道德情操，是当时英国社会引以为傲的绅士道德原则的体现。在阅读亨利爵士等人的冒险经历的时候，读者逐渐对自己未来的社会角色有了更清晰的认识，也有了更明确的目标。他们为亨利爵士的个人魅力深深折服，渴望自己能够像他一样坚韧和勇敢，也盼望像他一样行侠仗义。亨利爵士身上的这些品质潜移默地转化为男孩读者的行为准则。这样的阅读体验，可以帮助读者将自己的视野从家庭和学校转向更广阔的外部世界，既加强了他们的社会认知，也让他们更加明确地意识到自己在社会中的位置，增强他们的荣誉感和社会责任感，使他们逐步理解自己的社会角色，更加坚定地向坚韧、勇敢等绅士品质靠近。这些冒险故事对少年读者具有不可替代的社会化功能，有助于他们了解社会对他们的角色期待，也为他们提供了可供模仿的男子汉范例。

英国的公学教育是英国男子汉成就事业的基础，海外冒险是公学精神的延续。令读者着迷的冒险故事与学校故事有着相似的教诲功能与伦理价值，既帮助读者了解社会对青少年的身份与角色期待，帮助读者理解他们将要投身的事业及其环境，又促使他们与主人公一起经历险境，历练男子汉气质，帮助读者性别角色的社会化，使他们成长为坚韧、勇敢、开拓、进取的男子汉。在评述英国冒险小说作家哈格德(Rider Haggard)的传记《我的生平》(*The Days of My Life*)时，哈钦森(Horace G. Hutchinson)这样评价英国冒险故事作家对英国青少年读者的影响："毫无疑问，哈格德的南非传奇使得许多年轻人的头脑中充斥着进入广袤的土地并亲自经历那些奇妙壮举的渴望。"[①]以哈格德为代表的众多冒险故事作家的创作，为他那个时代的青少年读者创建了一个个富有男子汉气概的冒险英雄形象，为他们树立了重要的道德角色与行为榜样，引导读者以相应的角色要求来规范和约束自己的行为，以满足社会对他们的角色期待。

那些以男孩为目标读者的男生故事和冒险故事通过塑造一系列正直、善良、坚强、勇敢的男孩或者男子汉形象，以培养勇敢、刚毅、

① Horace G. Hutchinson. "Sir Rider Haggard's Autobiography: Review of *The Days of My Life*". *Edinburgh Review*, CCXLIV, p. 344.

有荣誉感和责任感的绅士为诉求。这些人物形象为读者提供了可供模仿的绅士范例，有助于男孩伦理角色的认同。不可否认，英国的学校故事和冒险故事蕴含了一些殖民主义的意识形态，但无论在什么样的社会制度或伦理环境中，小说主人公表现出来的那种坚强、勇敢的道德品格，正义、公平的伦理精神，以及对朋友忠诚、侠义的态度，是永远值得借鉴和学习的。如果说英国的男生故事和冒险故事的核心价值在于引领男孩的成长，那么女生故事的主要价值则在于引导女孩伦理角色的认同。英国的女生故事反映了社会对女性的角色期待，她们被期望以自己善良、高尚、勇敢的道德力量去感化他人，在一个道德滑坡的社会努力帮助他人完成道德的救赎。这些作品的核心价值在于为读者树立社会认可的女性形象典范，供女孩学习和模仿。小说中的性别角色定位是一种社会伦理身份的构建，帮助读者理解社会对不同伦理角色的期待，让他们明白无论一个人以何种伦理身份在社会上立足，都需要遵守与之相适应的伦理规范，做出符合角色身份的行为选择。

第四章　科幻小说与儿童科学伦理观念的建构

如果说童话之类的儿童文学样式主要吸引年龄较小的幼儿读者，那么科幻小说则更多地吸引年龄略大的青少年读者。“从有科幻以来，少年儿童自然而然就成了铁杆的主流读者群”，因此“科幻文学的苗只能种在儿童文学的土里”①。鉴于少年儿童是科幻小说的主要目标读者，儿童文学界把科幻小说认定为儿童小说中的重要文类。童话故事和动物故事之类的低龄儿童读物的主要价值在于帮助儿童认同社会道德，科幻小说的核心价值则主要在于帮助即将跨入成人社会门槛的青少年在科学日新月异的时代建构起恰当的科学伦理观念。主体性的不断增强，自我认知和社会认知能力日趋成熟，青少年对现行的社会伦理观念不再是被动地顺从和认同，而是主动地根据自己的认识对社会道德重新进行评价和选择，在科学伦理观念的建构方面更是如此。科幻小说在青少年科学伦理观念的建构中发挥着重要的作用，有助于青少年强化社会忧患意识、内化科学伦理规范、萌生科学道德责任感。

青少年容易接受新鲜事物，对科学技术及其产品往往表现出极大的热情，作为未来的科学技术工作者和科学技术成果的消费者，他们所秉持的科学伦理观念和未来从事的科学技术活动，都有可能对人类的前途造成不可估量的影响。因此，青少年科学道德责任感的培养、科学伦理规范的内化、科学伦理意识的强化，是事关人类前途与命运的大事。尽管家庭、学校和各种媒体以不同的方式向青少年灌输包括科学伦理在内的各种伦理观念，但科幻小说独具科学性、文学性和幻想性，在少年儿童科学伦理意识的强化和社会忧患意识的催化方面具

---

① 在全国少年儿童文艺创作奖、全国优秀儿童文学奖、宋庆龄儿童文学奖等全国性儿童文学奖项中，都设立了专门的科幻文学奖。郑文光、叶永烈、童恩正、肖建亨、星河等众多科幻作家，都曾因其创作的科幻小说而获得过儿童文学奖项。详见王泉根：《该把科幻文学的苗种在哪里?》，载《现代中国科幻文学主潮》，王泉根编著，重庆：重庆出版社 2011 年版，第 190 页。

有不可替代的价值。尼尔·辛亚德甚至声称，少年儿童时期“阅读的影响如此深刻以至于人类的未来取决于书架”①。有鉴于此，美国科幻小说大师艾萨克·阿西莫夫(Isaac Asimov，1920—1992)倡议：“少年人一定要读科幻，而且要从小开始，9岁，10岁，不能晚于11岁。”②科幻小说通过具体、生动、形象、直观的艺术形象进行警示或者示范，让少年儿童读者感动和感悟。换言之，科幻小说所建构的阴郁、悲观的未来人类前景，对儿童读者具有重要的警示价值，促使少年儿童能对科学技术及其应用保持应有的戒心和警惕；科幻小说中那些聪明勇敢的正面科学家形象则对读者具有重要的示范价值，有助于读者在审美的愉悦中形成对科学价值的正确认识与恰当判断。如果说童话故事和奇幻小说通过魔法为儿童读者建构瑰丽多彩的幻想世界，引导儿童在正义与邪恶的较量中形成初步的伦理观念和善恶意识的话，那么科幻小说则用科技取代魔法，促使站在成人社会门槛上的青少年思考科技的未来和人类的命运，引导儿童在科技日新月异的时代，形成对科学的正确认识与理解，从而有助于儿童建构正确的科学伦理观念，有助于他们在科技时代做出正确的科学行为选择。

第一节　科学与道德的背离及其伦理警示价值

在科学技术发展的“纯真阶段”，科学是依照人类的意愿为人类服务的。科学把人类从繁重的体力劳动中解放出来，使人类生活得更加舒适、更加便利、更为富足。然而，科学在把人类文明推向一个前所未有的高度的同时，也给人类带来严重的不安，对人类的生存与发展造成巨大的威胁，其中最大的威胁就是科技为人类提供了不可计数的危害甚至毁灭人类的手段。在科学技术迅猛发展的今天，人们对科学发展的前景不再盲目乐观，而是忧心忡忡。这些忧思反映在文学创作

---

① 转引自 Wang Xiaolan. “Dystopian Nightmare in Contemporary Adolescent Fiction and its Ethical Value”. Forum for *World Literature Studies*, 2016(1), pp. 75-86。

② 转引自吴岩：《写给小读者》，载《威尔历险记·火潭》，约翰克里斯托弗著，邹运旗译，合肥：安徽少年儿童出版社 2013 年版，第 5 页。

中，就形成了一股以“反科学主义”[1]为基调的科幻创作潮流。从总体上看，英国的科幻小说呈现出“反科学主义”姿态，即大多数科幻作品不是通过讴歌高速发展的科技及其造福人类的前景来激发读者投身科学的热情，而更多地是以一种悲观的笔触，呈现科学与道德背离的后果，警示人们积极反思科技及其负面的效应，让读者学会以怀疑和戒备的目光来看待科技赋予人类的巨大力量，呼唤人们建构出与现代科技相适应的科学伦理体系来引导科学的发展方向，规范人们的科学行为。

英国20世纪以来的科幻小说的主潮是“反科学主义”的，其表征就是在绝大多数的科幻作品中，几乎找不到光明的未来世界，呈现出一幕悲观、阴郁的未来前景。在英国科幻小说家笔下的未来社会中，人类被自己研制的智能机器打败、人类用自己研制的产品破坏自己赖以生存的环境、人类在衣食无忧和自我满足中陷入退化轨道、人类开发的高科技成果被用作操控社会或者报复社会的武器。不同于现实生活中普通民众对快速发展的科学技术的无限渴求，许多科幻小说表达的是对科学发展失控后果的担忧。譬如，近年来，一些获得欧美儿童文学大奖的科幻小说，如《致命引擎》《出埃及记》《节碳日记》等，读者可以看到科学快速发展所带来危害与威胁。这些危害或者负面效应主要表现为：科技的滥用导致人类文明的倒退；科技带来的享乐主义导致人类的退化甚至终结；科技与政治的合谋导致人类的恶托邦梦魇。

现实生活和科幻作品已经反复证明，科学的问题在很大程度上是源于科学与道德的关系问题。只有协调好这二者之间的关系，科学才能在道德的引导和规范下，朝着造福人类这个伟大目标发展。科学和道德存在的意义，都是为了满足人类生存和发展的需要，推动人类文明的发展。科学通过技术创新推动人类的物质文明，道德则通过规范人们的行为推动人类的精神文明。如果二者能够互相协调、相得益彰，

---

① “反科学主义”(anti-scientism)是一个与“科学主义”(唯科学主义)对应的概念。根据《韦伯斯特大词典》，“科学主义”有两层含义：一是指“对科学知识和技术万能的一种信念”；二是指“自然科学的方法应该被应用于包括哲学、人文和社会科学在内的一切研究领域的一种主张”。“反科学主义”不是反对科学的发展，而是反对那种“科学万能”的唯科学主义信念，反对人们过度奉行科学主义、技术主义以及随之而来的拜金主义和享乐主义。

则能合力实现人类正当利益的最大化，推动人类的文明进程。然而，道德作为特定时代和特定社会的一种意识形态，具有相对静态、相对稳定的特点；与此相反，科学作为人类欲望的一种表现形式，一直处于快速的动态发展中。因此，道德的发展往往跟不上科技进步的速度，科技往往突破道德的约束，造成科技与道德的失衡。科幻小说通过表现科学与道德的失衡与背离所造成的负面效应，引导读者反思科学选择过程中伦理道德的重要性，具有厚重的伦理警示价值。

一、科技的滥用与文明的倒退

在科学与技术迅猛发展的当下，大多数人都似乎陶醉在科技所带来的进步的喜悦之中，那些沉溺于手机、电脑等现代科技产品的青少年更是极少关注科学的负面效应。富有远见卓识的科幻小说家却适时地提醒我们注意这样的事实：科学家们解锁出的任何一项新技术，在给人类带来利益的同时，也往往让人类付出巨大的代价。正如美国科幻小说大师阿西莫夫所言："曾经许诺给人类一座伊甸园的科技，向人们显示它也有能力将人间变成地狱。承载着人类飞翔梦想的美丽飞机也能运载炸弹。化学工业可以制造出麻醉剂、燃料、药品，也能产生致命的毒气。"①毋庸置疑，大多数科学家进行科学探索的初衷是希望造福于人类，但事态的发展往往超出科学家的主观意志所能控制的范围，技术的应用往往与科学家的神圣初衷背道而驰。通过阅读科幻小说，我们不难发现，"科学并未坚守自己的诺言。它所承诺的高效而简单的生活，最终带给我们的却是污染与混乱"②。在当代英国科幻小说中，一个常见的母题就是表现人类因迷信科技而导致文明的倒退或者覆灭。科幻小说中人类因滥用科技而导致文明倒退的原因，主要有两个：一是科技滥用导致生态环境恶化，进而导致文明的倒退；二是高科技战争导致文明的彻底毁灭。

人类在不远的将来可能不得不面临的最严重威胁，是人类因自身

① 艾萨克·阿西莫夫：《阿西莫夫论科幻小说》，涂明求等译，合肥：安徽文艺出版社 2011 年版，第 160 页。

② 丹·布朗：《天使与魔鬼》，朱振武等译，北京：人民文学出版社 2013 年版，第 293 页。

的科技活动而导致自然环境的恶化，甚至导致人类文明的倒退。在全球自然环境与生态状况每况愈下的背景下，许多有识之士对人类未来的环境状况与前景充满忧虑和不安。进入21世纪，英美国家涌现出了大批表现环境灾难的科技恶托邦电影和小说，这种现象可以看作艺术家们对日益恶化的环境问题做出的艺术回应。这种悲观、阴郁的生态前景进入科幻叙事，就催生了萨莰·劳埃德的《节碳日记》（*The Carbon Diaries*，2009—2011）姐妹篇之类的环境恶托邦小说。英国当代科幻作家萨莰·劳埃德在创作《节碳日记：2015》和《节碳日记：2017》的时候，把故事时间设定在不远的将来（即2015年和2017年），把故事地点设定在英国的首都伦敦，表现人类在应用科技产品、追求自身的便利与舒适的过程中，不加节制地排放二氧化碳所带来的可怕后果：厄尔尼诺现象频现、洪涝灾害交替出现、地震海啸等灾难频发，对地球上的人类造成深重灾难。

面对种种环境灾难，现实中的很多国家及其政府依然无动于衷，因优先考虑自身的利益而听任环境恶化。科幻小说家把人类在不远的将来要面临的环境恶化与生态灾难推向极致，表现人们在极其恶劣的生态环境中的生活状况，取得了振聋发聩的警示效果。根据《节碳日记》系列描述的情形，当巨大的环境灾难发生并造成无法逆转的可怕后果之后，处于重重危机中的某些国家的政府才后知后觉地开始采取节能减排措施。《节碳日记》姐妹篇以日记体的形式，通过少女劳拉·布朗（Laura Brown）的视角和声音，表现了未来的英国政府因生态灾难而不得不采取强制措施，限制每位公民的碳排放量，以及由此导致的种种痛苦和不便的生活状况。在政府严格施行碳的限额使用措施后，人们再也不能随心所欲地使用现代科技产品，而是小心谨慎地进行规划与取舍。根据政府的节碳措施，小说主人公布朗家计算出来的结果是：

汽车必须砍掉（再也不能开车出行），全家人每天使用电脑、电视、高清视频或者音响的时间加起来不能超过两小时。起居室暖气的温度必须调到16度以下，其他房间每天只能开一个小时的暖气。淋浴最多只能洗5分钟……我们必须在吹风机、烤面包机、微波炉、智能电话、去离子器、电水壶、电灯、掌上电脑、冰箱等产品中进行有选择地使用。坐飞机出行是绝对不可能的事情，购物、旅游和外出等活动都不如人意。所有的一切都得取舍、抉择。①

面对因为限制二氧化碳的排放而急剧改变的生活方式，小说中那些已经习惯了依靠高科技产品的文明人表现出深切的不适、愤怒、悲观或者抓狂。然而，不幸的是，尽管采取了严格的节碳减排措施，生态情况并没有好转，可怕的洪涝与干旱还在交替肆虐这个被过度蹂躏的地球。严峻的生态环境问题引发一系列的社会问题，社会问题又反过来加重生态危机，因此这部小说中的未来英国社会呈现出一片绝望、混乱、无序的末世惨状。粮食匮乏、水源不足等生存问题，引起人们疯狂而绝望的倾轧，人类社会的文明和谐不复存在："人与人之间、城镇与城镇之间、家庭与家庭之间互相对抗。"②人类文明在科技发展导致的严重生态危机面前走向倒退或者崩溃，而造成这种生态危机的罪魁祸首，正是曾经把人类文明推向一个前人难以想象的高度的科学技术。在《节碳日记》中所展示的气候、生态、环境问题以及随之而来的种种社会问题，比各国政府官员和科学家们设想的更加可怕惊怵，劳埃德在小说的结尾留给主人公的，是一个还在继续走下坡路的生存环境和吉凶未卜的明天。

这类表现未来生态灾难的科技恶托邦叙事具有重要的警示意义，提醒至今还在盲目追求和享受科学技术带来的舒适和便利的读者进行反思，如果我们任由今天的生产和生活方式继续进行下去，如果无止境地让物质主义和享乐主义推动人们的科学活动，也许我们迟早要面对小说中描述的那种可怕局面。如果小说中描述的那种生态噩梦将来成为现实，我们是否做好了准备？这是当代许多科幻小说家向读者和社会管理者提出的问题。科幻小说家茱莉·贝尔塔尼亚(Julie Bertagna)的《出埃及记》(*Exodus*，2002)和苏珊·普费弗创作的《最后的幸存者》(*The Last Survivors*，2008—2010)等众多科幻小说，向读者呈现了一幅幅

---

① Saci Lloyd. *The Carbon Diaries 2015*. London: Hodder Children's Books, 2008, p. 6.

② Saci Lloyd. *The Carbon Diaries 2017*. London: Hodder Children's Books, 2009, p. 238.

生态失衡或者环境灾难发生后的未来惊怵图景：难捱的干旱、灭顶的洪灾使人类走到灭绝的边缘；频繁发生的地震、海啸、火山喷发等次生灾害，迅速让人类熟悉的地球家园变成人间地狱。更为可怕的是，人类不得不失去的，不仅仅是赖以生存的物质环境，还有人与环境和谐共存的精神家园。近年来，涌现出的这些环境恶托邦叙事小说，是艺术家们对日益严峻的环境问题做出的反馈，是现实问题在创作中的艺术表达，是引发读者对人类将来可能面临的生存困境和道德失范问题进行的思考。与《节碳日记》悲观绝望的结局略有不同的是，《出埃及记》的结尾给读者留下了一丝希望的曙光。到小说的结尾，那些因为气候变暖、冰层融化而失去家园的难民们还在向着一个似乎能够给他们提供安身立命的高地——“绿地”(Greenland)前进。尽管熟悉、舒适的家园已经被毁，但只要能够找到安身立命之所，他们就有希望。不同于成人文学，大多数写给少年儿童读者阅读的小说往往都会给读者留下一抹希望的曙光，避免使读者陷入他们身心还难以承受的恐怖与绝望中。

科幻小说让青少年读者看到，科学技术的每一个重大突破，都会引起人类社会生产力的变革，带来社会的巨大进步，从而开创人类文明的新纪元。正是从这个意义上看，科学技术是人类文明发展的催化剂。然而，“人类道德的进步根本没法跟上科学前进的步伐，人们以现有的觉悟根本驾驭不了它所拥有的力量”①。因此，在道德缺席的状态下，科学技术轻率地赋予人类的巨大力量，反过来成为毁灭人类文明的罪魁祸首。现代以核武器武装的高科技战争，就是科技在道德失范情境下毁灭人类文明的典型案例。在当代科幻小说中，科学技术支撑下的现代战争导致人类文明倒退甚至彻底覆灭的例子不胜枚举。

当代科幻小说的一个重要母题，是表现对现代战争所引发的灾难，尤其是核灾难的深切忧虑。早在冷战时期，就有敏感的作家对现代核战争及其后果表现出担忧，出版了表现现代核战争及其核灾难的小说，其中最典型的包括罗伯特·奥布里恩(Robert C. O’Brien)的《撒迦利亚》(*Z for Zachariah*, 1973)、吉恩·乌尔(Jean Ure)的《99 年瘟疫》(*Plague 99*, 1989)等作品，对人类未来可能面临的战争浩劫提出预警。

---

① 丹·布朗：《天使与魔鬼》，朱振武等译，北京：人民文学出版社 2013 年版，第 408～409 页。

在21世纪最初的十几年间，世界各地出现此起彼伏的局部战争，艺术反映生活，战争成为“反科学主义”基调的科幻小说的重要主题，那些展示战争灾难的小说呈现几何级别增长。罗索夫的《有爱，有明天》(*How I Live Now*，2004)把一场现代战争的场景设定在英国本土上，描绘了战争对一位美国少女黛西和数位英国少年造成的身心双重创伤。该小说通过一位年仅15岁的少女黛西的视角，展示了战争状态下触目惊心的惨状：草菅人命、生灵涂炭、朝不保夕，人类文明急剧倒退。这种倒退不仅体现在因战争造成停电、断水而导致高科技支撑的文明生活无以为继，更多地表现为在战争状态下人的道德沦丧，伦理屈从于本能，理性让位给兽性。在少女黛西看来，“所谓的军事行动，大体上就是指随心所欲地杀人”①。那些手里握有重型机枪、炮弹之类高科技产物的士兵，漫不经心地以杀人取乐，视生命为草芥。机枪、大炮、炸弹等现代科技产物，成为快速而且大规模地索取他人性命的工具。在冷兵器时代，一个力大无比的将军也只能挥剑斩下数量有限的敌人首级，而现代科技武装下的战争，一个丧失人性的瘦弱指挥官可以瞬间让数万人丧生。通过表现现代战争的惨状，表现战争导致的文明的退化，这些小说让那些在美化战争的虚假宣传中长大的年青一代真切地理解和看清了战争的真实含义。通过小说主人公黛西和她表妹的逃难经历和士兵之间弥漫的绝望情绪，青少年读者逐渐明白：战争根本不是媒体宣传的那种“伟大而正义”的事业，而是政客们玩的让人们“失去一切你所需要的和所珍爱的事物”②的残酷游戏而已；现代科技的产物用于战争，可以把“一个原本应该到处都是人群和牲畜”的田园牧歌般的地方，迅速转变为“触目惊心的荒芜，没有一点生命的迹象”③的修罗地狱。对生命的敬畏、对秩序的维护、对道德底线的守望，原本是人类文明的基础，但现代科技武装的战争环境使人的行为击穿道德底

---

① 梅格·罗索夫：《有爱，有明天》，李海译，长沙：湖南文艺出版社2014年版，第141页。

② 梅格·罗索夫：《有爱，有明天》，李海译，长沙：湖南文艺出版社2014年版，第142页。

③ 梅格·罗索夫：《有爱，有明天》，李海译，长沙：湖南文艺出版社2014年版，第180页。

线，人类社会因此退回到蒙昧、野蛮、无序的状态，这是科学突破道德约束的必然结果。

如果说《有爱，有明天》只是描述了现代的局部战争对人类文明的短暂影响，菲利普·雷夫创作的《致命引擎》(*Mortal Engines*，2001)则表现了现代核战争彻底摧毁地球文明的后果。《致命引擎》这部表现核战争灾难的科幻小说把故事的时空坐标设定在一次称为"60分钟的战争"发生后的未来世界，这场核战争仅仅持续了一个小时就彻底结束，但却给地球及其居民带去了数百年甚至数千年绵延不绝的灾难。战争中的核爆炸导致不可避免的核辐射，同时核暴力还引发了地质震荡。具体的表现就是原子弹或者氢弹爆炸之后，地震、海啸、火山喷发等次生灾害接踵而至，使得发生战争的美洲大陆很快沦为充满各种辐射元素的废墟。核战争之后的世界文明遭到彻底摧毁，幸存下来的人们在资源匮乏的土地上艰苦地挣扎着寻求一线生存机会。破坏一切的核战争不仅摧毁了人类的物质生存基础，也摧毁了人类的精神与道德家园。伴随着核灾难而来的是道德的失范和无序，人们为了生存互相倾轧。因核战争而失去生存和生活资源的幸存者不得不遵循"市政达尔文主义"的社会管理体制，把地球上幸存的那些城镇联结为"牵引城市"(Traction City)，并在此基础上建立弱肉强食的战后伦理秩序。在这个自然资源遭到严重毁坏、生存资源匮乏的"后灾难社会"，强制推行"弱肉强食""适者生存"的丛林伦理法则和强权政治。因此，《致命引擎》所构建的这个核战争后的世界呈现的是一幅富人掠夺穷人、"大城吃小城，小城吃小镇"①、强者凌欺弱者的末世惨状。

在这类表现未来战争浩劫的科幻作品中，人类数千年来积累起来的文明瞬间被摧毁，随之而来的是人类道德的沦丧，少量幸存者在一个文明倒退、资源严重匮乏的野蛮社会中凭着原始本能艰难挣扎。这些与现代科技战争相关的恶托邦书写的价值，就在于向日渐长大的青少年读者表明，那些被宣传得冠冕堂皇的战争，本质上就是"弱肉强食"的丛林法则在人类社会的演绎而已，而那些核武器之类的现代科技的产物，正是导致人类灾难与文明倒退的罪魁祸首。在《最后一个地球

---

① Philip Reeve. *Mortal Engines*. New York：Harper Collins，2001，p. 10.

人》中，著名科幻作家克拉克借外星人卡列伦之口，传达了对人类滥用科技导致自身毁灭这种愚蠢行为的谴责："你们的种群显然完全无力处理自己这个相当小的星球上的问题。我们到来时，你们正处在被自己的力量毁灭的边缘，科学轻率地赋予了你们这种力量。没有我们的干预，地球早已是一片充满辐射的荒野。"①成也科技，败也科技，科技推动人类从蒙昧走向开化、从贫困走向富足、从原始走向文明。然而，失去道德引导、挣脱道德束缚的科学技术，也是导致人类文明倒退的元凶，把人类重新推回到蛮荒、蒙昧的绝境之中。

近年来，英美国家涌现的科幻小说大多带有强烈的恶托邦色彩，这些充满瑰丽想象的科幻作品让那些乐观而盲目地沉迷于手机、电脑、网络等现代科技产品中的读者意识到，科技如果缺乏道德的导航，将会迷失发展的方向，会把人类导向前途未卜的未来。尽管这些科幻小说作家在创作时可能主观上不乏金钱上的考量，希望通过创作畅销小说来充实他们的钱包，但当代社会不容忽视的社会伦理问题，也是他们创作的重要动力。鉴于文学在本质上"是特定历史阶段人类社会的伦理表达形式"②，因此文学作品在很大程度上是作家对现实的伦理问题做出的艺术反应。作家们的创作可能主观上有利于自己，但客观上警示了读者，提醒读者关注当下、思考未来。虽然科幻恶托邦小说所虚构的"这个倒霉的区域远在天边，但批评的靶子却是与读者直接相关的当代生活。成功的恶托邦小说往往将目标确定为与读者个人生活息息相关，且有能力改变的现实弊端……恶托邦基本上关注作家生活的现实社会，立足于把一种正在发展中的，作家认为势必导致灾难性后果的趋势推演为恐怖的力量"③。

科幻恶托邦叙事以艺术的手法，把人类可能在将来不得不面对的危机或弊端推向极致，向青少年读者揭示表面看上去健康的社会躯体

① 阿瑟·克拉克：《最后一个地球人》，于大卫译，南京：江苏文艺出版社 2012 年版，第 159 页。

② 聂珍钊：《文学伦理学批评导论》，北京：北京大学出版社 2014 年版，第 13 页。

③ 欧翔英：《乌托邦、反乌托邦、恶托邦及科幻小说》，《世界文学评论》，2009 年第 2 期，第 301 页。

中隐匿着正在迅速扩散的癌细胞这一可怕事实，而失去道德规范和导航的科技正是促使社会躯体中的癌细胞快速扩散的催化剂。从这个意义上看，科幻小说对青少年读者具有振聋发聩的警示价值，它以生动、直观的艺术手法展现人类未来可能不得不面对的问题，使得这些未来的科技工作者或者潜在的科技成果应用者意识到，如果我们不及时警醒并采取相应的行动，人类可能在将来真的会走向毁灭。科幻小说中的这些情节及其传递的主题向读者发出伦理的召唤，呼唤读者建构起与时代语境和科技水平相适应的科学伦理观念，以便让科学伦理更好地调节和规范人们的科学技术活动，规定科学技术共同体所应该恪守的价值观念、行为规范和社会责任。

二、享乐主义与人类的退化或终结

科学发展给人类带来了巨大的物质财富，使人类过上了富足、便利、舒适的生活，但也成为危害社会甚至摧毁人类的毁灭性力量。科幻小说通过丰富的想象，表现科学带来的物质财富以及享乐主义给人类可能带来的灾难。由于物质的丰富、生活的便利，科幻小说中的未来人类在感官的享受中堕入了道德沦丧和身体机能退化的轨道，甚至导致人类作为一个物种的整体终结。科幻小说建构了人类未来可能不得不面对的阴郁前景，对读者具有强大的警示力量，警醒读者关注和反思科学及其带来的享乐主义的后果，从而有助于读者科学道德观念的形成与发展。

随着科学家对影响人类进化因素研究的深入，以及仿生科学、基因工程的发展，人类的进化规律正被揭示出来。目前，有丰富的证据与迹象表明，人类仍在不断地进化之中。那么，人类将来到底会进化成什么样子？不同领域的科学家和科幻小说家对此有着种种设想和推测。在漫长的进化过程中，影响物种进化的因素很多，但就人类进化而言，科技是促使人类向着特定方向进化的决定性因素。迥异于现实生活中大多数人的盲目乐观，科幻小说设想的人类未来的进化前景却是悲观黯淡的。归纳起来，科幻小说中描绘的人类未来进化结局大致可以分为两种：一是因为过度依赖科技而导致人体很多器官机能的退化，甚至导致人类作为一个物种在地球上的终结；二是人类大力发展人工智能，使得那些机器人能够不断地自我进化，在智慧和技术方面超过人类，反过来奴役甚至消灭人类。

威尔斯是较早对人类未来的进化趋势进行大胆预测的科幻小说家之一。有学者称“威尔斯是达尔文和柏拉图的结合体，柏拉图的理想国思想形成其科幻小说的社会伦理意义，而达尔文的进化观点则是其科学观点的出发点”①。这话有一定的道理，威尔斯在他的科幻小说中大胆预言了人类的进化状况。然而，笔者认为，威尔斯在他的科幻小说中体现的更多的是拉马克“用进废退”的进化学说②，他的科幻小说是对“用进废退”这种生物进化观点的完美诠释。威尔斯设想人类未来的进化趋势与科学技术对人的影响紧密相关。在《星际战争》(1898)中，威尔斯暗示了人类的进化趋势，即人类有可能最终进化成章鱼那样的形象。这是因为在现代科技环境中，人类高度依赖汽车、飞机之类的现代交通工具，因而使用腿和脚的机会大为减少，但使用大脑和双手的机会依然很多。根据“用进废退”的原则，现代人类脑力劳动多，所以脑袋会越长越大；需要经常动手操作机器，所以手臂会长粗变长；因为有了各种便捷的交通方式，腿脚因为活动少而会变细变短。最终，人类可能会进化成类似于章鱼的形状。通过援引一幅外星人的漫画，威尔斯预测人类未来可能会进化成这副尊容：

> 随着机械日臻完美，四肢将会被机械取代；随着化学方法的完善，消化功能便会被废弃；人的器官，如头发、鼻子、牙齿、耳朵、下颌都会成为人体多余的东西，随着岁月的流逝，它们会在自然选择的过程中逐渐退化，只有大脑仍然是最重要的器官。身体上另一部分也很有可能幸免，这便是手，手是“大脑的老师和

---

① 侯维瑞：“代序”，《威尔斯科幻小说全集》，西安：太白文艺出版社 2008 年版，第 5 页。

② “用进废退”是法国生物学家拉马克最早提出的动物进化原则，因此也被称为“拉马克学说”。在《动物的哲学》一书中，拉马克提出了两个关于进化的法则：一个是用进废退；另一个是获得性遗传。拉马克认为，生物进化的原因是环境条件对生物机体影响的结果。他以长颈鹿脖子进化现象为例，认为生物在新环境的影响下习性会发生改变，那些经常使用的器官会发达增大，而不经常使用的器官则逐渐缩小退化。

仆从”。身体的其他部分都会变小，而手则会变大。[1]

威尔斯关于人类未来进化趋势的预测，为后来诸多科幻小说奠定了外星人形象的基础，成为许多当代科幻小说中外星人形象的蓝本。譬如，在《威尔历险记》中，那些妄图在地球上建立殖民统治的外星人就呈现出章鱼的形象。除了生理方面的进化趋势，威尔斯还进一步预测了人类的道德进化倾向，认为人类的伦理倾向与其外形变化密切相关。这是因为人类“没有了身体，只剩下大脑，就会成为自私的智慧动物，没有了人类所拥有的情感基础”[2]。因此，缺乏伦理情感浸润的未来人类，将会变得极其聪明但也极端自私。人类发展的历史已经反复证明，一个聪明但自私的人，在科技高度发达的社会往往会成为造成某种巨大灾难的罪魁祸首。

如果说人类在科技的影响下进化成章鱼的形象，其实还应该看作一件幸运的事情，起码没有种族灭绝的危险。然而，威尔斯和克拉克等诸多科幻小说家还预测了人类的另外一种可能的命运——灭绝。在威尔斯的《时间机器》中，叙事者通过时间机器进入了未来时空，发现人类在经历了一个较长时期的进化后，将会分化成截然不同的两个亚种：一个是优雅美丽但柔弱病态的种族“埃洛伊”；另一个则是矮小丑陋但凶悍恐怖的种族“摩洛克”。这两个种族互相依存、相互作用：生活在地下的劳动阶层摩洛克通过生产劳动，养活作为消费阶层的埃洛伊，但后者却常常沦为前者的盘中美食。造成这种分化的根本原因，就在于科技对人类活动的影响。随着科技的飞速发展，人类社会的机械化与现代化程度越来越高，人类对科技的依赖也越来越严重。科技发展的结果是，很多人不再需要像过去那样辛苦地劳作就可以住进舒适的住所，穿上温暖漂亮的衣裳，过上丰衣足食的生活，享受科技带来的种种舒适与便利。然而，人类终将为自己的安逸和懒散付出沉重的代价，小说中那些埃洛伊人由于缺乏劳作、缺乏努力与奋

---

① 赫伯特·乔治·威尔斯：《威尔斯科幻小说全集Ⅰ》，吴文智、刘宗和主编，西安：太白文艺出版社 2008 年版，第 86 页。

② 赫伯特·乔治·威尔斯：《威尔斯科幻小说全集Ⅰ》，吴文智、刘宗和主编，西安：太白文艺出版社 2008 年版，第 37 页。

斗，“在身材、力量和智力上都有所退化”①，最终沦为摩洛克肚中的美食，从而面临着整个物种被逐渐灭绝的命运。威尔斯曾经给自己拟定了一个含义深刻的墓志铭：“上帝将要毁灭人类——我警告过你们。”虽然这个墓志铭带有一定的戏谑成分，但真切地传达了作家对科学与人类未来的担忧。这样的科幻小说有助于提醒那些沉浸在对科学盲目崇拜中的读者，让他们意识到科学可能给人类带来的灾难，警醒读者作出防范。

科幻小说家们之所以担忧人类在未来有可能被灭绝，是因为伴随着科技进步而来的不仅是物质的丰富和生活的便利，同时还有道德的滑坡和精神的空虚。人的欲望常常受到科技发展的刺激而不断膨胀，总是设法通过科技创新去获得更多的资源，占有更多的财富。人类以科学为手段，不断追求快捷、舒适和安逸。在科技的影响下，人类可能进入没有失业、没有饥饿、无需争斗的太平盛世时期，这种享乐主义的状态会使未来人类的各方面的机能陷入快速退化的轨道。根据“用进废退”的进化法则，一旦失去了应用体力和智力的环境，一味追求舒适和享乐的人类就逐渐退化为坐吃等死的物种。因此，威尔斯睿智地提醒读者：“我们忽视了一条自然法则，人类的才智是在应付变化、危险和难事的时候相应产生的……人类总是在习惯与本能无能为力的时候才求助于智慧的，在没有变化或者不需要变化时，就不会产生才智。只有那些需要应付大量的需求和危险的动物才拥有才智。”②在科技高度发达的社会环境中，人类不再需要艰苦的劳作就可以过上舒适富足的生活，因而不再存在过去那种只有强壮、敏捷、聪明的物种才得以生存的艰苦环境。也就是说，在科技高度发达的文明社会，人类失去了力量增长和智慧发展的动力，因而不可避免地要逐渐走向退化和毁灭。人类无比推崇和依赖的科学技术，最终成为导致人类退化甚至终结的罪魁祸首，这是威尔斯对读者发出的振聋发聩的警告，尤其是对热情拥抱新兴科技产品的读者具有不可替代的警示价值。

---

① 赫伯特·乔治·威尔斯：《威尔斯科幻小说全集Ⅵ》，吴文智、刘宗和主编，西安：太白文艺出版社2008年版，第35页。

② 赫伯特·乔治·威尔斯：《威尔斯科幻小说全集Ⅵ》，吴文智、刘宗和主编，西安：太白文艺出版社2008年版，第55页。

威尔斯在科幻小说中表达的这种“用进废退”的物种进化观念，深刻地影响了后来众多科幻小说家的创作。譬如，在约翰·克里斯托弗的系列儿童科幻小说《威尔历险记》中，拥有超常科技与智慧的外星人也表达过威尔斯那样的进化观念。《威尔历险记》中的外星人之所以拒绝享乐主义的生活方式，即拒绝人类“奴隶”提供的无偿服务，是因为他们担心“一旦接受了服务，自己便会越来越软弱，越来越腐化堕落”①。换句话说，这些十分聪明、十分狡诈的外星人担心过分依赖他人的服务可能会导致自身机能的退化。实际上，不管是过度依赖他人还是依赖科技成果，都有可能导致身体机能的退化，甚至导致人类作为一个物种在宇宙中的终结。科幻小说中描述的人类未来命运令人嘘唏，但正是这种效果具有令人震撼的警示作用。科幻小说的重要价值在于通过预言未来激发读者反思当下，反思我们现在的行为可能带来的后果或者效应，从而激发出纠正不当行为、避免悲剧发生的积极动机，尤其帮助那些涉世未深的儿童读者形成对科学技术发展及其效应的正确认识，帮助他们建构起正确的科学伦理观念。

通过创作来预言人类命运、警醒读者反思科技的科幻小说家远远不止威尔斯一个，英国科幻小说大师阿瑟·克拉克也通过自己的创作，对科技发展的前景和人类进化的命运做出过种种预言。克拉克被认为是20世纪最伟大的科学技术预言家，他曾经在小说中准确地预言了人体仿生、全球通信卫星、大脑记忆备份等后来被一一验证的尖端科学技术。除了预测科学技术的发展走向，克拉克还尝试对人类的终极命运进行预测，他在“地球末日三部曲”②中，大胆地预测了科技高度发展后人类的命运。在《最后一个地球人》中，克拉克预言人类在享乐主义中走向终结的可悲命运：在不算太远的将来，一批科技水平与文明程度远远高于地球人的外星人将会来到地球，全盘接管和掌握地球上的事务。这些外星人“摧毁了旧的国家和人类有史以来所习惯的生活方

---

① 约翰·克里斯托弗：《威尔历险记·金与铅之城》，邹运旗译，合肥：安徽少年儿童出版社2013年版，第104页。

② 克拉克的“地球末日三部曲”分别是：《遥远地球之歌》(*The Songs of Distant Earth*)、《地光》(*Earth-light*) 和《最后一个地球人》(*Childhood's End*)。

式。在扫除坏的东西的同时，也毁掉了不少好东西”[①]。由于一切都有外星人代为安排，地球上的人类没有任何需要为之奋斗的东西，只能将全部的精力投入到消遣与娱乐之中，“紧追各种电视家庭系列剧变成了一种全职工作！”[②]享受安逸生活的滋养与纵容，人类再也“无心顾及基础科学的研究”[③]，走向败落成为人类历史的必然。显然，外星超级智能生物接管地球的终极目的，并非是给人类提供一个安逸、宁静的生存环境，而是让人类在享乐中走向终结。在克拉克看来，人类进化的原则除了“用进废退”，还遵循“月满则亏，盛极则衰”的法则。在自身科技的支持和外星人的干预下，人类将度过其富足、舒适的黄金时代。根据“盛极而衰”的自然法则，人类在度过黄金时代后就必然要开始走下坡路。快速发展的科技促使人类的“这个黄金时代会以无情的速度冲向终结”[④]，地球人不可避免地面临被终结的命运。

除了被比我们更加聪明的外星人终结，人类还有可能被自己研制出来的高度智能化的机器人或者仿生人终结，这是克拉克预言的人类另外一种命运。在科幻小说经典《2001：太空漫游》(*2001：A Space Odyssey*，1968)中，克拉克预测人类随着科学技术的发展，迟早会摆脱大自然所给予的“这个脆弱的躯体——这个容易生病，容易出意外，又使他们不免一死的躯体”[⑤]。现代科技的成果可以有效地弥补人类躯体的这一缺陷，那就是“等他们自然的躯体损耗殆尽的时候，可以建造金属或者塑料的躯体取而代之，进而达到不死的境界”，即“成千上万过去免不了没命的人，现在有幸借助于人工四肢、人工肾、人工肺、

---

① 阿瑟·克拉克：《最后一个地球人》，于大卫译，南京：江苏文艺出版社 2012 年版，第 166 页。

② 阿瑟·克拉克：《最后一个地球人》，于大卫译，南京：江苏文艺出版社 2012 年版，第 166 页。

③ 阿瑟·克拉克：《最后一个地球人》，于大卫译，南京：江苏文艺出版社 2012 年版，第 81 页。

④ 阿瑟·克拉克：《最后一个地球人》，于大卫译，南京：江苏文艺出版社 2012 年版，第 160 页。

⑤ 阿瑟·克拉克：《2001：太空漫游》，郝明义译，上海：上海人民出版社 2013 年版，第 183 页。

人工心脏，活得生龙活虎，幸福愉快”①。克拉克关于人类未来命运的预测，激发了读者的热情，也点燃了许多以科技为职业的科学家的想象，使得他们朝着小说中描述的可能性做出种种努力，在科学技术领域取得了一个又一个的重大突破。同时，科学家在科技领域，尤其是在仿生学、基因工程、人工智能和太空利用等方面的重大突破，又进一步引发了科学家研发和制造出超越人类智能的机器人。这些在智能上反超人类的机器人的问世，可能就意味着人类的终结。在当代社会，关于星际航行、太空漫游的科幻小说层出不穷；关于仿生人、机械人或者克隆人的科幻小说汗牛充栋。这些作品在勾画科技发展蓝图的同时，也表达了对科技的不确定性后果的强烈忧虑。这些作品常常描述高度智能化的机器人或者仿生人逐渐摆脱人类的控制，反过来控制人类，成为人类的主宰甚至人类的终结者。在克拉克的笔下，高度智能化的电脑哈尔(Hal 9000)在疾速飞向木星的太空航行过程中，自作主张“谋杀”了几位同行的科学家，导致这些科学家葬身广袤的太空。

人类是否真的会沿着科幻作品中所描述的趋势或者方向进化下去?这是一个目前无法验证的问题。但是有一点可以肯定，那就是在当代英国科幻小说家的笔下，科学技术不再是令人向往的康庄大道，而是幻化为悬挂在人类头上的达摩克利斯之剑，成为导致人类各种机能退化的罪魁祸首，甚至是导致人类这个物种灭绝的终结力量。究其原因，也许是过去人们普遍相信，科学能够解决人类面临的各种难题，即使科技的发展带来了一些负面效应，也只是暂时的，或许随着科学的发展，这些负面的问题最终都会因科学本身而得到圆满解决。因此，大多数“黄金时代”的科幻作家对科技抱着一种相对乐观的态度。然而，随着科技的发展，人们越来越多地看到了科技的负面效果，于是出现了“反科学主义”的主潮。享受了许多科技带来的安逸与便利，也见证了太多科技带来的灾难与代价，人们对科技的掌控不再那么信心满满。因此，在过去的一个世纪里，英国主流的科幻小说呈现出“反科学主义”的基调。这些“反科学主义”倾向的科幻小说表达的普遍忧虑是：当代许多领域的科学研究工作，在很大程度上就像是撬开“潘多

① 阿瑟·克拉克：《2001：太空漫游》，郝明义译，上海：上海人民出版社 2013 年版，第 183 页。

拉魔盒”，最终从科学技术这个“魔盒”中飞出来的，祸害可能远远多于福祉。

英国科幻小说中弥漫的“反科学主义”基调引导读者反思科学技术的未来，反思科学技术对人类可能产生的消极作用。根据科幻小说家的判断，在科学技术飞速发展的今天和不远的未来，人类面临的最大威胁不是火山地震、洪水海啸，而是科学技术本身。在以斯蒂芬·霍金为代表的科学家和比尔·盖茨为代表的技术开发企业家看来，人类不断研发人工智能可能意味着自寻死路。霍金在接受媒体采访的时候声称：“人工智能的全面发展意味着人类的终结。人工智能将会自我觉醒，以不断增加的速度重新设计自我。而人类受到缓慢的生物进化的制约，将无力竞争，因而最终被取代。”[①]这些科幻小说和科学家提醒我们，人类在开发人工智能的同时，一定要设计好制衡机制。否则，人类研发制造出来的机器人将成为灭绝人类的杀手。

科幻小说中出现的科学问题，大多数都是在道德真空状态下出现的。随着科技的迅猛发展，人类的欲望也不断膨胀，欲望的膨胀又反过来激励科学以更快的速度发展。道德却因其相对稳定、静态的特点而发展较慢，即人类道德完善的速度远远落后于科技发展的速度，导致道德与科技的背离，或者出现了道德真空。正因为如此，现在越来越多的科学家和小说家认为，在科学技术急速发展的时代，人类社会面临的最大问题不是发展太慢的问题，而是以人工智能为代表的科学技术发展过快所带来的失控问题。既然科技发展速度远远超过道德进化速度，那么科学技术的发展就并非越快越好。为了让人全面地理解科学快速发展所隐藏的负面作用，江晓原很形象地把被科技裹挟的人类社会类比为一列高速行驶的“欲望号”列车：“对于这辆科学技术的特快列车，它的车速和行驶方向，我们实际上已经没有任何发言权了。我们只能茫然地坐在车中，窗外景物令人眼花缭乱，我们既不知道列车驶向何方，也不知道是谁在操控列车，只知道列车越开越快，而且没有任何人可以下车。”[②]快速发展的科技之于人类社会，就像发动机之

---

① 田际云：《取代我们？人工智能的“威胁”究竟有多大》，http://smb.pconline.com.cn/661/6617037.html。

② 江晓原：《科学外史Ⅱ》，上海：复旦大学出版社2015年版，第42页。

于火车，道德则发挥导航或者刹车的作用。如果列车冲出了道德的轨道，失去了道德的约束和导航，那么加速引擎越强，就越容易车毁人亡。因此，科学活动离不开道德的约束与规范。英国的科幻小说以隐晦或者明确的方式，印证着中国科学院前院长路甬祥院士曾经多次在公开场合强调的观念——要用伦理道德来规范和引导科学。

三、科技与政治的合谋：人类的恶托邦梦魇

自20世纪初开始，英国出现了一大批表现科技与政治合谋之后带来令人窒息的政治气氛的科幻小说，赫胥黎的《美丽新世界》就是其中的代表之作。在这类小说中，科学技术被政治利益集团操纵，国家机器和统治力量在科技推动下不断增强，科技本身成为危害民主、自由等现代核心价值观念的罪魁祸首。在"为了更大的幸福"这一功利主义原则的指导下，科学技术被用来为政治服务。那些流行的科幻小说所描述的恶托邦寓言，表达了作者借科幻形式表达出对现代科技主导下的未来政治生态的反思。

童话和奇幻小说等传统的文学样式主要表现的是儿童的正向社会化，即儿童顺从和认同成人社会的伦理准则与价值观念，并以这些准则与观念来指导自己的行为，从而成长为一个具有社会性和伦理性的"社会人"。然而，科幻小说这个新兴文类更多的是表现少年儿童的逆向社会化，即儿童不再仅仅是一个被动地聆听成年人教诲、接受社会教化的角色，而是反过来纠正成年社会那些大人们的错误或者偏颇的价值观念，为成人社会灌输新的观念，建构新的社会秩序。"儿童成长的过程并不是对特定社会思想观念与伦理规范一味地被动接受与适应的过程，同时也应该是一个勇于质疑、敢于探索，不断尝试人类文明新的发展途径的过程。儿童不仅是旧伦理的传承者，同时也是新伦理的创造者。这也正是人们普遍将儿童视为社会的未来、人类的希望的根本原因所在"①。儿童质疑、挑战成人社会陈旧的价值观念，建构新的社会秩序，创造新的伦理观念的过程，其实就是儿童的逆向社会化，即儿童"反哺"成年人，担当起纠正成人社会错误或者偏颇观念的重担，

① 李纲：《英国童话的伦理教诲功能研究》，北京：社会科学文献出版社2016年版，第211页。

帮助成年人形成和接受新的价值观念。科幻小说中的少年主人公往往在一个危机四伏的科技社会中，因打破了旧的伦理秩序和建构了新的伦理秩序而被读者认同为英雄。譬如，荣获 1994 年度“纽伯里儿童文学奖”的科幻小说《记忆传授人》(*The Giver*，1993)中 12 岁的少年主人公乔纳思，就担当起了打破旧价值系统、建立新的价值系统的责任，成为挽救社会于危难的少年英雄。《记忆传授人》描述未来人类在科技主宰下的社会政治生活：统治集团运用科技手段，消除了公民的差别、情感和记忆，以期一劳永逸地解决任何形式的争斗或者不平等问题。因此，小说展现的是一个被剥夺了色彩、情感和记忆的大同世界，生活在其中的人们既没有痛苦，也没有欢乐可言，整个生活被技术与机械控制，人退化成为一种没有情感、没有记忆、没有激情、缺乏想象力、缺乏创造力的存在。在这样的社会中，成人按部就班地继续着看似舒适美好、实则一潭死水的富足生活，他们麻木不仁地认同社会既定的伦理规范，忠实地维护现有的伦理秩序，是既定社会伦理秩序和伦理准则的信徒和践行者；少年儿童却因其思想的未完成性和思维的开放性而成为打破旧秩序、重构新秩序，重建社会价值、重构社会伦理的革命性力量。小说主人公乔纳思就是这样一个打破陈旧的伦理观念、逃离令人窒息的社会伦理环境、给社会带来转机、给人们带来希望的少年英雄。乔纳思这类少年英雄在恶托邦社会中发挥的是逆向社会化的作用，即他们不再是被动地接受现存的社会秩序、认同现有的价值观念，并以此来指导自己的思想与行为，而是挑战现有秩序、质疑旧的价值观念、缔造新的伦理环境的少年英雄。这些少年英雄重构出与时代相适应的、全新的社会秩序与伦理观念，对成人进行价值观念的“反哺”，成为推动社会向着更加合理、更加幸福的方向前进的重要力量。

描述政治与科技合谋的科幻小说对少年儿童读者价值观念的形成具有重要的启发意义，启发读者反思科技在现代社会政治生活中所发挥的负面作用。20 世纪前所未有的科技发展在给人类带来了极大的便利与舒适的同时，也为统治者提供了对大众进行精神束缚与思想管制的便利工具。艾黎·康迪的《婚配》(*Matched*，2011) 表现的主题，也是科技被统治者用作社会管治的手段后所产生的伦理问题。在《婚配》所虚构的未来社会中，统治集团通过发达的计算机技术来控制和分配人们生活中的一切资源，甚至连爱情、婚姻这样高度私人化的事情也是由计算机程序来决定。人们跟未来的配偶之间的关系是根据一种“免故障的”(fail proof)高级算法来配置的，个人完全失去了自主抉择的机会。此外，韦斯特费尔德的《丑陋》三部曲与维罗妮卡·罗丝的《分歧者》三部曲所传达的主题，与《婚配》极为相似，表现了主人公对现有社会伦理秩序的挑战、对既定伦理观念的质疑。在《丑陋》三部曲中，统治阶级利用权力规定所有年满16岁的青少年必须接受外科手术，该手术在通过整容让所有人变漂亮的同时，还施行心理篡改或者芯片植入手术，以便政府实施对民众的精神操控。这种以生物科学为基础的先进手术旨在消除差异，进而消除纷争，政府对此的解释是：“这是使得人人平等的唯一方法。”①在这个消除了丑陋的“美丽新世界”中，科学技术沦为政客的帮凶，成为统治集团操纵公民的工具。然而，人是有着复杂感情的高级存在，其自由意志和复杂情感决定了个体不可能完全按照计算机程序的安排来生活。在这样一个令人窒息的未来社会，小说中的少年英雄往往成为颠覆社会现有价值观念、重构社会伦理环境、推翻旧秩序、重建新秩序的新生力量。任何一种社会秩序或者伦理观念的产生，在最初的时候都有其积极意义和合理性，调节人与科技之间的关系的科技伦理也不例外。但时代的发展、科技的进步会使得曾经进步的观念过时、曾经先进的制度在新的环境下反而成为阻碍社会进步的反动力量。这种时候往往是那些没有太多先入为主观念、接受新生事物能力强的少年儿童率先站出来挑战不合理的旧制度，尝试新的生存与生活道路，对社会中的成年人在价值观念方面进行反哺，成为带领特定社会走出危机的革新力量。

由于历史环境和社会认知的差异，不同时代的人们对科技应用前景的看法具有鲜明的时代性和历史性，在工业革命之前的人们看来十分美好的乌托邦愿景，在现代人看来却是恶托邦梦魇。人类文明进化的历史已经表明，乌托邦注定只能是永远无法实现的美好梦想而已。人是有着自由意志的、会思考的高等动物，统治集团为了维系其统治而建构的标准化的、同一化的社会治理模式与价值观念，是以牺牲个人的自由为代价的，剥夺了个体的自主选择机会，抹杀了个体的特性与

① Scott Westerfeld. *Uglies*. New York：Simon Pulse，2005，p. 45.

价值。因此，科技恶托邦小说中描述的那种“标准化幸福”的社会模式与个体的自由意志背道而驰。在科技理性高扬的今天，普通民众往往依赖科技带来的便利而忽略它的负面效应，但科幻小说作家敏锐地捕捉到了当代科技与政治之间合谋产生的严重问题并对此做出艺术回应，希冀以此警醒年轻的读者，唤醒他们的社会责任和道德责任意识，让他们肩负起推动社会和谐、健康发展的历史重担。

随着科技的迅猛发展，科学与道德的关系日益密切，引起了人们对科学道德的高度关注，并形成了“科学伦理学”这样一个新兴的学术领域，对科学发展中的道德问题进行研究。科学和道德对于人类的作用，恰如动力系统和导航系统或者制动装置之于列车的作用。不管是发动机还是导航仪或刹车，都是服务于列车快速运行这个目的。同理，人类要实现和谐健康的发展，就要在大力发展科学的同时，不断更新科学伦理道德内容、完善科学道德体系，让道德与科学相得益彰，共同服务于人类发展的需要。如果把在科技推动之下不断走向新的文明高度的人类社会比作一辆快速前行的列车，那么科学就是列车的加速引擎，带着人类风驰电掣地驶向吉凶未卜的明天，道德则是列车的刹车装置或者导航系统，不断调节着列车行驶的方向与速度。具有基本常识的现代人都知道，车辆行驶的速度越快，发生车祸的概率就越高，伤亡程度也更加惨烈。但人类社会毕竟不能因噎废食，我们不可能因为科技具有某些负面效应就放弃发展科学。如果想要避免科幻小说中设想的那种车毁人亡的结局，我们就必须完善与科学时代相适应的道德体系，以便道德能够约束和调节科学领域的行为，确保科学能够沿着“造福于人类”这条轨道发展。

第二节　科学家形象及其伦理启示价值

人类为什么要探索自然的奥秘？为什么要发展科技？为什么要探索外星文明？对于这些问题，不同的人有不同的答案，即使是在科学家群体中，他们对这个问题的答案也迥然不同。有的科学家是为科学而科学，即凭着自己的兴趣和激情去探索未知的世界与人类尚不知道的奥秘，根本不曾考虑自己的科学研究行为可能给社会带来什么样的后果；有的科学家则以科学服务于自私、邪恶为目的，即把科学研究和技术开发当作达到自己自私目标的手段。当然，绝大多数的科学家是以科技服务于真善美为目的，为社会提供便捷、舒适，为人类的文明与进步服务，或者为人类的正义与和平事业而献身于科学探索活动。

在未来世界，人类社会的每个成员都在不同程度地被科技的洪流裹挟着前进。人越来越离不开科学，越来越依赖科学，越来越紧密地与科技结合在一起。在科技日新月异的时代，大多数普通科技消费者只是被科技的洪流裹挟前进，那些积极探索自然奥秘、埋首于科学研究和技术创新的科学家们则是科学时代的弄潮儿，他们的工作在很大程度上代表着人类对科技的选择。他们所从事的科技活动和对科学的态度，与人类的命运紧密相连。本节拟对科幻小说中正面和负面的科学家形象进行分析，从中管窥人类选择科学的方式及其对少年儿童读者的启示。

一、理性的科学选择与正面的科学家形象

在人类的科学发展历史上，有很多为了探索自然规律和宇宙奥秘而投身于科学探索活动的科学家，如哥白尼、牛顿、居里夫人、爱因斯坦等是其中杰出的代表。科技在人类的文明进程中发挥过积极的作用，“自人类出现以后，人类一直在努力通过科学技术改善自己，使自己能够更好地生存与生活”①。这种努力反映在文学中，就形成了科幻小说这样一个新兴的文类。法国 19 世纪科幻小说家儒勒·凡尔纳通过他的作品，为读者呈现出一幅幅科学发展带来的美好图景，热情地赞颂科学与技术；在英国科幻小说大师阿瑟·克拉克的笔下，无数的科学工作者为了实现人类伟大的技术设想而忘我地投入到科学探索中。在这些科幻作品中，那些积极进行科学探索的科学家尽管有时显得有几分古怪和执拗，但他们在科学探索过程中表现出来的执着精神和坚定态度，鼓舞着无数少年儿童读者萌发出对科学的崇拜与向往之心，点燃了他们将来从事科学技术工作的热情。

在专门为少年儿童读者创作的系列科幻小说《安德的游戏》(*Ender's*

---

① 聂珍钊：《文学伦理学批评导论》，北京：北京大学出版社 2014 年版，第 251 页。

Game，1985)和《威尔历险记》(*The Tripods*，1967—1988)[①]中，科幻小说家们通过创作诠释了科学技术在人类应对危机、打败外星人的过程中所发挥的积极功效。在儿童科幻小说和电影中，外星人入侵地球是一个最为常见的主题。克里斯托弗的《威尔历险记》和威尔斯的《星际战争》之类的流行科幻小说，就是讲述外星人来到地球进行资源掠夺、建立殖民统治。这类科幻小说具有重要的预警价值，向少年儿童展示人类如何理性地选择科学，让科学为人类的正义事业服务。在阅读《威尔历险记》之类的科幻小说后，年轻的读者心里可能会思考这样的问题：如果将来真的有外星人入侵地球，我们应该如何应对？众所周知，人类今天的任何作为都会对或近或远的未来产生影响。科学家们当下正在进行的太空探索等科学活动，就能为可能会发生的外星人入侵地球这类事件做好技术准备，不至于外星人真正来到地球的时候我们茫然不知所措，只得被动地接受被外星智慧生物屠杀或者被奴役的命运。关于是否存在外星文明，迄今为止全世界的科学共同体见仁见智，形成种种迄今为止还无法验证的假设[②]。

随着人类对宇宙的了解不断深入，不少科学家开始将预测和探索外星文明当作一件有意义的科学事业在做，科幻小说和科幻电影也对此推波助澜，不断警示读者和观众防范外星人对地球的侵入。在外星人和地球人的关系问题上，英国的科幻小说呈现的是一幅幅黑暗、悲观的末世前景。鉴于我们地球人类科技水平有限，尚不具备探测到其

---

① 约翰·克里斯托弗创作的《威尔历险记》包括四部，分别是《白色的群山》(*The White Mountains*，1967)、《金与铅之城》(*The City of Gold and Lead*，1968)、《火潭》(*The Pool of Fire*，1968)和《三角机器人来袭》(*When the Tripods Came*，1988)。英国广播公司 BBC 将它改编为电视剧后，在英国极为流行，深受英美少年儿童的喜爱。

② 关于外星文明是否存在，目前主要存在两大完全对立的派别：一是以卡尔·萨根(Carl Edward Sagan，1934—1996)为代表的深信派；二是以恩里科·费米(Enrico Fermi，1901—1954)为代表的怀疑派。卡尔·萨根是美国著名的天文学家、科幻小说作家，他在自己创作的科幻小说《接触》(*Contact*，1985)中表达了他对外星智慧生命存在的坚定信念。与之相反，美国著名物理学家、诺贝尔奖获得者恩里科·费米则通过著名的"费米悖论"，表达了对外星智慧生命存在的怀疑。

他文明的能力，更没有能力到达宇宙中其他智慧生命居住的星球，所以如果外星人能够来到地球，就说明他们必定拥有比地球人程度更高的文明、更先进的科学技术手段。根据人类的历史经验，如果有其他文明程度更高的智慧生物找上门来，对我们人类来说可能是极其危险的，因为他们的目的很有可能就是进行侵略、掠夺或者建立殖民统治。因此，对地球上的人类来说，这些来自其他星球的不速之客的侵略意图远远多于友好善意。用《威尔历险记》中主人公的话说，“他们来到地球常常伴随着灾难和启示”①。科幻小说给我们提出预警，提醒我们应该尽早为将来可能降临的灾难做好充分的准备，而应对外星人入侵的手段显然离不开科学技术。在威尔斯的《星际战争》中，地球上的人类只是依靠运气就重获自由：原来外星人对地球上的病毒和细菌缺乏免疫力。这是他们运气不好，没有做好充分的准备，就贸然来到地球妄想征服人类，最终只得接受死亡或者逃离的命运。然而，到了 20 世纪末创作出来的科幻小说中，地球人就再也没有这么幸运，那些比我们有着更高科技水平、更加先进文明的外星人有备而来，令地球上的科学家和军事力量束手就擒。譬如，在《威尔历险记》系列中，那些外星人带着象征高科技的“三脚机器人”有备而来，成功地在欧洲、美洲和亚洲建立了三个“外星人城市”，作为对地球实施殖民统治的基地，可以应对或者化解来自地球的各种不利条件或威胁。

在《威尔历险记》系列科幻小说中，外星人对地球建立殖民统治的手段，凭借的正是高科技。他们入侵和统治地球的过程分三个阶段：第一阶段，外星人以迅雷不及掩耳之势，迅速摧毁地球文明，“许多城市像蚁丘一样被摧毁，千百万人被残杀，还有无数人死于饥荒”②。外星人摧毁了地球文明，并剥夺了地球人学习和了解科学的机会，“以后再也不需要科学了，在三脚机器人的统治下，没有必要学习科学知识”③。由于

---

① 约翰·克里斯托弗：《威尔历险记·三脚机器人来袭》，邹运旗译，合肥：安徽少年儿童出版社 2013 年版，第 14 页。

② 约翰·克里斯托弗：《威尔历险记·白色的群山》，邹运旗译，合肥：安徽少年儿童出版社 2013 年版，第 31 页。

③ 约翰·克里斯托弗：《威尔历险记·三脚机器人来袭》，邹运旗译，合肥：安徽少年儿童出版社 2013 年版，第 118 页。

遭受外星人毁灭性的打击，地球上的科技成果毁于一旦，地球文明退回到工业革命以前的农耕时代的水平：没有电力，自然也没有手机、电视、网络等现代以电力为基础的科技产品，更没有飞机、大炮、宇宙飞船等现代文明的标志，甚至连手表这样司空见惯的东西，在新一代的地球儿童眼中，也成为十分稀奇、新鲜的玩艺。第二阶段是外星人对地球建立殖民统治，主要从思想上麻醉和奴化地球上的人类。在迅速摧毁文明后，幸存下来的一部分地球人被三脚机器人戴上金属帽子，这个金属帽子可以传递和贯彻外星人的意志，对地球人的大脑实施精神控制，使得戴上金属帽子的地球人都沦为外星人的帮凶，成为追杀或者奴役自己同胞的工具。在地球上站稳脚跟之后，外星人进一步通过“加冠礼”的方式，给 14 岁以上的地球人戴上银色金属帽子，让帽子这种高科技的智能装备去探测和操纵地球人的思想，驱动地球人的行动，使得地球人心甘情愿地沦为来自其他星球的“主人”的奴隶或者工具。外星人侵占地球的第三阶段，是让更多的宇宙飞船装载着某种可以改变地球大气层的机器或者设备来到地球，在大气层形成一种外星人可以自由呼吸的绿色迷雾，让地球上的人类在迷雾中窒息而死，从而达到彻底霸占地球的目的。

幸运的是，在《威尔历险记》所建构的未来世界中，外星人对地球的野心还只是停留在第二阶段，第三阶段还处于计划和设想中。因此，地球上的幸存者还有机会逃出厄运，打败侵略者，重建地球家园。小说中几位少年主人公的神圣使命，便是在蛮荒时代披荆斩棘，在黑暗的世界中寻找拯救地球的一线曙光，使人类重获自由。在与外星人斗智斗勇的周旋中，主人公威尔和他的伙伴们展现出惊人的智慧和勇气，但击败强大入侵者最直接、最有效的手段，最终还是离不开科学技术。地球人必须依靠智慧和勇气，同时也必须依靠科技才能最终推翻外星人对地球的奴役和统治。美国著名的儿童科幻小说《安德的游戏》也表明，面对比我们文明程度高、技术更加先进的外星智慧生命的入侵，人类需要发展先进的科技，以便在不同文明的对抗中立于不败之地。否则，我们就只能接受被奴役、被毁灭的悲剧命运。因此，这类作品可以点燃少年儿童读者对科学的热情，激发他们为地球的未来和人类的命运而做出正确的追求与选择。

与此同时，这类小说还引导读者认识到科技的脆弱性和局限性，引导读者思考现在应当采取什么样的措施来应对未来可能出现的灾难。在当今社会，人们越来越重视发展科学与技术，尽力让科学为人类服务，使得人类对科技的依赖到了不可或缺的程度。《威尔历险记》以生动的笔触，描述了地球上的科技和文明被毁灭后人类的惨状，同时也表明我们现在所依赖的科技其实并非坚不可摧，而是十分脆弱、容易遭到破坏的。只要永久地切断电力供应，整个社会就会立马陷入瘫痪状态，人类文明立即倒退。小说中的主人公在历险过程中碰巧发现了古代图书馆，从而给他们抗击外星人的事业带来重要转机这一情节，对读者具有重要的启示价值。根据小说的描述，尽管地球文明被毁，但小说主人公威尔的小伙伴们在一次考察行动中，十分幸运地在一个都市废墟下面找到了一座残存的图书馆，这些馆藏文献记录了外星人来到地球之前人类已有的奇妙科学技术成就，成为新一代的少年科学家驶向科学知识海洋、通向地球文明的捷径。然而，成也科技，败也科技。小说中威尔和他的小伙伴们能够取得成功，科技发挥了重要作用；那些外星人的失败，也是毁于科技。因此，《威尔历险记》之类的小说让读者看到科技的局限与脆弱。在科技飞速发展的当代，人们越来越离不开科技，我们的生活和工作都与科技紧密地结合在一起，而推动科技发展的关键动力就是电力供应。因此，发电量和用电量成为一个国家或者一个地区科技发达程度和经济发展状况的衡量指标。科幻小说的重要价值就在于引人深思，让那些对科学发展前景过于乐观、自信的人们设想：如果突然出现某种巨大的变故，导致地球上供电的永久中断，或者甚至如小说中所描述的那样，出现电源被彻底毁灭的情况，我们是否做好了准备？在一个没有电力供应的世界，人类会处于什么样的生活状况？小说给出了清晰的答案：如同在前工业社会一样，蜡烛、油灯成为主要的照明材料；步行和骑马成为主要的交通方式，面对外星人先进的三脚机器人，人类只能束手待毙。电作为能源在科技社会中的作用十分重要，小说中那位外号为“竹竿儿”的少年科学家和他的伙伴之所以能够在科技研究上取得极大的进展，是因为他们通过学习祖先留下的文献资料，学会了“控制那种叫做‘电’的能源”①，并在此基础上建立了外星人生活状态的仿真实验室，从而为打

---

① 约翰·克里斯托弗：《威尔历险记·火潭》，邹运旗译，合肥：安徽少年儿童出版社 2013 年版，第 46 页。

败外星人奠定了基础。

《威尔历险记》之类的科幻小说让年轻的读者看到，现代科技如此脆弱，只要切断电源就可以打开一个缺口，而这个小小的缺口就可以让一个星球的文明毁于一旦。地球上的科技不堪一击，外星人的科技也是建立在对能源的绝对依赖之上。在《威尔历险记》的第三部中，威尔和他的伙伴们凭着超人的智慧和勇敢，设法控制住了外星人城市的火潭——"机器人之城"的能源中心，便成功地掌控了外星人及其机器人的命脉，导致"机器人之城"中的外星人因为能源中断而窒息死亡，也让他们的机器人很快丧失了驱动力量。现代社会貌似强大无比的科技，其实就维系在能源这一核心要素上。一旦能源被某种异己的力量控制，那些奇妙的科技产品就在瞬间变得极其脆弱，十分容易遭到毁灭性破坏。在现代社会，貌似强大的科技往往取决于某一关键要素，只要这一关键要素被某种危险的力量掌控，科技就立即变得极其脆弱，甚至成为致命的破坏工具。人类对它的依赖越强，危害越大。因此，这类描述人类未来浩劫的科幻小说具有明显的警示作用，提醒人们对未来的种种可能灾祸做出必要的防范，有助于读者形成对科学技术的正确认识和理解。

即使是对人类科技创新精神高唱赞歌的英国科幻小说巨匠阿瑟·克拉克，也通过创作表达了对科学技术的脆弱性和破坏力量的担忧。在他的代表作《天堂的喷泉》(*The Fountains of Paradise*，1979)中，克拉克忧虑重重地写道：

> 技术越发展，越显示出它的脆弱性；人类越企图征服自然，就越有可能遭受灾害。近代历史上不乏这方面的证据——例如，马里纳城的沉陷(2127)，第谷B圆顶的倒塌(2098)，阿拉伯冰山脱离地缆(2062)，以及雷神托尔反应堆的熔化(2009)。可以确信，将来势必会有更多骇人听闻的事例……过去，一个疯狂的轰炸机投弹手或者狙击手只能杀害几个人；今天，一个神经错乱的工程师可以轻易屠杀一座城市的居民。①

① 阿瑟·克拉克：《天堂的喷泉》，陈经华、江昭明译，成都：四川科学技术出版社2012年版，第151页。

克拉克等优秀的科幻作家极力向读者表明，科学固然能够提高生产力，但它也能提高杀伤力。在慎重对待科学的态度和对技术的有限依赖方面，《威尔历险记》中的未来科学家和决策者为我们树立了良好的楷模，他们表现出比当代的科学家和政客们更高的智慧和更多的谨慎。譬如，在攻克最后一座“机器人之城”的过程中，他们首先也是考虑使用高科技的手段，即研究制造出了类似于当代战斗机的飞行器，希望通过空袭的方式破坏敌人最后一个基地的外壳。与此同时，他们还做了其他预案，研制了一些更加原始、更加简单的大气球，以便在飞行器作战方案失败后立即启动大气球预案。小说的事态发展有力地说明，在某些特定的条件下，高科技的产品非但不能发挥人们对它期待的作用，反而成为掣肘。那些飞行器在磁场的干扰下纷纷坠毁，非但未能完成炸毁敌人堡垒的使命，反而打草惊蛇引起了敌人的警觉。最后决定外星人命运和人类命运的东西，不是高科技的产品，而是相对来说比较原始、简单得多的武器。通过使用不依靠能源，不需要动力驱动的大气球，威尔和他的伙伴们设法炸毁了敌人的基地，让地球重获自由，重新开启了地球上的文明进程。

科幻小说中的这些情节引起读者的反思：面对未来各种可能的灾难，我们准备好了吗？当代的科学家们是否也应该像小说中的科学家一样，在造成不可挽回的损失之前就先做好种种预案？如果小说中预言的灾难真的来临，我们人类如何生存和自保？科幻小说表面言说未来，实质则指向当下，因为人类今天的任何决策与行为，都可能对将来产生难以估量的影响。如果当代社会的科学家在科技的应用方面表现出必要的谨慎，对可能的灾难做好了有效的准备，也许很多悲剧都可以避免。总而言之，《威尔历险记》之类的科幻小说具有重要的预警价值，启发读者理解科学技术的重要性。它通过描述未来社会可能发生的事件，启发当代的读者积极思考应对未来可能出现的恶劣情形的办法，潜移默化地影响少年儿童对科学的理解与态度，从而通过阅读获得有关科学选择的教育，帮助他们获得对科学价值的正确认知。

二、任性的科学选择与负面的科学家形象

科幻小说有两大传统：一个是以儒勒·凡尔纳(J. Verne，1828—

1905)为代表的“科学主义”传统，认为科学技术的发展必将给人类带来一个美好灿烂的明天。这一派的科幻创作呼唤科学技术，为科学技术向我们应允了一个美好的明天而热情讴歌；另一个是以玛丽·雪莱(Mary Shelly，1797—1851)为代表的“反科学主义”传统，这个传统的作家并不以准确地描摹科学细节为荣，而是通过创作反思科学的发展、技术的进步给人类社会带来的负面效应。英国科幻文学的主流是“反科学主义”的，其表征是在过去两个世纪以来的科幻小说中，科技裹挟之下的未来社会基本上都是黑暗悲观的。阅读这类小说有助于思想尚未完全成形的青少年读者反思和质疑“唯科学主义”的科学伦理信念，帮助他们对科学技术及其应用前景形成恰当的判断，并在他们进入社会后以此指导自己，同时也影响他人的行为。

就绝大多数的英国科幻小说而言，建构那些栩栩如生的科学家形象、表现他们的科学探索活动及其影响，主要目的并非是宣扬科学家献身于科学的伟大业绩，而是为了向读者警示人类非理性地选择科学会导致什么样的恶果。玛丽·雪莱笔下的科学家法兰克斯坦、威尔斯笔下发明隐身术的科学家格里芬、史蒂文森笔下的化身博士杰基尔等诸多科学家形象，传递着人们对科学家及其科学活动所带来的负面效应的担忧与焦虑。对于即将迈入成人社会门槛的青少年而言，科幻小说中这类疯狂的科学家形象，可以有效地帮助儿童提高对科学技术负面效应的敏感性，甚至促使他们采取行动避免科学的恶劣后果，使得科学技术的发展朝着有益于人类和社会发展的正确方向前进。

在《弗兰肯斯坦》中，雪莱夫人大胆预言了人类不当的科学活动及其可能的后果。小说主人公弗兰肯斯坦在科学领域的两次生死攸关的选择行为及其科研结果表明：即使是伦理上正确的科学活动，如果缺乏对科学研究后果审慎的评测和准确的判断，也有可能带来灾难性的后果；而只有那些在深思熟虑之后做出的抉择，才有可能避免一些与科学活动互为因果的悲剧的发生。主人公弗兰肯斯坦是一位对科学有着疯狂热情的年轻人，他在科学探索过程中做出过两次决定他自身和人类命运的选择：第一次是在对科学的狂热激情驱动下制造了怪物，从而给自己和家人带来死亡或痛苦；第二次是在理性的召唤下拒绝了为怪物制造同类配偶的要求，从而避免了给子孙后代“带去源源不断的祸水。”[①]如果说弗兰肯斯坦在科学领域的第一次选择是缺乏对科学活动后果进行谨慎评估而做出的鲁莽选择的话，那么他的第二次选择则表现了理性和谨慎对科学家的必要性与重要性。

在第一次的科学探索活动中，年轻的科学家弗兰肯斯坦完全受热情和兴趣支配，他全身心地投入研究，希望发现自然的奥秘，掌握起死回生的本领，而根本无暇思考自己的科学研究活动可能会给人类带来什么样的后果。他从解剖室、屠宰场等地方收集实验所需的生物原料，然后把各种原料组装为标本，最后运用电化学方法激活标本。然而，原本设想为美好的创造物在被科学家赋予了生命之后，却变成力大无穷、面容丑陋的怪物，没有心理准备的弗兰肯斯坦吓得昏了过去，醒来之后发现怪物已经失踪。在人类的科学发展史上，像弗兰肯斯坦这样的科学家并不少见，他们“有一种唯技术主义的倾向——只顾一头钻在技术问题中，想尽办法要达到目的，但是达到目的之后怎么办，他却没有事先想好”[②]。弗兰肯斯坦出生在瑞士一个幸福的贵族家庭，在充满爱的和谐家庭中长大，因此他心地善良，待人友好。然而，弗兰肯斯坦母亲的逝世，给他造成巨大的痛苦和困扰，因此他希望自己能够掌握起死回生的本领，以便能够“把生的光明注入黑暗笼罩的冥间”[③]。从科研动机上判断，弗兰肯斯坦从事科学探索的主要目的是希望掌握起死回生的本领，以挽留母亲的生命。然而，他对知识与科学的狂热，使得他丧失了评估和预测后果的理智。直到他成功地制造出了具有巨大毁灭力量的怪物之后，弗兰肯斯坦才深刻地意识到科学不能承受之重，他的身心遭受了因自己的科学成果带来的重创。

有了第一次科学探索活动及其后果所带来的教训，弗兰肯斯坦在第二次的选择中表现出足够的审慎和理性。在雪莱的笔下，科学家弗兰肯斯坦创造的那个科学怪物有头脑、有感情、能思辨。他刚刚被赋予生命的时候，这个怪物还是热爱这个世界的，但因为他外形丑陋、

---

① 玛丽·雪莱：《弗兰肯斯坦》，丁超译，北京：中国人民大学出版社 2004 年版，第 141 页。

② 江晓原：《科学外史》，上海：复旦大学出版社 2014 年版，第 205 页。

③ 玛丽·雪莱：《弗兰肯斯坦》，丁超译，北京：中国人民大学出版社 2004 年版，第 24 页。

形象恐怖而不断遭到他人的厌恶和嫌弃。这些不幸的经历使得怪物逐渐丧失耐心和良知，把自己一切的痛苦归咎于他的创造者身上。于是，这个科学怪物非但没有像科学家原先设想的那样对自己的造物主感恩图报，反而心生怨恨、存心报复：怪物杀死了弗兰肯斯坦的弟弟，并狡诈地嫁祸给善良的女仆，导致后者含冤而死。弗兰肯斯坦发现了真相，却无法向任何人解释清楚这一切，只好拼尽全力消灭自己一手制造出来的怪物。于是，他开始了对怪物的追逐，希望毁掉自己创造的科学成果。面对丑陋、庞大的怪物，文弱的弗兰肯斯坦杀死对方的努力只是妄想。怪物认为自己没有受到人类公平的待遇，转而希冀得到一个同类的异性来抚慰自己的痛苦和孤独。因此，它要求弗兰肯斯坦为他再造一个女人，然后与女怪物一起过着离群索居的隐士生活。在怪物的游说、诱惑和恐吓之下，弗兰肯斯坦最初答应了怪物的要求，不过，在即将激活女怪物的最后一刻，他突然醒悟过来，开始"慎重考虑现在的作为将会引起什么样的后果"①。他担心如果两个怪物繁衍生息，将会给人类带去源源不断的祸水。清醒过来的弗兰肯斯坦毫不犹豫地毁掉了制造女怪物的材料。目睹弗兰肯斯坦的选择之后，怪物暴跳如雷，对自己的前途彻底绝望，对人类怀恨在心，他通过杀人泄愤来报复自己的造物主。从此，造物主和他制造的怪物开始了互相追杀的旅程。

在现代英语词汇中，"弗兰肯斯坦"已经成为一个典故，传递着"科学不能承受之重"的含义，指向科学家不能控制科学研究的后果而被自己的研究成果毁灭这一令人担忧的前景。尽管读者对科学家弗兰肯斯坦的遭遇不无同情，但他的科学研究行为并非无可指责的。在很大程度上，正是弗兰肯斯坦在科学探索过程中缺乏必要的职业道德和工作伦理的规范和引导而给自己和家人带来巨大灾祸。因此，弗兰肯斯坦的悲剧不仅对那些正在以科学研究为职业的人们具有重要的伦理启示，提醒他们在科学研究和技术革新的过程中要理性、谨慎，而且对那些在不久的将来就要踏入社会的青少年读者也有不可替代的警示价值。不同于学校教育的生硬说教，科幻小说

---

① 玛丽·雪莱：《弗兰肯斯坦》，丁超译，北京：中国人民大学出版社 2004 年版，第 140 页。

通过塑造一系列科学家的形象让读者产生崇拜之情或者厌恶之感。读者在对艺术形象的认同或者排斥过程中，获得深刻的科学伦理经验或者启示，使他们明白自己在未来可能从事的科学工作中应该采取什么样的态度或者肩负什么样的责任，从而帮助读者形成正确的科学伦理观念。

科幻小说中出现的这些形形色色的科学工作者的形象，对正在成长的少年儿童读者的科学伦理观念的形成具有明确的警示或示范效应。在谈及文学形象对读者的影响的时候，儿童文学家梅子涵说："文学里的好人也是我们的友人，因为我们喜欢他们的方向；文学里的坏人也是我们的仇敌，因为我们憎恶他们的方向。"①少年儿童的选择是受人格引导的，小说中那些为人类的正义事业而奋斗的科学家的人格，往往成为他们立志投身科学的驱动力量；而那些不负责任、自私邪恶的科技工作者，往往成为少年儿童谴责的对象，并在内心形成避免发展那种人格的意识。科幻小说的重要价值是增进这些未来的社会成员或者未来的科学工作者对科技的理解，促使他们在进入相应的社会角色之前认识科学在人类文明发展过程中的作用，同时也认识到科学的毁灭性威力，为他们将来的职业选择做好认知和伦理上的准备，有助于少年儿童读者培养时代和社会所呼唤的科学精神。

三、科幻小说中的科学伦理及其启示

科幻小说在少年儿童的科学伦理观念的建构过程中发挥着重要的作用。科幻小说除了可以"培养他们对科学的兴趣，帮助他们树立严谨的科学态度，掌握正确的科学方法"②之外，更为重要的是启发少年儿童读者理解科技的价值及其应用效应，以便他们在未来能够做出正确的科学行为选择。在阅读和欣赏科幻作品的过程中，少年儿童读者逐渐明白，在科学时代，人类离不开科技，所以我们应该主动、积极进行科学探索。科学技术"以一种适于挖掘人类潜能的方式将这片土地改

① 洛伊丝·劳里：《记忆传授人》，郑荣臻译，石家庄：河北教育出版社 2009 年版，第 1 页。

② 曾群：《科幻电影与青少年》，《当代青年研究》，1998 年第 1 期，第 43 页。

造成适合人类居住的家园"①，科技为人类的生存与发展提供重要的保障。只有掌握了先进的科学知识和先进技术，我们才能在未来可能面临的各种危机中占据主动地位，提高应对未来危机的能力。譬如，在未来的国际战争或者星际战争中，我们可以凭借先进的科技手段，更好地挫败其他国家入侵我们国家的意图，或者更好地应付其他星球的智慧生物对人类赖以生存的地球的入侵，避免被奴役或者被毁灭的命运。因此，在科学时代，对科学知识与技术的掌握，与我们的生存问题息息相关。正如克拉克在《2001：太空漫游》中表明的一样，人类选择科学是历史发展的必然，因为只有掌握了先进的科学技术之后，"面对周围其他的力量，他就不再是无能为力的受害者"②。正如文明进化过程中的自然选择"优胜劣汰"一样，在科学时代，只有那些能够适应科学的人，才能越来越强大；不能适应科学的人，必然会遭到淘汰，这是科学选择时代的科学选择规律。这种科学选择的过程和结果，都被文学作品描写出来，给予读者重要的启示，让读者认识了科学技术的价值。

与此同时，科幻小说又十分准确地预测和判断了科技的"双刃剑"效应，使得读者能够在认识到科技的正面价值的同时，能保持对科技负面后果的必要警醒，形成既选择科技又警惕科技的科学观念与态度，这样才不会在五彩斑斓的科技世界中迷失。人类如果盲目地迷信科学技术，就很有可能迷失在对科技乌托邦前景的美好憧憬之中，无法预见科技可能给人类带来的各种危机。譬如，当高科技的产品反过来主宰人类的时候，人类就可能沦为科学技术的奴隶，成为自己一手创造出来的科技怪物的牺牲品，或者因为过度依赖科技产品而导致自身各方面机能的萎缩与退化。不同于现实生活中大多数人对快速发展的科学技术的无限渴求，许多科幻小说表达的是对科学发展失控后果的担忧。他们所担心和忧虑的是，今天的科学发展速度不是太慢了，而是太快了，快得人们还来不及思考它的负面作用或者可怕后果。在今天

① 达科·苏恩文：《科幻小说面面观》，郝琳等译，合肥：安徽文艺出版社 2011 年版，第 25 页。

② 阿瑟·克拉克：《2001：太空漫游》，郝明义译，上海：上海人民出版社 2013 年版，第 35 页。

的科学技术领域，进步和速度已经不是问题，如何以慎重和负责的态度预测和评价科学失控的后果，如何恰当地运用好科学这把"双刃剑"，才是科学发展过程中人类应该重视的最大问题。因此，当下科幻小说的价值不再是赞颂或者讴歌高速发展的科技及其造福人类的前景，不再以激发读者投身科学为主旨；而是提醒人们反思科技及其效应，让读者学会以怀疑和戒备的目光来看待科技，帮助读者建构恰当的科学伦理观念。

这些科幻文学作品传达的信息，给了今天的读者很多重要的科学伦理启示。人类在进行科学活动的时候，应该用道德来引导、约束和规范人类的科学行为。"求善是科学的目标，科学之所以得以发展，其根本原因就在于科学能够造福于人类，促进人的自由与全面发展。"①人类发展科学的最初目的，是增进人类的福祉，即让人类中最大数量的人口可以更加舒适、更加便捷、更加和谐地生存。为了实现让"科学服务于人类"这个伦理目标，科学伦理规定了科学家及其科学共同体应该恪守的伦理原则。科幻小说中传递的科学伦理的原则和要求，可以大致归纳为以下三点：

首先，科学伦理要求科学家及其共同体在科学探索中遵循正义性原则。科学研究与探索的目的在于探索真理、拓展知识，而不是服务于自私、阴暗。科幻小说中那些为着自私的目的而选择科学的人都走向了毁灭，而那些为着真善美的目的而选择科学的人则能享受科学带来的胜利，或者还在科学的道路上继续求索。这些科学家的科学活动及其后果，有力地印证了中国科学院前院长路甬祥院士的观点：要用伦理道德来引导科学。科学本身没有善恶差别，但是使用科学的人却有善与恶之分，科幻小说有利于儿童读者学会对科学行为进行伦理方面的善恶判断。譬如，同样都是为了打败敌人而研发杀人武器的科学行为，就有正义和邪恶之分。《威尔历险记》中外星人研制三脚机器人来奴役和控制地球上的人类，这种科学活动是邪恶的，而威尔及其伙伴们为了打败外星人而从事的科学实验则被视为正义的事业，这是因为在外星人和地球人的关系中，读者会认定挑衅者为"恶"，防卫者为

---

① 曹前有：《论科学与道德的合与离》，《科学技术与辩证法》，2004 年第 1 期，第 12 页。

“善”。恶人企图通过高科技手段控制和奴役人类，是灾难的始作俑者，因此是邪恶的；受害的一方为了终结灾难而被迫在科技上发展跟进，研发制敌武器就是正义的事业。从这个意义上看，科幻小说可以帮助少年儿童读者从伦理上判断科学探索活动的善与恶，帮助读者形成对科学技术的正确伦理认知。

人类对未知事物的好奇心以及对未知世界的探索推动了人类文明的进程。在18和19世纪，科学取得了无数令人激动、使人陶醉的伟大进步，激起无数人对科学的敬仰和崇拜之情。当时人们都把科学看成一个绝对美好的事物，很少有人考虑到它的负面影响。然而，到了20世纪,人们逐渐看到了科技的“双刃剑”效应。当科学技术被当作大众谋取福利的工具的时候，科技的前景是乐观的，应用科技的人是“为善者”。但是，当科学技术成为某些毫无道德顾忌的狂徒手中谋取名声或者私利的工具的时候，科学技术就给人类带来灾难性后果，应用科技的就是“作恶者”。人类对科学技术的“双刃剑”效应的担忧反映在文学中，就催生出了《隐身人》之类的科幻作品。在威尔斯等科幻作家的笔下，科研活动不再是浑身散发出耀眼光环的美好事物，而是成为政客、暴徒或者野心家的帮凶，成为危害社会、终结文明的负面力量。

科学家进行科学研究的目的应该是服务于全人类，而不应该是满足自身或者小群体的私欲，否则就会让科学技术沦为野心家的帮凶。威尔斯的《隐身人》中的隐身术这种科学成果，就扮演着野心家的帮凶这种角色。如果说弗兰肯斯坦在科学探索过程中是因为自己的无心之过而造成悲剧的话，《隐身人》中的科学家格里芬却是怀着自私邪恶的目的去进行科学研究活动。格里芬潜心研制隐身试剂不是为了造福人类，而是为了赤裸裸的邪恶目的：方便自己通过隐身术轻易获取他人财物、方便自己抢劫银行，甚至是便于自己建立恐怖统治。《隐身人》之类科幻小说对格里芬之流在科学领域的卑劣行为表现出鲜明的批判立场。因此，在绝大多数科幻小说的结尾，无论多么聪明的科学家，无论多么先进的科学成果，如果只是用来服务于自私与邪恶的目的，最后注定都要遭到毁灭的。因此，科幻小说可以帮助读者理解在科学活动中应该遵循正义原则。

其次，科学伦理要求科学家具有强烈的道德担当和社会责任意识。鉴于科学技术对人类社会的影响之大，科学家的科学活动被赋予了严肃的伦理责任。普通人在日常生活中可以鲁莽和试错，但科学工作中的莽撞则是人类不能承受之重。科幻小说让读者明白，科学家的工作伦理要求科学家在进行科研实验之前，就应该审慎地预测和评估自己行为的后果。例如，在丹·布朗的科幻小说《天使与魔鬼》(*Angels & Demons*，2000)中，一位"欧核中心"的物理学家维特勒成功地制造了一种被称为"反物质"的微粒，这种比核反应堆还厉害的微粒只需要几克就可以为整个城市提供能源，也能在瞬间摧毁整个城市。当这种物质被恐怖分子窃走，成为胁迫人类的工具的时候，科学就引导人类走上了一条毁灭的不归之路。正如"欧核中心"主任科勒在处理"反物质"爆炸危机的时候训诫他麾下的科学家时所言："这应该是你和你父亲在制造样品之前就应该考虑到的问题。"[①]在进行科研活动之前就审慎地评估科学行为可能对人类或者社会造成的后果，是科技人员应该遵守的重要职业道德。因此，在进行科学探索之前，《弗兰肯斯坦》中的主人公就应该谨慎地评估和预测自己的科研行为可能造成的后果。然而，弗兰肯斯坦根本不曾评测后果，也没有制定任何应急预案，就凭着一腔热情与冲动全身心地投入"人造人"的实验中，以至于当那个科学怪人被造出来之后，弗兰肯斯坦自己在惊恐之下晕倒过去，根本不知道如何控制自己科研活动的产物。

科学伦理不仅要求科学家在科学探索之前慎重预测和评估自己行为的后果，还希冀科学家对自己的科学研究成果负责。英国著名科幻小说家阿瑟·克拉克通过自己笔下的科学家皮埃尔之口，说出了科学工作者应该承担的伦理职责："科学家要为其发明承担社会责任。"[②]玛丽·雪莱通过塑造弗兰肯斯坦这一形象，向读者描述了科学家逃避承担伦理责任的后果。作为科学家的弗兰肯斯坦，本来应该将自己的科学行为置于伦理约束之下，应该勇于承担自己科研成果的伦理责任。他逃避责任的行为给自己和他人都带来了不可挽回的伤害。《弗兰肯斯坦》中的那个科学怪物从热爱生活发展为杀人狂魔，经历了一个逐渐蜕

---

① 丹·布朗：《天使与魔鬼》，朱振武等译，北京：人民文学出版社 2013 年版，第74 页。

② 阿瑟·克拉克：《最后一个地球人》，于大卫译，南京：江苏文艺出版社 2014 年版，第 55 页。

变的过程。诚如怪物自己所言："我原本也是仁慈、善良的，都是痛苦让我变成了恶魔。"[①]是他经历了一系列不公正的对待和痛苦的遭遇之后，才萌生出通过杀人来报复或泄愤的念头。科学怪物的蜕变固然有外因的作用，而造成怪物堕落为杀人恶魔的内因，则在于科学家弗兰肯斯坦未能妥善地处置或者照顾自己创造出来的成果。我们不妨设想，如果弗兰肯斯坦能够在进行造人的研究工程之前先谨慎评估造人的后果，也许怪物就不会诞生；如果在怪物诞生之后，弗兰肯斯坦能够设法给予自己的创造物一些关心、爱护和同情，而不是惊恐、厌恶和嫌弃，也许怪物就不会发生后来的蜕变。不顾后果地创造怪物的是弗兰克斯坦，对自己的创造物不负责任，将它弃之不顾的也是这位科学家，可以说弗兰肯斯坦在科学探索过程中表现出的不太负责的职业态度，正是造成怪物和他自己一切悲剧的根源。

在科幻小说中，像《隐身人》中的主人公格里芬那样完全为着自私邪恶的目标而在科学道路上探索的科学工作者只是个案与特例，绝大多数是弗兰肯斯坦那样的科学家。他们在科学的道路上探索，可是事先没有充分考虑到自己的科学成果可能给世界造成什么样的影响。大多数的科学工作者似乎没有时间去反思，他们创造的那些看似伟大的科学成果，究竟会给人类和社会带来怎样的后果；更没有费心去考虑，当科学技术的成果超出了科学家的控制、给人类社会造成巨大危害的时候，科学家应该采取什么样的措施。这正是当代科幻小说发挥巨大作用的地方，它通过表达对当下日益失控的科学技术的焦虑和忧思，引导读者反思科学失控可能带来的后果。

总之，在科学探索中，只有善良的意愿和良好的动机是远远不够的，还需要科学家对自己的科学发明采取审慎和负责任的态度。"谨慎"与"责任"作为行为的规定，是理性的表现。科幻小说中的无数悲剧表明了谨慎与责任在科学伦理中的重要性。弗兰肯斯坦的两次科学选择和"欧核中心"的核物理学家维特勒等科学家的事例反复表明，在科学活动过程中，仅仅有合乎伦理的目的并不够，还需要科学家对科学研究活动的后果进行审慎的评估，需要科学家对研制的产品高度

---

① 玛丽·雪莱：《弗兰肯斯坦》，丁超译，北京：中国人民大学出版社2004年版，第72页。

负责。责任成为当代社会科学工作者职业伦理规范的核心内容，对科学活动及其后果进行全局性伦理考量是科学伦理责任的一个主要方面。

最后，科学伦理要求人们在科学活动中遵循道德优先的原则。发展科学的目的是人类更好地生存与发展，因此“科学伦理是对科学与人类的双重关怀”①，这就决定了科学伦理有两个目标：一是促进科学的发展与进步；二是使科学服务于人类的生存和发展，其中第一个目标是低阶目标，是为第二个目标服务的，第二个目标才是终极的高阶目标。建构科学伦理的目的，就是要促进这两个目标的协调发展，但当二者发生冲突的时候，前者应当让位于后者。科学发展的最初目的是让科学服务于人类，当科学成果的应用违背科学的最初愿望时，科学不仅不能造福人类，反而成为危害或者威胁社会的恐怖力量。当发展科学和服务人类这两个目标发生冲突的时候，人们在科学活动中应当遵循道德优先的原则，即对人类利益的考量必须优先于对科学的探索与创新。科学探索应当是一项受到“服务于人类”这个伦理原则约束的活动，科学伦理要求社会对有利于人类可持续发展的科学活动予以大力支持，对有很大伦理争议的科学活动暂时予以搁置，对可能会给人类带来不利影响的科学活动予以坚决地取缔。

由于“人类头脑进步的速度要远远快于灵魂完善的速度”②，在不同时期、不同地区，常常会忘记或者无视科学技术应当服务于人类这一初始的目的。如果失去了道德的引领和规范，科学发展就会把人类带入那些伟大的科幻小说家所预言的灾难或者绝境中去。科学技术究竟是一种善的力量还是恶的力量，在很大程度上取决于使用者的道德境界。有利于促进人类的文明与和谐发展的科学活动就是善的，而那些威胁人类的可持续发展、导致人类文明退化的科学活动就被视为恶的。尽管对于人类的科学活动有了道德判断标准，但由于“人类道德的进步

---

① 宋启林：《科学伦理的多重维度》，《自然辩证法研究》，2013 年第 10 期，第 78 页。

② 丹·布朗：《天使与魔鬼》，朱振武等译，北京：人民文学出版社 2013 年版，第 408 页。

根本就没能跟上科学前进的步伐”[①]，所以我们常常在科幻小说中看到科学技术的成果遭到有意或者无意的滥用，从而给人类带来死亡、杀戮或者其他的深重灾难。英国大量“反科学主义”姿态的科幻小说通过艺术的手法，把科学与道德背离的可怕效果呈现给读者，引起那些对科学怀着盲目乐观心态的读者进行反思。纵观英美科幻小说的发展历程不难发现，优秀的科幻小说总会在生动有趣的情节背后传递着这样的伦理信息：小说中那些怀着自私邪恶的目的而从事科学活动的人，最终都因为他们的自私或者愚蠢付出了沉重的代价；而那些为着正义的事业，本着善的动机发展科技的人，往往都从科学那里获得了丰厚的奖赏或者回报。科幻小说呈现给读者的，往往是这种简单化了的道德情境，有助于社会经验还不太丰富的少年儿童读者在阅读的审美体验中获得应对相关问题或者情境的初步经验，从而提高少年儿童读者的科学伦理意识，有助于少年儿童读者形成正确的科学伦理观念。

道德作为特定社会历史的产物，应该随着科学的发展和时代的变化而更新和完善。科学的内在本质就是创新，创新在很大程度上就意味着突破，包括对道德的突破，造成道德与科学的背离。科学技术曾经取得伟大的进步，并给人类带来巨大的福祉，这是道德与科学融合的结果。然而，科学的发展常常挣脱道德的约束，它在给人类带来进步和便利的同时，也带来许多棘手的问题。实际上，当代科学正在极力解决的问题大多数是科学本身造成的。譬如，当前科学家们在研发各种应对气候变暖、环境污染的策略，实际上这些气候与环境问题大多数都是科学发展的副产品。此外，科幻小说还提醒读者注意到这样一些事实：随着科学技术的突飞猛进，人类的前途与命运越来越紧密地被一小部分科学家掌控在手里。在冷兵器时代，一个力大无比的将军能瞬间挥刀斩落敌人的脑袋，但数量毕竟有限。然而，现代科技可以让一位手无缚鸡之力的科学家瞬间毁灭整座城市。所以，科学技术的成果在服务人类的同时，往往被有意或无意地用作加速人类毁灭的工具。我们建立了核反应堆，却没有找到有效的办法避免核泄漏或者核战争；我们加速人工智能的研究，但人类的这种行为实际上可能是

---

① 丹·布朗：《天使与魔鬼》，朱振武等译，北京：人民文学出版社 2013 年版，第 408 页。

在召唤魔鬼。科幻小说《汪洋战争》中一位有良知的科学家对科学活动的看法，可以引发我们对科学研究行为的反思：

> 所谓的科学研究，其实就是不断揭示自然的谜底。我常想，造物主为何要把他的谜底深藏起来。核聚变为什么必须要在几百万摄氏度的高温下才能发生？微粒子为何必须要在几千万亿电子伏特的能量撞击下才向人类展示其内部结构？反物质又为何要在极其苛刻的条件下才能产生？如果上述这些反应能够在很常规的条件下发生，那么在石器时代或者青铜器时代甚至一只远古的玩火的猿猴，就有可能已经把这个世界毁灭了。即便是现在，又有谁敢保证人类有绝对的把握，可以万无一失地操纵一切呢？①

小说中这位科学家对科学活动及其后果的类似担忧，使得当代的"科幻小说领域弥漫着一种不安的情绪"②。科学技术应用中产生的问题，在很大程度上是科学与道德失衡的结果。科学技术对于社会的作用，正如发动机对火车机车的作用，"如果发动机的动力不大，机车则很难快速行驶，人类所获得的利益就难以最大化；如果没有制衡器，没有变速和导航系统，动力系统也不能充分发挥其作用，甚至动力越大危害越大，而真正能起这种调节作用的就是道德"③。在科学日新月异的时代，人类需要不断更新道德内容，发展与现代科学技术相适应的作为"变速和导航系统"的道德体系，以便道德能够真正规范科学活动，又不会成为科学发展的阻力。只有用与科学时代相适应的道德去约束、规范和完善科学，才能使科学永远朝着有益于人类的方向健康发展。

优秀的科幻小说通过瑰丽的想象大胆预测人类未来的生活图景，既体现了人类对未来的憧憬，也表达了人类对不确定未来的担忧。那

---

① 何夕：《汪洋战争》，南京：江苏凤凰文艺出版社 2015 年版，第 18 页。

② 达科·苏恩文：《科幻小说面面观》，郝琳等译，合肥：安徽文艺出版社 2011 年版，第 181 页。

③ 曹前有：《论科学与道德的合与离》，《科学技术与辩证法》，2004 年第 1 期，第 12 页。

些带着浓厚恶托邦色彩的科幻小说给予读者沉重的伦理警示，使读者看到挣脱了道德缰绳的科学技术可能给人类带来的梦魇；那些表现未来人类在科学的帮助下击败外来侵略或者克制巨大灾难的科幻小说，则鼓励年轻的读者积极掌握科学知识，勇敢地投身到对科学的探索与创新活动中去；那些表现少年英雄在未来社会勇敢地挑战不合理的伦理秩序、质疑不合时宜的伦理观念的科幻小说，则旨在引导青少年读者用自己的知识和经验积极反哺社会，积极帮助社会建构起与新的时代相适应的科学伦理体系，以保证科技与道德的相互促进。总之，优秀的科幻小说因其大胆的想象、时尚的主题吸引着众多的青少年读者，也以生动的艺术形象、直观的艺术效果帮助读者更加深刻地理解科学的价值，预测各种可能的应用效应，帮助读者在阅读的愉悦中建构恰当的科学伦理观念。

结语　在“悦读”中成长

2015 年的全国两会政府工作报告提出，要“提供更多优秀文艺作品，倡导全民阅读，建设书香社会”①。阅读原本是一件完全个人化的事情，现在却被提上政府工作的议程。由此可见，阅读在提升国民素质、国民精神境界方面可以发挥极其重要的作用。在现代社会，要成为一个高素质的精英人才，阅读相当数量的经典书籍是不可或缺的前提。对不同的读者而言，阅读具有不同的作用与功效。于成人而言，阅读的价值主要在于增长知识、获得经验、涵润气质；于儿童而言，阅读的主要价值在于“构筑良好的人性基础”②，打好人之所以为人的精神底色。不像成人需要阅读一些晦涩深奥的专业书籍，少年儿童的读物主要是儿童文学作品。著名的道德哲学家麦金太尔睿智地观察到儿童文学在儿童成长中的作用：

> 通过阅读邪恶的继母、迷路的儿童、善良但被误导的国王、给男孩喂奶的狼、没有继承父亲财产而不得不自谋生路的幼子以及挥霍浪费祖业的长子的故事，儿童了解到什么是儿童、什么是父母，了解了他们在人生舞台上会铸塑成什么样的人格模型，了解了世界的运作方式。剥夺儿童阅读故事的权利，你就会让他们不知所措。③

麦金太尔总结的儿童文学的作用，其实就是儿童文学的伦理价值。

---

① 第十二届全国人大第三次会议：《2015 年政府工作报告》，http：//www. people. com. cn/n/c347407-26643598. html。

② 曹文轩：《文学：为人类构筑良好的人性基础》，《文艺争鸣》，2006 年第 3 期，第 1 页。

③ Alasdair MacIntyre. *After Virtue*：*A Study in Moral Theory*. Notre Dame：University of Notre Dame Press，1984，p. 216.

优秀的儿童文学能够对儿童进行智慧的启迪和伦理的教化，帮助儿童从蒙昧、懵懂、无知的幼稚状态走向理性、文明的成熟状态。我国著名儿童文学家曹文轩把优秀的儿童读物比作照亮儿童成长道路的太阳，他说："一本好书就是一轮太阳，一千本好书就是一千轮太阳，灿烂千阳，要用它去照亮我们的灵魂，照亮我们的世界。"①儿童文学的重要价值，就是像太阳一样，以温暖和煦的方式，照亮儿童精神成长的道路，引领儿童的发展。归纳起来，儿童文学主要通过伦理认知、情感和意志三个方面使儿童获得启迪与教化。

在伦理认知方面，儿童文学帮助儿童走出伦理混沌，走向伦理成熟。文学伦理学批评理论认为，伦理混沌"指人从出生后至伦理选择前这个时期的伦理状态"②。也就是说，尚未经历伦理化过程的儿童还处于伦理混沌或道德蒙昧状态，即不了解社会伦理规范，尚未形成善恶观念，对自己的行为及其后果缺乏判断能力，因而往往表现得很傻、很天真，甚至"很坏"。任性胡闹、不负责任，都是儿童伦理混沌或者道德蒙昧的表征，因此儿童需要接受伦理启蒙或道德教化。给儿童讲故事，让儿童明事理，是对儿童进行伦理启蒙的重要手段。儿童文学对儿童伦理认知的启蒙不是通过生硬说教，而是借助作品塑造的艺术形象、通过审美过程的熏陶和感化完成的。

儿童文学作家为教化儿童读者而建构的艺术形象，大致可以归纳为三类：负面形象、正面形象和回头浪子形象。儿童故事中的负面人物形象往往自私、任性、偏执、胡闹，表现得"很傻"或"很坏"，这些非理性的行为是他们道德愚昧的表现。负面形象往往会因为自己的自私、任性而受到应有的惩罚，这样的情节安排可以取得警示与规训的效果，让读者知道任何人的行为都应该有所顾忌，知道什么样的行为是违反社会伦理规范或行为准则的。那些正面人物形象往往表现得无私、善良、勇敢、正直，他们反对强权、扶弱助贫、追求平等、向往自由。这些正面英雄往往具有良好的道德观念，能够用伦理意识来指导自己的行为，他们的道德行为是理性或者道德意识驱使的结果。儿童故事中这些正面的艺术形象，为读者树立了道德榜样，让读者知道

---

① 曹文轩：《写出来的人生道理》，《中国德育》，2010 年第 3 期，第 14 页。

② 聂珍钊：《文学伦理学导论》，北京：北京大学出版社 2014 年版，第 257 页。

了什么样的行为是符合规范、受到认可的。迷途知返的浪子形象往往一开始犯了某些严重的错误，使自己或者他人陷入麻烦或者危难之中，但他们在得到了道德经验或者教训之后幡然悔悟，及时回头走上正确的道路。这类艺术形象表明，身心尚未成熟的少年儿童还没有能力完全压制本能与冲动，他们会不由自主地犯错误，逐渐增强的伦理意识又让他们能够认识到自己的错误。儿童文学中那些迷途知返的艺术形象给儿童传递了改正错误、弥补过失的勇气。

优秀的儿童文学作品就是通过生动地描述善恶之间的斗争来传达道德信息，这类故事中的人物必须在善与恶以及与此相关的正确与错误、正义与邪恶、诚实与虚伪、理性与任性、公正与偏私、勇敢与懦弱等伦理价值之间做出选择，最后的结局必然是善良、勇敢、诚实、正义、理性的英雄战胜自私、邪恶、任性、懦弱的坏蛋，突出抑恶扬善的主题。儿童小说中的这些艺术形象具有强大的示范或者警示力量，这是因为少年儿童的选择与行为是受艺术形象的人格力量引导的。优秀的儿童文学作品以某种富有吸引力的方式描述品格与美德：那些善良勇敢的正面人物璀璨生辉，令读者喜欢崇拜；那些自私邪恶的负面人物则露出丑恶的面目，令读者憎恨厌恶。显然，读者会因为喜欢作品中的正面形象而模仿他们的道德行为；因憎恨负面形象而拒绝那种非理性行为。因此，儿童文学中生动有趣的艺术形象为儿童读者的行为选择提供了重要的参照，在引领儿童走出伦理混沌、走向伦理开化，或者说帮助儿童走出道德蒙昧、走向道德成熟的过程中可以发挥重要的作用。

在情感发展方面，儿童文学帮助儿童约束自然情感，发展道德情感。在儿童的社会化发展中，除了发展道德认知和道德判断能力之外，还需要发展道德情感。道德情感和道德认知同样重要，这是因为道德情感是道德认知通向道德行为的桥梁。毋庸置疑，人的行为是受一定的认知引导的，道德认知是道德行为的前提。但如果没有道德情感的激励，道德认知也不一定就能够转化为促进道德行为的驱动力量。由此可见，只有介入了伦理情感，道德认知才能转化为道德行为，任何一种道德行为的产生都离不开道德情感的参与。

儿童文学帮助儿童发展道德情感，是在审美的过程中通过道德想象实现的。在阅读过程中，那些格调较高的文学语言所激发的道德想象，是培养儿童道德情感的重要手段。文学艺术是形成道德移情的重要媒介，阅读过程中的移情这种情感反应与读者道德情感的发展有着密切的关系。人和动物生来就都有喜、怒、哀、惧、爱、恶等自然情感，但人高于动物的地方在于人还有那些飞禽走兽身上所没有的道德情感，如荣辱感、责任感、羞愧感等。优秀的文学作品能够引发读者的道德移情等心理反应，把主体根据自身经验获得的感受投射到艺术形象身上。文学的直接效应就是提高读者的想象力，在阅读发生在故事人物身上的不幸事件的时候，“借由想象，我们把自己摆在他的位置，我们设想自己正在忍受所有相同的酷刑折磨，我们可以说进入他的身体，在一定程度上与他合而为一，从而对他的感觉有所体会，甚至我们自身也升起某种程度上虽然比较微弱，但也并非与他的感觉完全不相像的感觉”①。想象自己身处作品主人公那样痛苦或者幸福的处境，我们内心也会激起一种痛苦或者快乐的情绪。

道德想象是道德行为的根源，具有丰富的道德想象力的人，往往有更强的道德移情能力，更能将心比心、以己度人。人的移情能力与他的亲社会行为之间表现为正相关的关系。如果一个人能够推己及人，能够体验和理解其他人或者动物处于痛苦情境时的感受，那么他就有可能滋生出恻隐之心和公正之感，进而引发抚慰、分享、合作或者帮他改变现状等亲社会的道德行为。读者在阅读审美过程中情不自禁地在心灵上受到震撼、在道德上得到升华。这种阅读效果的产生，都是读者道德想象和移情的结果，读者在“快乐着它的快乐、悲伤着它的悲伤、愤怒着它的愤怒”的过程中净化了灵魂，提升了道德境界，内化了道德观念。正是通过想象和移情，读者对人物的处境感同身受，这种感受影响着读者的反应与判断。因此，文学阅读是培养儿童同理心的有效手段，通过增强读者的道德想象来提高道德敏感性，使他们学会抑制以自我为中心的自然情感，发展以仁爱利他为中心的道德情感。

在儿童的意志发展方面，儿童文学有助于儿童读者强化理性意志，摆脱自然意志的驱动。意志是指个人为了达到特定的目的而产生的心理状态，常以语言或行动表现出来。儿童成长的过程，在很大程度上

---

① 亚当·斯密：《道德情操论》，谢宗林译，北京：中央编译出版社 2015 年版，第 3 页。

就是儿童逐渐学会摆脱自然意志的驱动，发展道德意志的过程。自然意志是人的本能部分，主要表现为人的本能反应。尚未经历伦理化过程洗礼的婴幼儿的行为，主要都是受自然意志驱动的结果。婴幼儿行为的驱动力量并非社会规范或道德意识，而是由动物进化而来的人身上还残留的动物性本能。这种动物性本能是与生俱来的，不需要后天学习。譬如，婴儿冷了饿了就通过哭闹来召唤妈妈以求得温饱，这是动物性本能驱动的结果，哭闹是儿童自然意志的外化。从自然天性上看，人都有趋乐避苦或趋利避害的自然倾向，这种倾向通过自然意志表现出来，就是自利自保的行为。鸿蒙未开的儿童身上表现出来的任性、自私、随心所欲等行为，是儿童自然意志的外化表现。“明知故犯”“屡教不改”则是行为主体虽然有道德认知，但缺乏道德情感和道德意志的结果。“在支配道德行为的诸多道德意识要素中，道德意志是由道德认识、道德情感到道德行为的中介环节，是道德意识的最终体现，是道德意识向道德行为转化的最后阶段，是实施道德行为的直接动力因素。”[①]人们有时候明明知道遵守社会伦理规范或者特定行为规范的必要性，但在实际的行动中却没有遵守。究其原因，就是在道德意志这一环节上出现了问题。因此，在儿童道德品格的培养中，除了要发展儿童的道德认知和道德情感之外，还要教育儿童学会约束自然意志，发展道德意志。《查理与巧克力工厂》中小胖墩奥古斯塔斯和《哈利·波特》中哈利的肥胖表哥达力的行为，就是儿童听凭自然意志驱动、缺乏理性意志约束的典型表现。

儿童文学通过生动的艺术形象，为儿童读者树立道德榜样，帮助儿童强化以理性为核心的道德意志。道德意志是个人道德品质的构成要素，是道德意识的重要内容。道德意志能够促使个人将自己的道德认知、道德信念和道德情感外化为道德行为，帮助个体自觉地调节自己的情感、言语和行为，克服各种困难或者障碍，坚持用道德信念指导自己的行为。譬如，面对香醇的巧克力诱惑，饱食终日、不知饥饿为何物的奥古斯塔斯听凭自然意志的驱动，贪婪地舔着巧克力糖浆；与之相反，饥肠辘辘的查理却能够用自己强大的道德意志压制偷吃巧

---

① 周斌：《试论道德意志在个人品德形成中的重要使命》，《伦理学研究》，2010年第1期，第127页。

克力的本能冲动，遵守巧克力工厂的规章制度，因而最终获得旺卡先生的赞赏，通过了旺卡先生的考验而获得丰厚报偿。在《哈利·波特》的终结篇中，少年英雄为了终结黑魔头的腥风血雨的统治而慨然赴死的伟大行为，更是道德意志引导的结果。当少年英雄哈利这样的正面人物因坚持某种道德的正义而决心践行它的时候，就会在内心形成一种坚强的意志力，从而使他能够克服求生的本能，“为了更大的善”而勇敢地做出道德的行为抉择。在儿童的道德修养中，学会约束自然意志、发展道德意志，是培养和造就个人道德品质的关键之一。儿童文学通过具体而直观的艺术形象，让儿童明白约束自然意志、发展理性意志的必要性。

儿童健康成长所需要的道德教育，不是通过灌输抽象的道德概念或者进行生硬的道德说教就能做到的，而是需要通过给儿童讲故事这种“润物细无声”的方式才能达成。美国作家奥康纳用看似简单实则深刻的话总结了儿童文学在儿童伦理教育中的价值：“讲故事是一种不能用其他方法来言说某一道理的方式……你之所以要讲一个故事，是因为用一个陈述句是远远不够的。”①对儿童讲大道理，从来就不是高明有效的教育方法。优秀的儿童文学作品避免直接、生硬的说教，而是为读者建构一个想象的空间和虚拟的情境，让读者在想象中培养同理心，从而达到净化灵魂、提升道德境界的艺术效果。只有通过艺术形象这样真实可感的方式，诉诸儿童的想象，拨动读者的心弦，才能让儿童在感动、感化、感悟中逐渐体验、理解和掌握那些他们需要明白的事理。

尽管路易斯·卡罗尔等儿童文学作家曾经试图否认自己创作中的教化意图，但不管作家的主观意图如何，读者总是能够从优秀的儿童文学中获得启发与教益，这是文学阅读会导致的客观效果。优秀的儿童文学作品永远是儿童心理成长和道德发展的重要精神食粮，能够让儿童从阅读的快感、审美的愉悦中获得教益。儿童文学作品通过对读者认知的启迪、情感的熏陶和道德的教化，使儿童逐渐达到认知的自主、情感的自觉和道德的自律，从而对儿童的精神成长起着潜移默化

① Flannery O'Conner. *Mystery and Manners*. NY：Farrar，Straus and Giroux，1990，p. 96.

的引导作用，使儿童的认知水平不断提高，伦理观念不断更新，伦理意识不断增强。童年是一个人的品格形成的关键时期，从儿童故事中学习和内化而来的诚实、勇敢、仁慈、公正等良好的品格，既是儿童在未来的生活情境中做出理性的、正当的、合适的价值选择的依据，也是一个人事业成功和生活幸福的基础。在结束之际，不妨借用加拿大儿童文学作家兼评论家米歇尔·兰茨贝格的话来总结优秀的儿童文学作品在儿童成长中的引领价值：“好的读物能够给儿童带来很多裨益：能够扩大儿童视野，给儿童带来对复杂生活的美好认识……没有任何其他休闲方式能够像儿童文学这样使人产生共鸣、增强人的同情心。没有任何娱乐方式能够像儿童文学这样用象征、范例、深度和可能的文明来装饰儿童的头脑。”①

① Michele Landsberg. *Reading for the Love of It*: *Best Books for Young Readers*. NY: Prentice-Hall, 1987, p. 34.

参考文献

一、文学作品

[1] BALLANTYNE R M. The Coral Island [M]. London: Wordsworth Editions Limited, 1993.

[2] FRANCES H B. A Little Princess [M]. Beijing: Central Compilation & Translation Press, 2011.

[3] DAY T. The History of Sandford and Merton[M]. London: The Standard Library Company, 1783.

[4] FIELDING S. The Governess; Or, Little Female Academy[M]. Oxford: Oxford UP, 1968.

[5] GADNER S. Maggot Moon [M]. London: Hot Key Books, 2012.

[6] HAGGARD R. King Solomon's Mines[M]. London: Wordsworth Editions Limited, 1993.

[7] HUGHES T. Tom Brown's School Days[M]. London: Harper Press, 2013.

[8] LLOYD S. The Carbon Diaries 2015 [M]. London: Hodder Children's Books, 2008.

[9] LLOYD S. The Carbon Diaries 2017 [M]. London: Hodder Children's Books, 2010.

[10] NEWBURY J. The History of Little Goody Two Shoes; Otherwise Called Mrs Margery Two Shoes[M]. London: John Newbery Company, 1765.

[11] REEVE P. Mortal Engines[M]. New York: Harper Collins, 2001.

[12] ROBERT L S. Treasure Island [M]. London: Wordsworth Editions Limited, 1993.

[13] TRIMMER S. An Easy Introduction to the Knowledge of Nature, and Reading the Holy Scriptures: Adapted to the Capacities of Children[M]. Gale ECCO, Print Editions, 2010.

[14] TRIMMER S. Fabulous Histories Designed for the Instruction of Children Respecting Their Treatment of Animals[M]. London: Longman, 1786.

[15] TRIMMER S. Story of the Robins[M]. London: Frederick Warne, 1873.

[16] WESTERFELD S. Uglies[M]. New York: Simon Pulse, 2005.

[17] WHITE A. Frost in May[M]. London: Virago Press, 1957.

[18] 阿瑟·克拉克. 最后一个地球人[M]. 于大卫,译. 南京:江苏文艺出版社,2012.

[19] 阿瑟·克拉克. 2001:太空漫游[M]. 郝明义,译. 上海:上海人民出版社,2013.

[20] 阿瑟·克拉克. 天堂的喷泉[M]. 陈经华,江昭明,译. 成都:四川科学技术出版社,2012.

[21] 安娜·西韦尔. 黑骏马[M]. 蔡文,译. 北京:人民文学出版社,2013.

[22] C. S. 刘易斯. 狮子、女巫与魔衣柜[M]. 陈良廷,刘文澜,译. 南京:译林出版社,2005.

[23] C. S. 刘易斯. 凯斯宾王子[M]. 吴力新,徐海燕,译. 南京:译林出版社,2005.

[24] C. S. 刘易斯. 黎明踏浪号[M]. 陈良廷,刘文澜,译. 南京:译林出版社,2005.

[25] C. S. 刘易斯. 男孩与能言马[M]. 吴岩,译. 南京:译林出版社,2005.

[26] C. S. 刘易斯. 银椅[M]. 陈良廷,刘文澜,译. 南京:译林出版社,2005.

[27] C. S. 刘易斯. 魔法师的外甥[M]. 米友梅,译. 南京:译林出版社,2005.

[28] C. S. 刘易斯. 最后一战[M]. 吴岩,译. 南京:译林出版社,2005.

[29] 曹文轩. 草房子[M]. 武汉：湖北少年儿童出版社，2009.
[30] 丹·布朗. 天使与魔鬼[M]. 朱振武，等译. 北京：人民文学出版社，2013.
[31] 何夕. 汪洋战争[M]. 南京：江苏凤凰文艺出版社，2005.
[32] 亨利·赖德·哈格德. 所罗门王的宝藏[M]. 青闰，等译. 上海：东华大学出版社，2006.
[33] J. K. 罗琳. 哈利·波特与魔法石[M]. 马爱农，马爱新，译. 北京：人民文学出版社，2007.
[34] J. K. 罗琳. 哈利·波特与密室[M]. 马爱农，马爱新，译. 北京：人民文学出版社，2007.
[35] J. K. 罗琳. 哈利·波特与阿兹卡班的囚徒[M]. 马爱农，马爱新，译. 北京：人民文学出版社，2007.
[36] J. K. 罗琳. 哈利·波特与凤凰社[M]. 马爱农，马爱新，译. 北京：人民文学出版社，2007.
[37] J. K. 罗琳. 哈利·波特与混血王子[M]. 马爱农，马爱新，译. 北京：人民文学出版社，2007.
[38] J. K. 罗琳. 哈利·波特与死亡圣器[M]. 马爱农，马爱新，译. 北京：人民文学出版社，2007.
[39] 吉卜林. 丛林故事[M]. 文美惠，译. 北京：人民文学出版社，2004.
[40] 肯尼斯·格雷厄姆. 柳林风声[M]. 舒伟，译. 南宁：接力出版社，2012.
[41] 刘易斯·卡罗尔. 爱丽丝梦游仙境[M]. 冷杉，译. 北京：中国社会科学出版社，2010.
[42] 罗伯特·路易斯·斯蒂文森. 金银岛[M]. 荣如德，译. 上海：少年儿童出版社，2009.
[43] 罗尔德·达尔. 女巫[M]. 任溶溶，译. 济南：明天出版社，2009.
[44] 罗尔德·达尔. 查理与巧克力工厂[M]. 任溶溶，译. 济南：明天出版社，2009.
[45] 洛伊丝·劳里. 记忆传授人[M]. 郑荣臻，译. 石家庄：河北教育出版社，2009.

[46] 玛丽·雪莱. 弗兰肯斯坦[M]. 丁超，译. 北京：中国人民大学出版社，2004.
[47] 乔治·麦唐纳. 公主与妖魔[M]. 周立民，译. 合肥：时代出版传媒股份有限公司，2011.
[48] 约翰·克里斯托弗. 威尔历险记·三脚机器人来袭[M]. 邹运旗，译. 合肥：安徽少年儿童出版社，2013.
[49] 约翰·克里斯托弗. 威尔历险记·白色的群山[M]. 邹运旗，译. 合肥：安徽少年儿童出版社，2013.
[50] 约翰·克里斯托弗. 威尔历险记·火潭[M]. 邹运旗，译. 合肥：安徽少年儿童出版社，2013.
[51] 约翰·克里斯托弗. 威尔历险记·金与铅之城[M]. 邹运旗，译. 合肥：安徽少年儿童出版社，2013.
[52] 赫伯特·乔治·威尔斯. 威尔斯科幻小说全集[M]. 吴文智，刘宗和，主编. 西安：太白文艺出版社，2008.
[53] 詹姆斯·巴里. 彼得·潘[M]. 杨玲玲，译. 北京：人民文学出版社，2004.

二、学术专著

[1] AMBROSE J, OLIVER B. Feminism and Family Planning in Victorian England[M]. New York: Schocken Books, 1964.
[2] BENTON M. Approaches to Research in Children's Literature [M]. Southampton: University of Southampton, 1980.
[3] BRADFORD C. Unsettling Narratives: Postcolonial Readings of Children's Literature[M]. Waterloo: Wilfrid Laurier UP, 2007.
[4] BRADFORD C. New World Orders in Contemporary Children's Literature: Utopian Transformations[M]. Basingstoke: Palgrave Macmillan, 2011.
[5] CARPENTER H, MARI P. Oxford Companion to Children's Literature[M]. Oxford: Oxford UP, 1998.
[6] DARTON H. Children's Books in England: Five Centuries of Social Life[M]. Cambridge: Cambridge UP, 1982.
[7] DIXON B. Catching Them Young: Sex, Race and Class in

Children's Fiction[M]. London: Pluto Press, 1977.
[8] GILMOUR R. The Idea of the Gentleman in the Victorian Novel [M]. London: George Allen & Unwin Hymcm, 1982.
[9] GRENBY M O, ANDREA I. Cambridge Companion to Children's Literature[M]. Cambridge: Cambridge UP, 2009.
[10] HARRISON B, Gregory M. Innocence and Experience: Essays and Conversationon Contemporary Children's Literature [M]. New York: Lothrop, Lee & Shepard, 1987.
[11] HEILMAN E. Critical Perspectives on Harry Potter [M]. London: Routledge, 2008.
[12] HUGHES T. Tom Brown's Schooldays [M]. London & Glasgow: Colins, 1953.
[13] HUNT P. Children's Literature: The Development of Criticism [M]. London: Routledge, 1990.
[14] HUNT P. Criticism, Theory and Children's Literature [M]. Oxford: Blackwell, 1991.
[15] HUNT P. International Companion Encyclopedia of Children's Literature[M]. London: Routledge, 2004.
[16] HUNT P. Understanding Children's Literature [M]. London: Routledge, 1999.
[17] INGLIS F. The Promise of Happiness: Value and Meaning in Children's Fiction[M]. Cambridge: Cambridge UP, 1981.
[18] ISLAM S. Kipling's Law: A Study of His Philosophy of Life [M]. London: Macmillan, 1975.
[19] KATZ W R. Rider Haggard and the Fiction of Empire: A Critical Study of British Imperial Fiction [M]. Cambridge: Cambridge UP, 1987.
[20] KIRKPATRICK R J. The Encyclopaedia of Boys' School Stories [M]. Aldershot: Ashgate, 2000.
[21] LANDSBERG M. Reading for the Love of It: Best Books for Young Readers[M]. New York: Prentice Hall, 1987.
[22] LERER S. Children's Literature: A Reader's History from

Aesop to Harry Potter [M]. Chicago: University of Chicago Press, 2008.

[23] MACLEOD A S. A Moral Tale: Children's Fiction and American Culture[M]. Hamden: Archon Books, 1975.

[24] MALLAN K. Gender Dilemmas in Children's Fiction [M]. Basingstoke: Palgrave Macmillan, 2009.

[25] MCGILLIS R. Voices of the Other: Children's Literature and the Postcolonial Context[M]. New York: Garland, 2000.

[26] NOKOLAJEVA M. Power, Voice and Subjectivity in Literature for Young Readers[M]. New York: Routledge, 2012.

[27] NICOLAJEVA M. The Magic Code: The Use of Magical Patterns in Fantasy for Children[M]. Stockholm: Almqvist & Wiksell International, 1988.

[28] OBERSTEIN K L. Children's Literature: New Approaches[M]. Basingstoke: Palgrave Macmillan, 2004.

[29] PICKERING S. John Locke and Children's Books in Eighteenth-Century England[M]. TN: University of Tennessee Press, 1981.

[30] QUIGLY I. The Heirs of Tom Brown[M]. London: Chatto & Windus, 1982.

[31] REYNOLDS K. Children's Literature: A Very Short Introduction [M]. New York: Oxford UP, 2011.

[32] REYNOLDS K. Girls Only: Gender and Popular Fiction[M]. New York: Harvester Wheatsheat, 1990.

[33] REYNOLDS K. Radical Children's Literature: Future Visions and Aesthetic Transfor mations in Juvenile Fiction [M]. New York: Palgrave Macmillan, 2007.

[34] ROCHE M W. Why Literature Matters in the 21st Century[M]. New Haven: Yale UP, 2004.

[35] RUDD D. The Routledge Companion to Children's Literature [M]. London: Routledge, 2010.

[36] SELL R D. Children's Literature as Communication [M]. Amsterdam: John Benjamins, 2002.

[37] SHAVIT Z. The Poetics of Children's Literature[M]. Athens: University of Georgia Press, 1986.

[38] SHIPLEY J. Dictionary of World Literary Terms[M]. London: George Allen & Unwin, 1975.

[39] SIMS S, Hilary C. The Encyclopedia of Girls' School Stories [M]. Aldershot: Ashgate, 2000.

[40] STEPHENS J. Ways of Being Male: Representing Masculinities in Children's Literature and Film [M]. New York, London: Routledge, 2002.

[41] SUTHERLAND J. The Longman Companion to Victorian Fiction[M]. London: Longman, 1988.

[42] SUTCLIFF R. Children and Literature: Viewsand Reviews[M]. London: Bodley Head, 1973.

[43] TESS C. Talking Animals in British Children's Fiction [M]. Aldershot: Ashgate, 2006.

[44] TOWNSEND J R. Written for Children: An Outline of English-Language Children's Literature [M]. London: Bodley Head, 1995.

[45] TRITES R S. Waking Sleeping Beauty: Feminist Voice in Children's Novels [M]. Iowa City: University of Iowa Press, 2004.

[46] TUCKER N. The Child and Book: A Psychological and Literary Exploration[M]. Cambridge: Cambridge UP, 1981.

[47] WALL B. The Narrator's Voice: The Dilemma of Children's Fiction[M]. New York: St. Martin's Press, 1991.

[48] WATSON V, EVE B. Where Texts and Children Meet [M]. London: Routledge, 2000.

[49] WHITED L A. The Ivory Tower and Harry Potter: Perspectives on a Literary Pheno menon [M]. Columbia: University of Missouri Press, 2004.

[50] ZIPES J. The Oxford Encyclopedia of Children's Literature[M]. Oxford: Oxford UP, 2006.

[51] 艾萨克·阿西莫夫．阿西莫夫论科幻小说[M]．涂明求，等译．合肥：安徽文艺出版社，2011.
[52] 艾莉森·卢里．永远的男孩女孩[M]．晏向阳，译．南京：南京大学出版社，2008.
[53] 白舍客．基督宗教伦理学[M]．上海：华东师范大学出版社，2010.
[54] 彼得·亨特．理解儿童文学[M]．郭建玲，等译．上海：少年儿童出版社，2010.
[55] 曹波．人性的推求：18 世纪英国小说研究[M]．北京：光明日报出版社，2009.
[56] C. S. 刘易斯．四种爱[M]．汪咏梅，译．北京：外语教学与研究出版社，2010.
[57] 达尔文．人类的由来[M]．潘光旦，译．北京：商务印书馆，1985.
[58] 达科·苏恩文．科幻小说面面观[M]．郝玲，等译．合肥：安徽文艺出版社，2011.
[59] 杜娟．亨利·菲尔丁小说的伦理叙事[M]．武汉：华中师范大学出版社，2010.
[60] 方卫平．中国儿童文学理论发展史[M]．上海：少年儿童出版社，2007.
[61] 方卫平．儿童·文学·文化：儿童文学与儿童文化论集[M]．南昌：二十一世纪出版社，2009.
[62] 菲力浦·阿利埃斯．儿童的世纪[M]．沈坚，朱晓罕，译．北京：北京大学出版社，2013.
[63] 哈罗德·布鲁姆．如何读，为什么读[M]．周宪，译．南京：译林出版社，2011.
[64] 哈罗德·布鲁姆．西方正典[M]．江宁康，译．南京：译林出版社，2011.
[65] 赫胥黎．进化论与伦理学[M]．宋启林，译．北京：北京大学出版社，2010.
[66] 侯颖．论儿童文学的教育性[M]．北京：中国社会科学出版社，2012.

[67] 黄梅. 推敲“自我”：小说在18世纪的英国[M]. 北京：生活·读书·新知三联书店，2003.
[68] 蒋风. 儿童文学概论[M]. 长沙：湖南少年儿童出版社，1982.
[69] 江晓原. 科学外史[M]. 上海：复旦大学出版社，2014.
[70] 江晓原. 科学外史Ⅱ[M]. 上海：复旦大学出版社，2015.
[71] 杰克·齐普斯. 冲破魔法符咒：探索民间故事和童话故事的激进理论[M]. 舒伟，译. 合肥：安徽少年儿童出版社，2010.
[72] 金燕玉. 美国儿童文学初探[M]. 长沙：湖南少年儿童出版社，1996.
[73] 李春秋. 新编伦理学教程[M]. 北京：高等教育出版社，2002.
[74] 李学斌. 儿童文学与游戏精神[M]. 南昌：二十一世纪出版社，2011.
[75] 李秀清. 帝国意识与吉卜林的文学写作[M]. 北京：对外经济贸易大学出版社，2010.
[76] 刘晓东. 儿童精神哲学[M]. 南京：南京师范大学出版社，2010.
[77] 刘绪源. 儿童文学的三大母题[M]. 上海：华东师范大学出版社，2009.
[78] 陆有铨. 皮亚杰理论与道德教育[M]. 北京：北京大学出版社，2012.
[79] 卢梭. 爱弥儿[M]. 李平沤，译. 北京：商务印书馆，1978.
[80] 罗宾·麦考林. 青少年小说中的身份认同观念：对话主义构建主体性[M]. 李英，译. 合肥：安徽少年儿童出版社，2010.
[81] 玛丽亚·尼古拉耶娃. 儿童文学中的人物修辞[M]. 刘洊波，杨春丽，译. 合肥：安徽少年儿童出版社，2010.
[82] 孟华. 比较文学形象学[M]. 北京：北京大学出版社，2001.
[83] 米夏埃尔·兰德曼. 哲学人类学[M]. 张乐天，译. 上海：上海译文出版社，1988.
[84] 尼尔·波兹曼. 娱乐至死·童年的消逝[M]. 吴燕莛，译. 桂林：广西师范大学出版社，2009.
[85] 聂珍钊. 文学伦理学批评及其他[M]. 武汉：华中师范大学出版社，2012.
[86] 聂珍钊. 文学伦理学批评导论[M]. 北京：北京大学出版

社，2014.
[87] 约翰·亨利·纽曼．大学的理念[M]．高师宁，译．贵阳：贵州教育出版社，2003.
[88] 佩里·诺德曼．儿童文学的乐趣[M]．陈中美，译．上海：少年儿童出版社，2008.
[89] 皮亚杰．结构主义[M]．倪连生，王琳，译．北京：商务印书馆，2010.
[90] 皮亚杰．儿童的心理发展[M]．傅统先，译．济南：山东教育出版社，1982.
[91] 秦文君．儿童文学读写之旅[M]．上海：少年儿童出版社，2010.
[92] 芮渝萍，范谊．青少年成长的文学探索[M]．北京：外语教学与研究出版社，2011.
[93] 阮炜．社会语境中的文本：二战后英国小说研究[M]．北京：社会科学文献出版社，1998.
[94] 沈石溪．动物小说的艺术世界[M]．上海：少年儿童出版社，2010.
[95] 舒伟．英国儿童文学简史[M]．长沙：湖南少年儿童出版社，2015.
[96] 舒伟．走进童话奇境——中西童话文学新论[M]．北京：外语教学与研究出版社，2011.
[97] 宋希仁．西方伦理思想史[M]．北京：中国人民大学出版社，2010.
[98] 谭旭东．享受亲子阅读的快乐[M]．重庆：重庆出版社，2012.
[99] 汤锐．北欧儿童文学述略[M]．长沙：湖南少年儿童出版社，1999.
[100] 汤锐．童话书应该这样读[M]．南宁：接力出版社，2012.
[101] 王瑞祥．儿童文学创作论[M]．杭州：浙江大学出版社，2006.
[102] 王振林．人性、人道、人伦——西方伦理道德研究[M]．北京：中国社会科学出版社，2011.
[103] 王泉根．儿童文学教程[M]．北京：首都师范大学出版社，2008.
[104] 王泉根．现代中国科幻文学主潮[M]．重庆：重庆出版

社，2011.
[105] 韦苇. 外国儿童文学发展史[M]. 上海：少年儿童文学出版社，2007.
[106] 韦苇. 外国童话史[M]. 石家庄：河北少年儿童出版社，2003.
[107] 维蕾娜·卡斯特. 童话的心理分析[M]. 林敏雅，译. 北京：生活·读书·新知三联书店，2010.
[108] 文聘元. 英国的故事[M]. 上海：上海社会科学院出版社，2009.
[109] 姚全兴. 儿童文艺心理学[M]. 重庆：重庆出版社，1990.
[110] 萧乾，文洁若. 书评·书缘·书话[M]. 杭州：浙江大学出版社，2010.
[111] 肖涤. 诺贝尔文学奖要介[M]. 哈尔滨：黑龙江人民出版社，1992.
[112] 亚当·斯密. 道德情操论[M]. 谢宗林，译. 北京：中央编译出版社，2008.
[113] 约瑟夫·坎贝尔. 千面英雄[M]. 张承谟，译. 北京：金城出版社，2012.
[114] 约翰·洛克. 教育漫话[M]. 傅任敢，译. 北京：教育科学出版社，1999.
[115] 约翰·史蒂芬斯. 儿童小说中的语言与意识形态[M]. 张公善，黄惠玲，译. 合肥：安徽少年儿童出版社，2010.
[116] 约翰·洛威·汤森. 英语儿童文学史纲[M]. 谢瑶玲，译. 台北：天卫文化图书股份有限公司，2011.
[117] 约翰·罗尔斯. 正义论[M]. 何怀宏，等译. 北京：中国社会科学出版社，1988.
[118] 伊恩·瓦特. 小说的兴起[M]. 高原，董红钧，译. 北京：生活·读书·新知三联书店，1992.
[119] 张美妮. 英国儿童文学概略[M]. 长沙：湖南少年儿童出版社，1999.
[120] 张锡昌，朱自强. 日本儿童文学面面观[M]. 长沙：湖南少年儿童出版社，1994.
[121] 翟瑞青. 二十世纪中国文学中的母爱主题和儿童教育[M]. 北

京：人民出版社，2008.
[122] 周作人. 儿童文学小论 中国新文学的源流[M]. 北京：北京十月文艺出版社，2011.
[123] 朱自强. 儿童文学概论[M]. 北京：高等教育出版社，2010.

三、学术论文

[1] BUTLER C. Critiquing Calypso：Authorial and Academic Bias in the Reading of a Young Adult Novel [J]. Children's Literature in Education，2013 (44)：264-279.
[2] GREEN J. Scary New World [EB/OL]. (2008-11-07) [2015-8-17]. http://www.nytimes.com/2008/11/09/books/review/green-t.html? pagewanted=all&_r=0.
[3] HEINECKEN D. The Reality of Fiction and the Ethics of Storytelling in Eleanor Estes's The Witch Family [J]. Children's Literature in Education，2010 (3)：260-272.
[4] HINTZ C，Monica Hughes，Lois Lowry，and Young Adult Dystopias [J]. The Lion and the Unicorn，2002 (2)：254-264.
[5] MARGOT H. Reading and Writing Ethically for Yong Australians [J]. Forum for World Literature Studies，2016 (1)：59-74.
[6] MURPHY B M. Rudyard Kipling—A Brief Biography [EB/OL]. [2015-12-20]. http：//www.qub.ac.uk/schools/Schoolof English/imperial/india/kipling-bio.htm.
[7] TAN S S M. Burn with Us：Sacrificing Childhood in the Hunger Games [J] The Lion and the Unicorn，2013 (1)：54-73.
[8] WANG X L. Dystopian Nightmare in Contemporary Adolescent Fiction and Its Ethical Value [J]. Forum for World Literature Studies，2016 (1)：75-86.
[9] WANG X L. Status Quo，Current Trend and Hot Issues of Children's Literature Study：An Interview with Professor Maria Nikolajeva [J]. Foreign Literature Studies，2015 (3)：1-6.
[10] 曹文轩. 文学：为人类构筑良好的人性基础 [J]. 文艺争鸣，2006 (3)：1-3.

[11] 曹文轩．写出来的人生道理［J］．中国德育，2010（3）：10-11.
[12] 姜男．欧美当代科幻教育价值探究［J］．清华大学教育研究，2015（1）：96-103.
[13] 李纲．英国童话的伦理教诲功能研究［D］．武汉：华中师范大学，2015.
[14] 刘茂生，王晓兰．王尔德童话的伦理判断与价值发现［J］．外国文学研究，2014（4）：86-92.
[15] 骆蕾，谭斌．彼得·潘写作视野下的儿童生活与教育［J］．教育学报，2010（1）：48-56.
[16] 聂珍钊．文学伦理学批评：伦理选择与斯芬克斯因子［J］．外国文学研究，2011（6）：1-13.
[17] 聂珍钊．文学伦理学批评：论文学的基本功能与核心价值［J］．外国文学研究，2014（4）：8-13.
[18] 聂珍钊．文学伦理学批评与游戏理论关系问题初探——聂珍钊教授访谈录［J］．江西师范大学学报，2015（3）：54-61.
[19] 欧翔英．乌托邦、反乌托邦、恶托邦及科幻小说［J］．世界文学评论，2009（2）：298-301.
[20] 尚必武．成长的不能承受之轻：麦克尤恩《水泥花园》的伦理意识与伦理选择［J］．外语教学，2014（4）：71-74.
[21] 尚必武．儿童福祉的意义探寻与守护方式：麦克尤恩新作《儿童法案》中的伦理身份与伦理选择［J］．外国文学研究，2015（3）：53-63.
[22] 舒小昀．英吉利民族绅士风度解析［J］．贵州社会科学，2012（8）：32-36.
[23] 田际云．取代我们？人工智能的“威胁”究竟有多大［EB/OL］．［2015-11-15］．http://smb.pconline.com.cn/661/6617037.html.
[24] 王泉根．论儿童文学的基本美学特征［J］．北京师范大学学报，2006（2）：44-54.
[25] 王松林．文学中的道德价值和道德判断：伊安·坎贝尔教授访谈录［J］．外国文学研究，2015（2）：1-7.
[26] 王晓兰．《哈利·波特》中的善恶斗争与斯芬克斯因子博弈［J］．南昌工程学院学报，2014（5）：36-43.

[27] 王晓兰. 利己主义道德原则与殖民伦理行为 [J]. 外国文学研究, 2009 (6): 68-75.
[28] 王晓兰. 社会拯救诉求与社会认知诉求的碰撞 [J]. 江西师范大学学报, 2015 (3): 62-67.
[29] 王晓兰. 投射在文本中的巫术魅影 [J]. 南昌工程学院学报, 2015 (2): 72-75.
[30] 萧莎. 今日重读吉卜林 [J]. 外国文学评论, 2004 (3): 152-153.
[31] 萧莎. 吉卜林的身份焦虑 [J]. 外国文学评论, 2015 (1): 128-145.
[32] 肖群忠. 绅士德性论 [J]. 中国人民大学学报, 2004 (4): 91-96.
[33] 熊雅丽. 伦理教化与心灵启迪 [D]. 武汉: 华中师范大学, 2012.
[34] 杨莉馨. 父权文化对女性的期待 [J]. 南京师范大学学报, 1996 (2): 80-82.
[35] 易丽君, 王晓兰. 理性的呼唤——从《查理与巧克力工厂》看童话的教化功能 [J]. 南昌航空大学学报, 2015 (4): 78-84.
[36] 张晶. 审美情感·自然情感·道德情感 [J]. 文艺理论研究, 2010 (1): 75-81.
[37] 曾群. 科幻电影与青少年 [J]. 当代青年研究, 1998 (1): 40-43.
[38] 周莉莉, 王晓兰. 英国历险小说与男性气质建构 [J]. 南昌工程学院学报, 2016 (2): 74-78.

后 记

伦理身份是个人在社会中的标识，也是个人行为选择的动因。正是在母亲和教师这双重伦理身份的驱使下，我选择了儿童文学及其伦理价值作为研究的选题。儿子成长过程中亲子共读的需要、教学过程中拉近学生距离的愿望，促使我把大量业余时间投入到阅读儿童文学、儿童研究等方面的书籍，并因此发现了儿童文学这个巨大的宝藏。我庆幸自己误打误撞地来到阿里巴巴的山洞，山洞中儿童文学珍宝的璀璨光华强烈地吸引了我的目光，因而我不揣浅陋，希望通过自己的研究让更多的读者有机会窥见宝藏的冰山一角。

这部书稿是在我的博士论文基础上修改而成的。博士论文的写作过程，于我而言是一个“痛并快乐着”的过程。快乐，是因为研究选题契合了我的身份需求，满足了我的内心愿望，可以让学术研究和自己的工作和生活无缝对接。痛苦的原因则主要来自两个方面：一是英国儿童文学丰富庞杂，要整体把握英国这个儿童文学强国的儿童文学遗产，着实需要耗费时日。回想自己从2013年9月到2014年9月，我花了整整一年的时间坐在剑桥大学哈默顿学院的图书馆中，以三天一本或者一天三本的速度研读那一排排儿童文学及其相关研究文献的情景，往事依然历历在目；二是因为本人天资愚钝，功底浅薄，思辨能力的欠缺和文字功底的薄弱使我总是达不到预期的目标。但幸运的是，一路下来得到了无数贵人的相助，使得本书终于有机会呈现在读者的面前。对于所有曾经给予我各种帮助的人，我心中充满着感动、感激、感恩之情。

首先感谢聂珍钊教授不嫌我的愚陋，让我有机会受教于恩师的门下，这是我学术道路上最幸运的事情。恩师的鼓励和肯定，坚定了我从事儿童文学研究的决心，使我在犹豫和惶惑的时候获得力量和信心。论文凝聚着恩师的心血与智慧，难忘恩师助我披沙拣金，多次帮我把握论文的框架脉络，指出章节和段落中的不足之处。但因自己的疏懒愚钝，论文中还有种种疏忽之处，我会不断修正和完善。恩师开阔的国际化视野、不断创新的治学精神、严谨勤勉的治学态度，都深深地影响和激励了我，是一笔令我终身受益的宝贵财富，我将永远铭感于心！

我也感念剑桥大学哈默顿儿童文学研究中心的主任 Maria Nikolajeva 教授，她不仅邀请我赴剑桥访学、为我提供了宽敞便利的办公室，使我有机会在剑桥大学儿童文学研究中心这个国际前沿的学术机构接受熏陶，而且慷慨地跟我分享她的学术心得和治学经验，并馈赠给我一些“踏破铁鞋无觅处”的珍贵资料。同时感谢剑桥大学基督学院的 John Rathmell 博士，每星期三与这位剑桥老绅士两小时的会谈，不仅使我更加深入地理解了博大精深的英国文学（包括儿童文学），还令我对剑桥多了一抹温暖的记忆——基督学院教师休息室中的绅士、咖啡和文学，成为永远定格在我脑海中的温馨画面。

对我的硕士导师王松林教授，我一直心怀感激。已经硕士毕业多年，王老师对我的学业早已没有责任或义务。但每次在我遇到困难转而求教的时候，王老师总是不厌其烦地热情相助。我本科和硕士期间的老师钟鸣博士是我学术道路上的贵人，他引导我进入学术的殿堂，并给予过各种帮助。对此我将永志不忘！

在华中师范大学求学期间，胡亚敏教授、苏晖教授、李俄宪教授、杨建教授、罗良功教授等渊博的学识、精湛的学术、精彩的授课令我受益匪浅，时时怀念。同时，我也十分感激《外国文学研究》编辑部的诸位老师和同门的师兄师弟师姐师妹们多年来的陪同、守望与相助。他们陪我度过了人生中的一段欢欣岁月，跟师兄弟姐妹们一起共享江城美食、交流人生感悟、分享研究心得、畅谈文学与伦理的愉快场景，成为我人生中最最弥足珍贵的记忆。

本书得以最终完成，最离不开的是亲人无怨无悔的支持，勋功章里有我的一半，更有他们的一半！父母含辛茹苦把我抚养成人，在物资匮乏的艰难岁月里咬牙坚持让我接受了他们能够提供的最好教育，为我现在的学习和提升奠定了基础；公公婆婆多年来任劳任怨地帮我操持家务琐事，使我能够把更多的时间用在工作和学习上；兄弟姐妹这些年承担了照顾年迈母亲的重任，免掉了我的后顾之忧；丈夫叶茂盛先生是我的精神港湾和强大后盾，他不仅在生活上给予我各种关心和呵护，还对我的论文写作和修改提出过许多建设性的建议；聪明好学的儿子叶隽宇是我学术兴趣的源泉，正是在陪伴儿子成长和亲子共读的过程中萌生了研究儿童文学的热情，他 9 岁时提出的问题“邓布利多在厄里斯魔镜中究竟看到了什么”，成为我研读儿童文学的直接动力。对亲人的爱和感激化作了我在漫漫而修远的学术道路上下求索的强大动力。

还有南昌工程学院的很多领导、同事和朋友，以不同的方式给予了我很多关心、帮助和鼓励。特别感谢副校长汪荣有教授，他不仅慨然应允我旁听他给博士生讲授的“伦理学原理”课程，还赠予我一些重要的学术著作。外国语学院的周莉莉、程郁和易丽君等同事，在本书写作过程中给予过我许多启发和帮助。对于众多的“幕后英雄”，一句苍白的“谢谢”不足以表达我内心最深切的感动、感激和感恩，但大家的情谊我将永远铭记于心！唯愿我敬爱的老师、挚爱的朋友、亲爱的家人永远平安、健康、幸福！

最后还要感谢本书责任编辑对书稿的认真校阅和精心编排，为本书增色不少。同时，本书出版得到了南昌工程学院出版基金资助，特致谢忱！

王晓兰

2017 年 6 月于南昌